봉신연의

4

허중림 지음 ● 홍상훈 풀어 옮김

솔

등구공

삼산관의 사령관으로 주왕을 명을
받들어 서기를 정벌하다가 주나라에
합류한다.

양전

옥정진인의 제자로 72가지 변신술에
능하며 강상을 도와 봉신 계획을
실행한다.

육압도인

서곤륜의 한선閑仙으로 위기 상황에
나타나 곤륜산 12대선을 구한다.

조공명

절교의 아미산 나부동에서 수련하는
신선으로 검은 호랑이를 타고 다니며
문중의 요청으로 서기를 정벌한다.

연등도인

원시천존의 직제자로 곤륜산
12대선보다 한 단계 높은 수련을
했으며 절교와의 싸움에서 12대선을
지휘한다.

원시천존

천교闡敎를 총괄하며 상나라의 천수가
다하는 시기를 이용해 강상에게 봉신
계획을 수행하도록 한다.

태상노군

천교의 대장로로 신계 창설 계획에
적극적으로 가담하지는 않지만
절교가 천교에 정면으로 대항하자
하계로 내려온다.

토행손

곤륜산 12대선 중 하나인 구류손의
제자로 지행술을 익혀서 땅속을
자유자재로 다닌다.

| 선계 3교의 계보 |

천교 闡教

태상노군
↓
원시천존   연등도인, 강상
↓
남극선옹   등화, 소진

곤륜산 12대선 ┌ 구선산 도원동 광성자 ───────── 은교
　　　　　　 │ 태화산 운소동 적정자 ───────── 은홍
　　　　　　 │ 건원산 금광동 태을진인 ──────── 나타
　　　　　　 │ 오룡산 운소동 문수광법천존 ───── 금타
　　　　　　 │ 구궁산 백학동 보현진인 ──────── 목타
　　　　　　 │ 옥천산 금하동 옥정진인 ──────── 양전
　　　　　　 │ 청봉산 자양동 청허도덕진군 ───── 황천화, 양임
　　　　　　 │ 금정산 옥옥동 도행천존 ─────── 위호, 한독룡, 설악호
　　　　　　 │ 이선산 마고동 황룡진인
　　　　　　 │ 협룡산 비운동 구류손 ──────── 토행손
　　　　　　 │ 공동산 원양동 영보대법사
　　　　　　 └ 보타산 낙가동 자항도인

✿ 종남산 옥주동 운중자 ───────── 뇌진자
✿ 구정철차산 팔보영광동 도액진인 ──── 이정, 정륜
✿ 오이산 백운동 교곤, 소승, 조보
✿ 서곤륜 육압도인

✿ 용길공주

✿ 신공표

절교 截教

통천교주

벽유궁 ┌ 금령성모 ── 문중, 마씨 사형제   →   일성구군 ┌ 금광성모
         │ 귀령성모   │ 진천군
         │ 다보도인   │ 조천군
         │ 무당성모   │ 동천군
         │ 규수선   │ 원천군
         │ 오운선   │ 손천군
         │ 금광선   │ 백천군
         └ 영아선   │ 왕천군
                                                                   │ 장천군
                                                                    └ 요천군

✿ 구룡도 사성 ─────────── 왕마, 양삼, 고우건, 이흥패

✿ 금오도 함지선

✿ 구룡도 성명산 여악 ─────── 주신, 이기, 주천린, 양문휘

✿ 봉래도 우익선

    일기선 여원 ───────── 여화

    법계 ──────────── 팽준, 한승, 한변

✿ 분화도 나선, 유환

✿ 구명산 화령성모

✿ 아미산 나부동 조공명 ────── 진구공, 요소사

✿ 삼선도 세 선녀 ──────── 운소낭랑, 벽소낭랑, 경소낭랑

✿ 고루산 백골동 석기낭랑, 마원

✿ 장이정광선

✿ 비로선

서역 西域

준제도인   접인도인

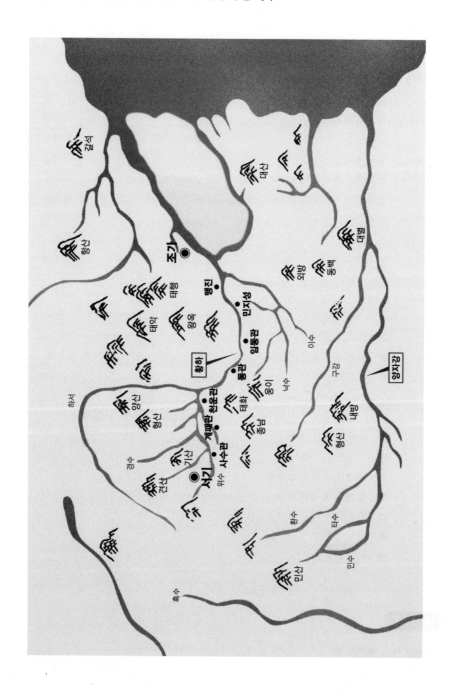

차 례

일러두기

- 이 책은 (明) 許仲琳 編著, 『封神演義』(上海:上海古籍出版社, 2000)를 저본으로 하고 (明) 許仲琳 著, 『封神演義』(北京:中華書局, 2009)와 (清) 許仲琳 著, 『封神演義』(北京:中國長安出版社, 2003)를 참조하여 원문을 교감한 후 번역한 것이다.

- 이 책에 각 회마다 실려 있는 본문 삽화는 『中國古代小說版畫集成』(北京:漢語大詞典出版社, 2002)에서 발췌한 명나라 때 목판화를 그대로 수록한 것이다.

- 이 책은 기본적으로 전체 완역이지만 가독성을 높이기 위해 "詩曰", "以詩爲證"과 같은 장회소설의 상투적인 표현 가운데 일부는 번역을 생략하기도 하고 본문 가운데 극히 일부의 중복된 서술은 간략히 요약하는 방식을 취했다.

- 이 책에서 주인공의 이름은 본명 표기를 원칙으로 하였기 때문에 원문에서 '자아子牙'와 같이 자호字號를 써서 표기한 것은 '강상姜尙'으로 바꾸었고 '희백姬伯'과 같이 성姓과 작위爵位를 합친 호칭도 '희창姬昌'으로 바꾸는 방식을 일괄적으로 적용했다.

- 이 책에 인용 또는 제시된 원문 가운데 시사詩詞와 부賦를 제외한 산문은 원문을 함께 수록하지 않고 번역문만 제시했다.

- 이 책의 주석은 온전히 역자 개인의 지식을 바탕으로 각종 자료를 검색하여 작성한 것이기 때문에 혹시 있을 수도 있는 오류 또한 역자의 책임이다.

- 이 책에서 저서는 『 』로, 단편 작품의 제목과 편명篇名과 시 및 노래의 제목은 「 」로 표기했다.

광성자, 금광진을 격파하다
廣成子破金光陣

신선과 부처는 예로부터 원수진 일 드물거늘
단지 번뇌로 인해 쓸데없는 시름 생겼구나.
자기 능력 믿고 천 년의 업을 스스로 버렸나니
폭력을 쓰면 만겁의 수양도 허사가 되어버리지.
지난날 슬퍼하는 모습 몇 번이나 봐왔던가?
과거를 돌이켜보니 누구와 원수졌던가?
가련하게도 등선하여 신에 봉해지는 날
모두가 헛된 꿈속의 놀이로 변해버렸구나!

仙佛從來少怨尤　只因煩惱惹閒愁
恃强自棄千年業　用暴須折萬劫修
幾度看來悲往事　從前思省爲誰仇
可憐羽化封神日　俱作南柯夢裏遊

그러니까 연등도인은 이튿날 열두 명의 도인과 함께 반열을 맞추어 움막에서 나와 금종과 옥경을 울리며 일제히 출전했다. 잠시 후 상나라 진영에서 대포 소리가 울리더니 문 태사가 나와서 강상이 풍후진을 깨뜨리는 모습을 보기 위해 원문 앞으로 갔다. 그때 여덟 갈래로 갈라진 뿔이 난 사슴을 탄 동천군이 두 자루 태아검을 들고 노래를 부르며 앞으로 나왔다.

맑은 평정 얻었으니 무슨 근심 있으랴?
화로에서 단련한 순양의 기운은 음기°와 조화를 이루었도다.
예로부터 분분한 전란 간파했으니
한 점의 마음은 그저 자유로울 뿐!

　　　　　　　　　　　　得到淸平有甚憂　丹爐乾馬配坤牛

　　　　　　　　　　　　從來看破紛紛亂　一點靈臺只自由

　동천군°이 사슴을 몰고 나는 듯이 강상의 진영 앞으로 와서 고함을 지르며 싸움을 걸자 연등도인은 좌우를 둘러봐도 먼저 내보낼 만한 이가 없어서 고심했다. 그때 황비호가 방필과 방상 형제를 데리고 찾아와 강상에게 보고하는 것이었다.
　"양곡을 마련하러 갔다가 이 두 장수를 거둬들였사옵니다. 다름 아니라 주왕 밑에서 진전대장군을 지낸 방필과 방상 형제이옵니다."
　강상이 무척 기뻐하자 그들 두 장한을 발견한 연등도인이 물었다.
　"이들은 누구인가?"

"황비호가 새로 거둬들인 이들인데 방필과 방상이라는 형제입니다."

"허! 하늘의 운수가 이미 정해져 있으니 만물이 피하기 어렵지. 즉시 저 방필에게 풍후진을 깨뜨리라고 하게."

이에 강상은 방필에게 그대로 분부했다. 불쌍하게도 평범한 인간의 몸이라 도교의 환술에 대해서는 전혀 모르는 방필은 즉시 "예!" 하고 대답하더니 방천극을 들고 성큼성큼 달려 풍후진 앞으로 갔다. 체구가 한 길 여섯 자°나 되고 대추처럼 시뻘건 얼굴에 콧수염과 구레나룻이 덥수룩한 엄청난 장한은 눈동자가 네 개나 있었으니 무척 흉악스러운 그 모습을 보고 동천군도 놀랐다. 이를 묘사한 노래가 있다.

세 갈래로 갈라진 모자에는
먹구름 문양 일렁이고
가슴을 가린 쇠는
용의 비늘 같은 무늬 겹겹이 쌓였다.
푸른 전포에는
꽃무늬 눈부시고
화려한 창 자루에서는
전장의 구름 뭉게뭉게 피어난다.
네 눈동자 환히 빛나며
얼굴은 대추인 듯 익은 새우인 듯 시뻘겋구나.
볼에 덥수룩한 수염 머리 뒤로 휘날리니

평생 정직했던 진정한 영웅일세.

일찍이 조가를 등지고 태자를 보호했으며

황하 나루터에서 산의생을 만났지.

주나라에 귀순하여 벼슬도 받기 전에

풍후진에서 빼어난 공을 세웠지.

다만 미리 정해진 하늘의 징조로 인해

도를 드러낸 후 봉신방에 오래도록 이름 남게 되었지.

三叉冠　烏雲蕩漾

鐵掩心　砌就龍鱗

翠藍袍　團花燦爛

畫桿戟　烈烈征雲

四目生光眞顯耀　臉如重棗像蝦紅

一部落腮飄腦後　平生正直最英雄

曾反朝歌保太子　盤河渡口遇宜生

歸周未受封官爵　風吼陣上見奇功

只因前定垂天象　顯道封神久注名

방필은 동천군을 보고 버럭 고함을 질렀다.

"요사한 도사 놈아, 꼼짝 마라!"

그러면서 방천극을 내지르자 동천군은 한 판만 겨우 받아내고 진 안으로 줄행랑을 쳐버렸다. 강상이 수하에게 북을 울리라고 분부하자 그 소리를 들은 방필이 방천극을 끌며 동천군을 뒤쫓았다. 그는 풍후진 앞에 이르러서도 전혀 망설이지 않고 안으로 뛰어들었는데 도교의 진세 안에 펼쳐진 오묘한 이치를 어찌 알았겠는가? 어느 새 판자로 엮은 대에 올라간 동천군이 검은 깃발을 흔들자 흑풍이 몰아치면서 수천만 개의 칼날이 쏟아져 내렸고 '퍼벅!' 하는 소리와 함께 방필은 이미 사지가 여러 조각으로 쪼개져 땅바닥에 쓰러져버렸다. 봉신대를 찾아간 그의 영혼은 청복신 백감이 인도하여 안으로 들어갔다.

잠시 후 동천군이 사슴을 몰고 진 앞으로 나와서 고함을 질렀다.

"옥허궁의 도우들이여, 평범한 인간을 내보내 목숨을 잃게 해놓고도 마음이 편한가? 고명한 도덕을 갖춘 이가 있다면 나와서 이 진을 시험해보시오. 그러면 옥석이 가려지지 않겠소?"

그러자 연등도인이 자항도인에게 군령을 내렸다.

"정풍주를 지니고 가서 저 풍후진을 깨뜨려버리시오!"

이에 자항도인이 노래를 부르며 앞으로 나갔다.

신선 세계에 은거한 지 몇 해나 되었는지 모르지만

푸른 바다가 먼지로 변한 것이 몇 번이던가?

신선 나라 궁궐에서 원시천존을 알현하고

하늘나라 궁전에서 진정한 도를 깨달았지.

장난삼아 영생을 누리는 학으로 변해 어울리기도 하고

영원히 죽지 않는 몸으로 한가로이 지냈지.

이제 이미 불로장생의 술법을 익혔으나

속세의 사람에게는 함부로 전수해주고 싶지 않아라.

隱自玄都不記春　幾回滄海變成塵

玉京金闕朝元始　紫府丹霄悟道眞
喜集化成年歲鶴　閒來高臥萬年身
吾今已得長生術　未肯輕傳與世人

자항도인이 동전董全°에게 말했다.

"도우, 어쩌다가 우리가 이런 살계를 범하게 되었는가? 느긋하게 지내던 그대들이 왜 굳이 이런 진세를 펼쳐서 멸망을 자초하느냐 이 말일세! 예전에 봉신방이 내려질 때 벽유궁에서 자네 사부님께서 게어偈語 두 구절을 말씀하시고 궁궐 대문에 붙여놓았다고 하지 않았는가? 거기서 뭐라고 했던가? 이러지 않았던가?"

조용히 『황정경』 읽으며 동부의 대문 단단히 닫아야 하리니
서쪽 땅에 가게 되면 재앙을 당하리라!

靜誦黃庭緊閉洞　如染西土受災殃

"너희들 천교의 제자들이 도술에 정통하다고 뻐기면서 늘 우리를 무시하니까 우리도 하산한 것이 아닌가? 도우, 자네는 선행을 하고 즐거운 삶을 좋아하는 사람이니 어서 돌아가 다른 이를 내보내게. 괜히 고뇌를 자초하지 말라는 말일세."

"허허! 자기 걱정도 못하면서 나를 걱정하는 것인가?"

그 말에 동전이 버럭 화를 내며 보검을 들고 내리치자 자항도인이 칼을 들어 막았다.

"선재로다!"

그런데 둘이 서너 판을 맞붙고 나자 동전이 진 안으로 도망쳐버렸다. 자항도인이 뒤쫓아 갔지만 그 역시 진 입구에 이르러 선뜻 들어가지 못하고 망설였다. 그때 뒤에서 종소리가 울리며 재촉하니 그제야 그가 천천히 안으로 들어갔는데 동전은 이미 대에 올라가 방필을 쓰러뜨렸을 때처럼 검은 깃발을 흔들고 있었다. 그러자 흑풍이 휘몰아치기 시작했는데 자항도인의 머리 위에 정풍주가 있어서 영향을 주지 못했다. 바람이 힘을 쓰지 못하니 칼날이 무슨 소용이겠는가? 자항도인은 청정유리병清淨琉璃瓶을 공중으로 던지며 황건역사에게 지시했다.

"병 밑바닥을 하늘로 주둥이를 땅으로 향하게 해라."

그러자 잠시 후 병에서 한 줄기 검은 연기가 '팟!' 하고 쏘아지는가 싶더니 어느새 동전을 병 속으로 빨아들여버렸다. 자항도인은 황건역사에게 병 주둥이를 위로 하라고 분부하고 나서 곧 황건역사를 데리고 풍후진을 나왔다. 그리고 그는 묵기린에 앉아 진 안의 소식만 기다리고 있던 문 태사에게 말했다.

"풍후진은 이미 깨졌소이다! 황건역사, 병에 든 것을 쏟아봐라!"

그야말로 이런 격이었다.

끈 두른 도복과 삼실로 엮은 신은 남았지만
온몸의 가죽과 살은 고름으로 변해버렸구나!

絲絛道服麻鞋在　渾身皮肉化成膿

동전의 영혼이 봉신대로 가자 청복신 백감이 안으로 인도했다.

그 모습을 본 문 태사가 고함을 질렀다.

"도저히 못 참겠다!"

그는 득달같이 묵기린을 몰아 달려가며 황금 채찍을 휘둘렀다. 그러자 황룡진인이 황급히 막아섰다.

"문 태사, 열 개의 진 가운데 이제 겨우 세 개가 깨졌을 뿐인데 왜 그리 경거망동하여 우리 반열을 흩트리려는 게요?"

그때 한빙진의 주인이 고함을 질렀다.

"문 태사, 내 차례니 끼어들지 마시오!"

그러면서 그가 입에서 나오는 대로 노래를 불렀다.

현묘함 속의 오묘함을 아는 이 드물고

기회에 따라 변화하니 모든 게 기이하도다.

화로 안에서 아홉 번 단련한 보물

예로부터 분명 세상 사람들 어리석다고 비웃었으리라!

玄中奧妙人少知　變化隨機事事奇

九轉功成爐內寶　從來應笑世人癡

그러자 문 태사도 그만 멈출 수밖에 없었다. 한빙진의 주인인 원천군이 노래를 부르고 나서 소리쳤다.

"천교의 제자들이여, 내 진을 시험해볼 자 누구더냐?"

연등고불이 도행천존의 제자 설악호에게 말했다.

"자네가 가서 저 진을 깨뜨려버리게."

설악호는 곧 칼을 들고 달려 나갔다. 원천군은 젊은 도사가 나오는 모습을 보고 말했다.

"여보게 젊은 친구, 어서 돌아가서 자네 사부를 내보내게."

"군령을 받고 나왔거늘 어찌 그냥 돌아갈 수 있겠소!"

설악호가 칼을 휘두르자 원천군도 버럭 화를 내며 칼을 들고 맞섰다. 하지만 몇 판 맞붙고 나서 원천군은 곧 진 안으로 도망쳐버렸고 설악호가 쫓아 들어가보니 어느새 대에 올라간 원천군이 검은 깃발을 손에 들고 흔들고 있었다. 그러자 위쪽에서 칼의 산과 같은 빙산이 아래로 내리누르고 아래쪽에서는 승냥이 이빨 같은 얼음 덩어리가 위로 치솟았다. 그러니 설악호가 아무리 대단하다고 해도 당장 몸이 가루로 변할 수밖에 없었다. '쿵!' 하는 소리와 함께 그는 그대로 잘 다져진 고깃덩어리로 변하고 말았으니 그의 영혼은 그대로 봉신대로 떠나버렸다. 진 안에서 검은 기운이 치솟는 것을 보고 도행천존이 탄식했다.

"두 명의 제자가 두 개의 진에서 죽었구나!"

잠시 후 원천군이 호랑이를 타고 나와서 소리쳤다.

"그대들 열두 명 가운데 지위 높은 신선도 있을 텐데 개중에 내 진을 시험해볼 자가 없는가? 이렇게 별다른 도술도 익히지 못한 이를 내보내 부질없이 목숨만 잃게 하다니!"

이에 연등도인이 보현진인에게 나가라고 분부하자 그가 노래를 부르며 앞으로 나갔다.

도덕의 근원 감히 잊지 못하나니
한빙진에서 불이 서리를 없앤다는 것을 간파했지.

속된 마음으로 마귀의 방해를 만난 줄 모르나니
애석하구나, 눈앞의 천당을 잃게 되다니!

道德根源不敢忘　寒冰看破火消霜

塵心不解遭魔障　堪傷眼前咫尺失天堂

보현진인의 노래가 끝나자 원천군이 분기탱천하여 칼을 들고 달려들었다. 그러자 보현진인이 말했다.

"원각袁角, 그대는 왜 굳이 이런 고약한 진을 설치해 죄를 짓는가? 이제 내가 저 진에 들어가 살계를 열면 그대의 수행한 공이 하루아침에 물거품이 될 텐데 그때는 후회해도 늦지 않겠는가?"

원각이 분기탱천하여 칼을 휘두르자 보현진인도 칼을 들어 맞섰다.

"선재로다!"

둘이 서너 판을 맞붙고 나서 원각은 또 진 안으로 도망쳤다. 보현진인이 쫓아 들어가자 원각은 다시 대에 올라가 검은 깃발을 흔들었고 위쪽에서 빙산이 내리누르기 시작했다. 그 순간 보현진인이 손가락을 들어 가늘고 하얀 빛줄기를 위로 쏘아내자 그것은 한 줄기 상서로운 구름으로 변해 여러 길 높이로 자랐는데 그 위쪽에는 여덟 개의 뿔이 달려 있었다. 그 뿔 위에는 황금 등잔이 밝혀져 있고 진주를 꿴 영락이 드리워져 보현진인의 머리를 보호했다. 위에서 내려오던 얼음은 황금 등잔의 빛에 녹아버려 전혀 위협을 주지 못했다. 그렇게 두 시간쯤 지나자 진이 깨져버렸다는 것을 눈치챈 원각이 슬그머니 자리를 빠져나가려 했는데 그 순간 보현진인이 오구검을 날려서 원각의 수급을 베어버렸다. 원각의 영혼은 그대로 청복신의 인도를 받아 봉신대로 들어갔고 보현진인은 구름과 빛을 거두고 커다란 소맷자락을 바람에 펄럭이며 표연히 진 밖으로 나왔다.

문 태사는 한빙진이 깨진 것을 알고 원각의 복수를 하려고 했다. 그러나 그 순간 금광진의 주인인 금광성모가 다섯 개의 표범 무늬가 있는 말을 타고 사나운 목소리로 노래를 부르며 앞으로 나섰다.

진정 위대한 도는
여러 말이 필요 없고
운용할 때 늘 자연스럽지.
두 눈 뜨고 하늘의 빛을 보나니
이게 바로 신선이로다!

眞大道　不多言　運用之間恆自然

放開二目見天光　此卽是神仙

노래를 마친 금광성모는 황금 칼을 휘두르며 고함을 질렀다.

"천교의 제자들이여, 내 금광진을 깨뜨릴 수 있는 자가 누구냐?"

연등도인은 주위를 둘러봐도 그 진을 깨뜨릴 만한 이가 없어서 난감했다. 그 순간 허공에서 분을 바른 듯 새하얀 얼굴에 주사를 칠한 듯 붉은 입술을 가진 도사 한 명이 표연히 내려왔다.

도복에는 선천의 기운 높이 덮여 있고

대나무로 만든 모자와 삼실로 엮은 신도 예사롭지 않구나.

허리에 묶은 끈은 난새의 꼬리처럼 휘날리고

보검의 칼날에서는 눈부신 빛이 피어난다.

기氣와 신神이 온전한 진정한 도사

용과 호랑이 굴복시킬 때는 신선의 술법 이용하지.

소매에 감춘 기이한 보물에 귀신도 공경하나니

봉신방에서 이름 드날리리라!

道服先天氣蓋昂　竹冠麻履異尋常

絲絲腰下飛鸞尾　寶劍鋒中起燁光

全氣全神眞道士　伏龍伏虎仗仙方

袖藏奇寶欽神鬼　封神榜上把名揚

　　여러 도사들이 눈을 들어 살펴보니 그는 다름 아니라 옥허궁의 제자 소진蕭臻이었다. 그는 도사들에게 머리를 조아려 절을 올렸다.

　　"사부님의 분부를 받들어 금광진을 깨려고 하산했사옵니다."

　　그러자 금광성모가 고함을 질렀다.

　　"천교의 제자들이여, 내 진을 시험해볼 자 누구냐?"

　　그 말이 끝나기도 전에 소진이 돌아서며 말했다.

　　"내가 간다!"

　　금광성모가 그를 알아보지 못하고 물었다.

　　"그대는 누구인가?"

　　"하하! 나도 알아보지 못하는 것이오? 내가 바로 옥허궁의 제자 소진이오!"

"자네가 무슨 도를 닦았다고 감히 이 진을 시험해보겠다는 것인가?"

금광성모가 칼을 들어 공격하자 소진도 걸음을 옮겨 피하며 정면으로 맞섰다. 둘이 서너 판을 맞붙고 나서 금광성모가 말을 몰고 나는 듯이 진 안으로 들어갔다.

"도망치지 마라!"

소진이 급히 쫓아 들어가자 금광성모는 말에서 내려 대로 올라가더니 스물한 개의 장대 위에 거울을 걸었다. 거울 위쪽에는 각기 덮개가 덮여 있었는데 금광성모가 새끼줄을 잡아당기자 거울이 모습을 드러냈고 다시 손을 뿌리자 마른벼락이 거울을 뒤흔들었다. 그와 동시에 거울이 회전하면서 연달아 몇 번이나 황금빛을 내쏘아 소진을 비추니 가련하게도 그는 비명을 지르며 쓰러져버렸다.

백 년의 수행이 이제 끝장나버려
옷에 감싸여 있던 몸뚱이는 흔적도 없이 사라져버렸구나!

百年道行從今滅　衣袍身體影無蹤

소진의 영혼은 그대로 청복신 백감의 인도를 받아 봉신대로 들어갔다. 그러자 금광성모는 다시 표범 무늬가 있는 말을 타고 진 앞으로 나섰다.

"소진은 죽었다, 이제 누가 내 진을 시험해볼 테냐?"

이에 연등도인이 광성자를 지목하니 그가 노래를 부르며 앞으로 나갔다.

본래의 도를 깨달을 인연 있어

종남산에서 신선을 만났지.

불로장생하여 천고에 빼어난 길을 일러주셨으니

옥예°가 생겨나 만 년의 수명 누릴 수 있게 되었지.

온몸이 입이라도 말하기 어렵나니

속세의 먼지 날리더라도 별천지의 봄날 즐기지.

내 도는 확연하여 일관의 경지에 이르렀나니

글자 하나라도 이해하지 못하면 도저히 견딜 수 없지.

有緣得悟本來眞　　曾在終南遇聖人

指出長生千古秀　　生成玉蕊萬年新

渾身是口難爲道　　大地飛塵別有春

吾道了然成一貫　　不明一字最艱辛

광성자가 표연히 날아오는 것을 보고 금광성모가 고함을 질렀다.

"광성자, 네가 감히 내 진을 시험해볼 셈이냐?"

"그런 진을 깨는 것이야 어린애 장난에 지나지 않지!"

금광성모는 분기탱천하여 칼을 휘두르며 달려들었고 광성자도 칼을 들어 맞섰다. 하지만 서너 판도 맞붙기 전에 금광성모가 다시 진 안으로 도망치자 광성자가 쫓아 들어가니 대 앞에 스물한 개의 장대가 세워져 있고 그 위에 무슨 물건이 걸려 있었다. 그때 금광성모가 대 위로 올라가 새끼줄을 잡아당기자 덮개가 벗겨지면서 거울이 나타났고 마른벼락이 치면서 황금빛이 쏟아지기 시작했다. 광성자는 황급히 팔괘자수의八卦紫壽衣의 띠를 풀고 머리까지 감싸니 그

廣成子破金光陣

광성자, 금광진을 격파하다.

모습이 사라져버렸다. 그 황금빛은 대단히 오묘한 능력을 가지고 있었지만 팔괘자수의를 뚫고 들어가지는 못했다. 시간이 한참 지나도 황금빛은 광성자의 몸에 닿지 못했고 벼락 소리도 그의 몸뚱이를 뒤흔들지 못했다. 그러는 사이에 광성자가 은밀히 번천인番天印을 팔괘자수의 아래로 던지자 '쨍!' 하는 소리와 함께 열아홉 개의 거울이 깨져버렸다. 당황한 금광성모는 황급히 두 개의 거울을 손에 쥐고 흔들려고 했지만 광성자가 다시 번천인을 던지자 미처 피하지 못한 금광성모는 정확히 정수리를 얻어맞고 뇌수가 터져 죽고 말았다. 그녀의 영혼은 그대로 봉신대로 떠나버렸고 광성자는 유유히 금광진 밖으로 나왔다.

그 모습을 보고 금광성모가 죽었음을 알게 된 문 태사가 고함을 질렀다.

"광성자, 거기 서라! 내가 금광성모의 복수를 하고 말겠다!"

문 태사가 묵기린을 몰아 달려 나가려는 순간 화혈진 안에서 손천군이 소리쳤다.

"문형, 고정하시오! 내가 저놈을 사로잡아 금광성모의 복수를 해주겠소!"

그러면서 대추처럼 시뻘건 얼굴에 짤막한 수염을 기르고 호랑이 머리가 장식된 모자를 쓴 채 얼룩무늬가 있는 노란 사슴을 탄 손천군이 나는 듯이 앞으로 나왔다. 연등도인이 좌우를 둘러보았지만 마땅히 내보낼 사람이 없어서 고심하던 차에 갑자기 도사 하나가 허둥지둥 달려와서 여러 도사들에게 고개를 숙여 절했다.

"도형들, 안녕하십니까?"

연등도인이 물었다.

"귀하는 누구시오?"

"저는 오이산五夷山 백운동白雲洞의 교곤喬坤이라고 하는 보잘것 없는 몸입니다. 들자 하니 열 개의 진 가운데 화혈진이라는 것이 있다고 하던데 제가 강상을 도와줘야 하지 않겠습니까?"

그 말이 끝나기도 전에 손천군이 소리쳤다.

"내 진을 시험해볼 자 누구냐?"

그러자 교곤이 정신을 추스르고 응대했다.

"내가 간다!"

그가 칼을 들고 앞으로 나아가 물었다.

"너희는 비록 절교 문하라고는 하지만 어쨌든 출가한 사람인데 왜 불량한 마음을 일으켜 이런 못된 진을 펼쳤느냐?"

"네놈은 누구인데 감히 내 화혈진을 깨겠다는 것이냐? 괜히 목숨만 버리지 말고 일찌감치 돌아가라!"

"뭐라고? 손량孫良, 허풍 떨지 마라. 내 기필코 너의 진을 깨뜨리고 수급을 베어 서기성에 효수하고 말리라!"

손량이 버럭 화를 내며 칼을 휘둘러 공격하자 교곤도 맞서 싸웠다. 몇 판 지나지 않아 손량은 진 안으로 도망쳤고 교곤도 뒤쫓아 들어갔는데 대에 올라간 손량이 검은 모래를 뿌리니 교곤은 그대로 그것을 맞고 말았다.

도포에 모래 묻으니 몸뚱이는 핏물로 변해
철철 흘러서 온 땅을 시뻘겋게 물들였구나!

沙沾袍服身爲血　化作津津遍地紅

　　교곤의 영혼이 봉신대로 떠나자 손량이 다시 진 밖으로 나와서 소리쳤다.

　　"연등 도우, 이름도 없는 하급의 도사를 내보내 부질없이 목숨만 잃게 만들었구려!"

　　이에 연등고불이 태을진인을 지목하니 그가 노래를 부르며 앞으로 나갔다.

지난날 불로장생의 술법 배우려고 뜻을 세워
오늘에야 비로소 도술의 정묘함을 알게 되었지.
천지를 움직여 이치를 뒤집고
해와 달을 옮겨 서로 밝게 비추게 했지.
창룡은 남쪽[離]으로 돌아가 쉬려고 마음먹고
다정한 백호는 북쪽[坎]을 찾아가지.
구환단九還丹°만들려면 어디로 가야 하나?
동북쪽[震宮]에 우레 울리니 서쪽 향해 완성하지.

當年有志學長生　今日方知道行精
運動乾坤顛倒理　轉移日月互爲明
蒼龍有意歸離臥　白虎多情覓坎行
欲煉九還何處是　震宮雷動望西成

　　태을진인이 노래를 마치자 손량이 말했다.

28

"도형, 내 진이 얼마나 오묘한지 모르는가 보구려?"

"도우, 너무 큰소리치지 마시구려. 나는 그 진을 무인지경처럼 돌아다닐 수 있소이다."

손량이 버럭 화를 내며 칼을 휘두르자 태을진인도 칼로 맞섰다. 서너 판 맞붙고 나서 손량이 진 안으로 도망치자 태을진인도 뒤쪽에서 재촉하는 종소리를 듣고 진 입구에 다가가 땅바닥을 향해 손가락을 가리켰다. 그러자 두 송이 푸른 연꽃이 나타나 그것을 타고 허공을 날아 진 안으로 들어갔다. 그리고 왼손을 뻗자 손가락에서 다섯 줄기 하얀 빛이 쏟아져 나와 높이가 한두 길까지 자라더니 꼭대기에서 한 송이 상서로운 구름이 나타나 허공을 맴돌며 그의 머리 위를 보호했다. 손량이 대 위에서 검은 모래를 한 줌 뿌리자 그 모래는 태을진인의 머리 위로 날아왔는데 태을진인의 머리 위에 있는 구름에 닿자 마치 불길에 닿은 눈송이처럼 흔적도 없이 사라져버렸다. 손량은 화가 치밀어 한 되나 되는 검은 모래를 뿌렸지만 그것 역시 그대로 날아가 저절로 사라져버렸다. 이렇게 도술이 먹히지 않는 것을 보고 손량이 도망치려 하자 태을진인이 황급히 구룡신화조를 공중에 던졌고 손량의 운명은 거기까지였는지 그는 그대로 구룡신화조에 갇혀버렸다. 이에 태을진인이 손뼉을 탁 치자 아홉 마리 화룡火龍이 나타나 휘감아버리니 손량의 몸뚱이는 순식간에 재가 되었고 그의 영혼은 봉신대로 떠나버렸다. 문 태사는 밖에서 지켜보다가 화혈진이 깨진 것을 알고 고함을 질렀다.

"태을진인, 멈춰라! 내가 간다!"

그때 황룡진인이 학을 타고 나아가 문 태사를 가로막았다.

"대장부가 약속은 지켜야 하지 않겠소? 열 개의 진 가운데 이제 여섯 개가 깨졌으니 잠시 돌아갔다가 내일 다시 봅시다. 어차피 자웅은 결판날 테니 이렇게 억지를 부리실 필요가 있겠소이까?"

문 태사는 화가 하늘까지 치밀어 신령한 세 번째 눈에서 빛이 이글거렸다. 수염과 머리카락이 곤두선 채 자기 진영으로 돌아온 그는 황급히 나머지 네 진의 주인을 불러놓고 눈물을 흘리며 말했다.

"내가 나라의 은혜를 입어 신하로서 가장 높은 벼슬까지 올랐으니 이 몸을 바쳐 보은하는 것이 당연하오. 그런데 오늘 여섯 명의 벗이 재앙을 당하여 마음이 너무 아프구려! 네 분께서는 섬으로 돌아가시구려, 나는 강상과 목숨을 걸고 일전을 벌이겠소. 결단코 둘 중 하나는 살아남지 못할 것이오!"

그렇게 말하고 비 오듯 눈물을 흘리자 네 천군이 말했다.

"문형, 잠시 고정하시구려. 이것은 하늘이 정해놓은 운수이니 우리도 나름대로 생각이 있소이다."

그리고 그들은 각자의 진으로 돌아갔다.

한편 연등도인은 태을진인과 함께 움막으로 돌아와 말없이 자리에 앉았다. 그리고 강상은 이런저런 뒤치다꺼리를 했다.

그러는 와중에 문 태사는 혼자 골똘히 방책을 강구했는데 도무지 수가 보이지 않았다. 그때 갑자기 아미산峨嵋山 나부동羅浮洞의 조공명趙公明이 생각났다.

'그 사람이 온다면 일이 잘 풀릴 수도 있을 텐데…….'

그는 황급히 제자들을 불렀다.

"길립과 여경, 너희는 영채를 잘 지키고 있어라. 아미산에 좀 다녀오마."

"예!"

문 태사는 곧 묵기린을 타고 황금 채찍을 건 채 바람과 구름을 몰아 나부동으로 갔으니 그야말로 이런 격이었다.

신령한 바람 타고 천 리를 가니
비로소 도가의 도술 뛰어남을 보여주었지.

神風一陣行千里　方顯玄門道術高

문 태사는 순식간에 아미산 나부동에 도착해 묵기린에서 내려 사방을 둘러보았다. 그 산은 정말 청정하고 그윽하면서도 한적하여 학과 사슴이 무리 지어 모여 있고 원숭이들이 오가며 동부 입구에는 등나무 덩굴이 걸려 있었다.

"계십니까?"

잠시 후 도동이 나와서 눈이 세 개인 문 태사를 보더니 물었다.

"어디서 오신 분이십니까?"

"자네 사부님은 안에 계시는가?"

"예."

"가서 상나라 도읍의 태사 문 아무개가 찾아왔다고 말씀드리게."

도동의 보고를 받은 조공명은 서둘러 문 태사를 맞이하러 나왔다.

"허허! 도형, 무슨 바람이 불어 여기까지 오셨소이까? 인간 세상의 부귀영화를 누리며 황금 저택에서 편히 지내시느라 도사들의 맑고 담백한 삶은 전혀 생각하지 않으시는 줄 알았는데요."

둘은 안으로 들어가서 다시 정식으로 인사를 나누고 자리에 앉았다. 문 태사가 긴 한숨을 내쉬며 말을 꺼내지 못하자 조공명이 먼저 물었다.

"아니, 웬 한숨이시오?"

"내가 어명을 받들어 역적을 토벌하러 기주로 갔는데 뜻밖에 곤륜산의 제자 강상이 계책을 잘 쓰고 많은 이들이 악의 무리를 도와 패거리를 이루어 간악한 짓을 일삼는지라 누차 기회를 잃고 패배를 거듭했지만 뾰족한 방도가 없었소이다. 그래서 부득이하게 금오도에서 진완을 비롯한 열 명의 도우에게 협조를 받아 열 개의 진을 설치해 강상을 사로잡으려 했지요. 그런데 뜻밖에 그 가운데 여섯 개가 깨져버렸고 여섯 명의 도우가 아무 이유 없이 재앙을 당하고 말았으니 정말 원통하기 그지없소이다. 아무리 생각해도 도움을 청할 곳이 없는지라 이렇게 부끄러움을 무릅쓰고 도형을 찾아와 폐를 끼치게 되었소이다. 한번 도와주실 수 있겠소이까?"

"진즉 오시지 그랬소이까? 오늘 그렇게 패전한 것은 도형께서 자초하신 일이외다. 기왕 이리 되었으니 도형께서는 먼저 돌아가시구려. 나도 금방 따라가겠소이다."

문 태사는 무척 기뻐하며 묵기린에 올라 바람과 구름을 타고 영채로 갔다.

한편 조공명은 제자 진구공陳九公과 요소사姚少司를 불렀다.

"너희들도 함께 서기로 가자꾸나."

"예!"

조공명은 짐을 꾸려 떠나면서 도동에게 당부했다.

"동부를 잘 지키고 있어라, 다녀오마!"

그는 곧 두 제자를 거느리고 흙의 장막을 이용해 서기로 갔다. 그런데 한참 가는 도중에 문득 내려서 보니 어느 높은 산 위였다.

기이한 풍경과 꽃은 아무리 봐도 다함이 없으니
이곳이야말로 작은 봉래도가 분명하구나!

異景奇花觀不盡　分明生就小蓬萊

조공명이 산속의 경치를 구경하고 있는데 갑자기 산 아래에서 거센 바람이 먼지를 휘몰아 올라오기에 자세히 살펴보니 한 마리 맹호가 달려오는 것이었다.

"하하! 마침 타고 갈 것이 없어서 아쉬웠는데 호랑이를 타고 산에 오르면 딱 좋겠구나!"

그러는 사이에 호랑이가 꼬리를 흔들며 어슬렁어슬렁 다가왔다.

포효하며 펄쩍 뛰어 깊은 산에서 나오니
몇 명의 영웅이 땀과 피에 얼룩졌던가?
갈고리처럼 날카로운 발톱에 담력도 크고
칼 같은 강철 송곳니 기세도 흉험하구나.
움직이기도 전에 바람이 먼저 이르고
펄쩍 뛰자마자 풀이 저절로 당겨오지.
무리 지은 짐승이라 해도 두려워 굴복하기 마련이니

한눈파는 사이라 해도 감히 그 위세를 건드리랴?

咆哮踢躍出深山　幾點英雄汗血斑

利爪如鉤心膽壯　鋼牙似劍勢兇頑

未曾行動風先到　纔作奔騰草自扳

任是獸群應畏服　敢攖威猛等閒間

조공명은 검은 호랑이가 다가오자 기뻐서 어쩔 줄 몰랐다.

"너를 쓰면 딱 좋겠구나!"

그는 느긋하게 걸어가 두 손가락으로 호랑이를 굴복시켜 땅에 엎드리게 하고 목에 새끼줄을 묶은 다음 등에 올라타 머리를 툭 쳤다. 그러고 나서 호랑이 머리에 부적을 그리니 그놈의 네 발 아래에 바람과 구름이 피어나면서 순식간에 문 태사의 영채 앞에 도착했다. 그 모습을 본 병사들이 비명을 질렀다.

"호랑이가 나타났다!"

그러자 진구공이 말했다.

"괜찮소! 집에서 기르는 호랑이요. 어서 문 태사께 보고하시오, 조 어르신께서 도착했다고 말이오."

보고를 받은 문 태사가 황급히 원문 밖으로 나와 맞이하자 둘은 나란히 중군 막사로 들어가 네 진의 주인들과 인사를 나누고 함께 군사 업무를 의논했다. 조공명이 말했다.

"네 분 도형들, 어떻게 열 개의 진을 펼치고도 오히려 여섯 명의 도우를 잃으셨소이까? 이거 정말 고약한 일이구려!"

그때 문득 고개를 들어 살펴보니 강상의 움막 위에 조강이 매달려 있는 것이었다.

"저기 움막 위에 매달려 있는 이는 누구요?"

백천군이 대답했다.

"도형, 바로 지열진의 주인인 조강이외다."

"아니, 어찌 이런 일이! 유·불·도 삼교는 원래 하나이거늘 조강에게 저런 치욕을 안기다니 우리 체면이 어찌 되겠소이까! 내가 저쪽의 인물을 잡아다 매달아놓으면 저들도 우리 심정을 알겠지!"

그는 곧 채찍을 들고 호랑이를 탔고 문 태사와 네 도사도 원문 밖으로 나가 조공명이 강상과 만나는 모습을 지켜보았다. 자, 이제 승부가 어찌 되는지는 다음 회를 보시라.

제47회

조공명, 문 태사를 돕다
公明輔佐聞太師

기이한 보물 많다고 자랑하지 말지니

운수의 기한 차면 어긋날 때 있음을 알아야지.

기산에서 지금 승리를 장담하는 이 많았지만

좁은 길에서 실의하여 슬퍼하게 될까도 생각해야지.

호랑이 타고 위세 부려도 결국 허무한 일이었으니

용을 굴복시켜도 시운을 돌릴 수 없었지.

아아, 주왕의 해가 서산으로 기울어가건만

어찌하랴, 군주를 바로잡을 방도가 없는 것을!

異寶雖多莫炫奇　須知盈滿有參差

西山此際多誇勝　狹路應思失意悲

跨虎有威終屬幻　降龍無術轉當時

堪嗟紂日西山近　無奈匡君欠所思

그러니까 조공명이 호랑이를 타고 채찍을 든 채 영채 밖으로 나가서 고함을 질렀다.

"강상에게 당장 나오라고 해라!"

이에 나타가 움막으로 가서 보고했다.

"호랑이를 탄 도사가 사숙께 할 말이 있다고 합니다."

그러자 연등도인이 강상에게 말했다.

"지금 온 자는 바로 아미산 나부동의 조공명일세. 기회를 잘 살펴서 대처하시게."

"예, 알겠습니다."

강상은 움막에서 나와 사불상을 타고 좌우로 나타와 황천화, 양전, 금타와 목타 등의 호위를 받으며 앞으로 나아갔다. 잠시 후 노란 깃발이 펼쳐지더니 검은 호랑이를 탄 도사가 나타났다.

천지가 생기기 전에 혼돈에서 도덕을 닦고
거대한 우주에서 원신을 단련했지.
풍운의 솥에 음양의 기운 불러 모으고
새벽이면 해와 달이 돌아 운행했지.
오행의 장막과 하늘의 운수 장난삼아 펼치며 놀았고
산을 옮기고 바다 뒤집는 것쯤이야 우스운 일이지.
손바닥 위에 천지의 비결을 얹어놓기도 했고
짚신 한 켤레 신고 마음대로 돌아다니기도 했지.
오기조원의 경지를 이룬 것은 정말 드문 일이요
삼화취정에 이르니 저절로 불사의 수명 얻게 되었지.

아미산 아래에 명성 널리 퍼졌지만
진정한 도를 깨달은 이 몇이나 되랴?

天地玄黃修道德　洪荒宇宙煉元神
虎龍嘯聚風雲鼎　烏兎週旋卯酉晨
五遁三除閒戲耍　移山倒海等閒論
掌上曾安天地訣　一雙草履任遊巡
五氣朝元眞罕事　三花聚頂自長春
峨嵋山下聲名遠　得到羅浮有幾人

강상은 조공명을 보고 앞으로 나아가 공손히 절했다.

"도우께서는 어디서 오신 분이신지요?"

"나는 아미산 나부동의 조공명이다. 네가 내 도우들의 진 여섯 개를 깨뜨리면서 너희들의 도술을 믿고 나의 벗 여섯 명을 해쳤다고 하니 정말 원통하구나! 게다가 조강을 움막 위에 매달아놓다니 너무나 가증스럽구나! 강상, 내가 알기로 너는 옥허궁의 제자라지? 이제 내가 하산했으니 반드시 너와 승부를 결하고 말겠다!"

그러면서 그가 호랑이를 몰고 달려들어 채찍을 휘두르며 공격하자 강상도 황급히 칼을 들고 맞섰다. 몇 판이 지나고 나서 조공명이 채찍을 공중으로 던지자 번개처럼 눈부신 신령한 빛이 번쩍 쏟아졌는데 이에 깜짝 놀란 강상은 미처 피하지 못하고 채찍에 맞아 안장에서 떨어지고 말았다. 그때 나타가 재빨리 화첨창을 휘두르며 조공명과 맞서니 그 틈에 금타가 강상을 구해냈다. 하지만 등짝에 채찍을 맞은 강상은 그대로 죽고 말았다. 나타는 창술을 발휘하여 몇 판 맞붙었으나 결국 조공명의 채찍에 맞아 풍화륜에서 떨어져버렸다. 그것을 본 황천화가 옥기린을 몰고 달려들어 두 개의 추를 휘둘러 조공명과 맞섰고 뇌진자도 공중으로 날아올라 황금 몽둥이를 뽑아 들고 아래로 내리꽂으며 공격했다. 양전도 말을 몰고 달려들어 창을 휘둘렀는데 셋이서 조공명을 한가운데로 몰아 둘러싸고 엄청난 격전을 벌였다.

천지는 어둑하게 빛을 잃고
우주는 캄캄하게 검은 안개만 자욱하구나!

天昏地暗無光彩　宇宙渾然黑霧迷

조공명이 세 사람에게 둘러싸여 있을 때 뇌진자는 위쪽을 맡고 황천화는 중앙을 맡았다. 그때 양전이 하얀 코끼리처럼 생긴 효천견哮天犬을 풀어놓았다.

신선 나라에서 수행한 개 효천이라 불리는데
생김새는 하얀 코끼리 같고 사납기는 올빼미 같았지.
청동 같은 머리와 강철 같은 목으로 공격하면 막아내기 어려워
사나운 칼날 같은 공격에 당하면 뼈조차 사라져버리지.

仙犬修成號細腰　形如白象勢如梟
銅頭鐵頸難招架　遭遇凶鋒骨亦消

미처 방비하지 못하고 있던 조공명은 효천견에게 목이 물려 상처

조공명, 문 태사를 돕다.

가 나고 옷이 찢어지는 바람에 호랑이를 몰고 도망쳐 문 태사의 원문 안으로 들어갔다. 조공명이 패전하여 돌아오자 문 태사가 얼른 다가가 그를 위로했다.

"괜찮소."

조공명은 서둘러 호리병에서 신선의 약을 꺼내 상처에 발랐고 그 즉시 나았다.

한편 강상이 조공명의 채찍에 맞아 죽자 제자들은 그의 시신을 메고 저택으로 돌아갔다. 그 소식을 들은 무왕이 황급히 문무백관들과 함께 달려와 살펴보니 강상은 백짓장처럼 하얀 얼굴에 눈을 감고 아무 말도 하지 못했다. 그것을 보고 무왕은 자기도 모르게 고개를 끄덕이며 탄식했다.

"명리라는 것이 모두 그림의 떡이 되었구나!"

무왕이 슬픔에 잠겨 탄식하고 있을 때 수하가 보고했다.

"광성자가 승상을 보러 찾아왔사옵니다."

무왕은 대전 앞으로 나가 그를 맞이하며 말했다.

"도형, 상보께서 돌아가셨으니 어쩌면 좋겠습니까?"

"걱정 마십시오, 강상은 이런 액운을 겪도록 운명이 정해져 있습니다."

그리고 그가 제자에게 분부했다.

"물을 한 잔 가져오너라."

광성자는 단약 한 알을 꺼내 손으로 짓이기더니 강상의 입에 넣고 물을 흘려 목 안으로 넘어가게 했다. 그로부터 두 시간쯤 지나자 강상이 비명을 질렀다.

"아이고, 아파라!"

그러면서 두 눈을 번쩍 뜨니 무왕과 광성자가 침대 옆에 서 있는 것이 보였다. 그제야 강상은 자신이 죽었다가 깨어난 것을 알아차리고 힘겹게 몸을 일으켜 감사 인사를 하려고 했다. 그러자 광성자가 손을 내저으며 말했다.

"함부로 움직이지 말고 몸조리나 잘 하시게. 나는 움막으로 가서 안배를 해놓아야겠네. 조공명이 또 행패를 부릴지 모르니 말일세."

광성자는 움막으로 돌아가 연등도인에게 강상의 목숨을 되살려 몸조리를 하고 있다는 사실을 보고했다.

한편 조공명은 이튿날 다시 호랑이를 타고 영채 밖으로 나왔다. 그가 주나라의 움막 앞으로 와서 연등도인에게 나오라고 소리치자 보고를 받은 연등도인이 도우들과 함께 반열을 맞춰 밖으로 나갔다. 그는 조공명이 살벌한 위세를 풍기며 도사답지 않게 흉맹한 눈빛을 번뜩이자 고개를 숙여 예를 표하며 말했다.

"도형, 안녕하시오?"

"도형, 나를 너무 무시하는 거 아니오? 내 도술은 그대가 알고 그대의 도술은 나도 보았소. 내 도술로 말하자면 이러하오."

혼돈 이래로 얼마나 많은 해가 지났는지 모르겠고
각기 오묘한 도로써 온전한 진성을 이루었지.
당시에는 아직 별도 없었고

우리가 먼저 있고 나서 천지가 생겨났지.

混沌從來不記年　各將妙道輔眞全

當時未有星和斗　先有吾黨後有天

"도형, 그대는 천교 옥허궁의 문하이고 나는 절교의 문하가 아니오? 그대와 나의 스승은 똑같이 한 스승에게서 비전의 술법을 전수받고 도를 깨달아 신선이 되어 함께 교주가 되셨소. 그런데 그대들이 조강을 움막 위에 매달아둔 것은 우리의 도를 먼지처럼 하찮게 여기는 처사가 아니고 무엇이오? 조강은 새끼줄에 매달아놓고 그대들은 멀쩡하게 있다는 것은 공평하지 못하오. 이런 말도 모르시오?"

푸른 대나무 노란 수염 하얀 죽순의 싹

유생의 모자 쓰고 도사의 신 신어 하얀 연꽃 피워내지.

붉은 꽃 하얀 연뿌리 푸른 연잎

삼교는 원래 모두 한 집안이었지!

翠竹黃鬚白笋芽　儒冠道履白蓮花

紅花白藕青荷葉　三教原來總一家

"도형, 예전에 봉신방을 내릴 때 그대도 벽유궁에 있었소이까?"

"당연하지요."

"그렇다면 그대 사부께서 하신 말씀을 들었을 게 아니오? '신들의 이름은 삼교 안에 모두 있지만 밀봉되어 있어서 그림자조차 보

이지 않으니 죽은 뒤에야 밝게 드러나리라'라고 말씀하시지 않았
소이까? 그대 사부께서 그렇게 명명백백하게 말씀하셨는데 도형
께서 지금 여기에 오신 것은 자기 마음을 속이고 하늘을 거스르는
처사가 아니오? 그러니 이것은 도형께서 자초하신 일이오. 우리가
이 재난을 당했으나 길흉을 아직 알 수 없소. 나는 천황天皇의 시절
부터 이미 정과를 이루었지만 지금까지 속세를 벗어나지 못하고
있소이다. 그런데 아무 구속도 없이 자유롭던 도형께서는 오히려
억지로 명리를 다투려고 하시는구려. 잠시 내 도술에 대해 들어보
시오.”

반고 이래로 수행하여 몇 해가 지났는가?
음양의 두 기운은 천지가 생기기 전부터 있었지.
죽음 가운데 생기가 피어나 살과 피부 바뀌고
정精 속에 정을 품어 성명性命이 원만해졌지.
옥액 마시고 단을 이루어 참다운 도사 되었으니
육근이 청정하여 신선의 태가 만들어졌지.
천지를 비틀어 흔들면 마음이 바로 되기 힘드나니
공연히 힘만 써서 깊은 골짝이나 못에 빠지고 말리라!

盤古修來不記年　陰陽二氣在先天
然中生氣肌膚換　精裏含精性命圓
玉液丹成眞道士　六根淸淨産胎仙
扭天拗地心難正　徒費工夫落塹淵

조공명이 버럭 화를 냈다.

"설마 내가 그런 것조차 모르는 줄 아시오? 잠시 내 도에 대해 들어보시오."

수미산도 뒤집어엎을 수 있고
해와 달도 거꾸로 운행하게 할 수 있지.
예로부터 천지는 나보다 뒤에 생겨났으니
도교의 도덕을 갖춘 신선 같은 게 어디 있었으랴?

能使須彌翻轉過　又將日月逆週旋

從來天地生吾後　有甚玄門道德仙

조공명의 말이 끝나자 황룡진인이 학을 타고 앞으로 나아가 고함을 질렀다.

"조공명, 네가 오늘 여기에 온 것도 봉신방에 이름이 올라 있기 때문이니 마땅히 여기서 죽어야 한다!"

그 말에 조공명이 분기탱천하여 채찍을 휘두르며 공격하니 황룡진인이 황급히 칼을 들어 맞섰다. 몇 판 맞붙지 않았을 때 조공명은 재빨리 박룡삭縛龍索을 공중으로 던져서 황룡진인을 묶어 잡아가버렸다. 그 모습을 본 적정자가 고함을 질렀다.

"조공명, 무례한 짓을 그만둬라! 내 도에 대해 들려주마."

올바른 신선의 도리 깨달아 사물 바깥에서 현묘하게 지내며
확연히 뜻을 이루고 나니 저절로 수단은 잊어버렸지.

불로장생의 길은 사물 바깥에 있음을 알아야지
저절로 소요하며 늙지 않는 신선 될 수 있다네.
음양을 합쳐서 선천의 기운 만들어내고
해와 달을 뒤집어 천지와 어울리게 했지.
본래 생멸이 없음의 묘리를 분명히 가르쳤으나
어이하랴? 속된 마음을 스스로 버리지 못하는 것을!

會得陽仙物外玄　了然得意自忘筌
應知物外長生路　自是逍遙不老仙
鉛與汞合産先天　顛倒日月配乾坤
明明指出無生妙　無奈凡心不自捐

　적정자가 칼을 들고 공격하자 조공명도 채찍을 휘두르며 맞섰다.
그렇게 서너 판쯤 맞붙었을 때 조공명이 정해주定海珠라는 스물네
개의 진주를 꺼내 들었는데 이 보물은 훗날 불교에서 흥성하여 이
십사 제천諸天이 되는 것이다. 조공명이 이 보물을 공중에 던지자 오
색의 가는 광채가 피어났으니 설령 신선이라 해도 그것을 제대로
볼 수 없었다. 그 빛은 그대로 쏟아져 적정자를 맞혀 비틀거리게 만
들었고 조공명이 다시 채찍을 들어 적정자의 정수리를 치려는 순간
광성자가 재빨리 끼어들며 소리쳤다.
　"우리 도형을 해치지 마라, 내가 간다!"
　광성자가 사납게 달려들자 조공명도 황급히 맞섰다. 하지만 맞
서며 또 정해주를 공중에 던졌다. 그 바람에 광성자는 땅바닥에 털
썩 쓰러지고 말았다. 이를 본 도행천존이 급히 달려들어 조공명을

막았는데 조공명은 정해주를 연달아 써서 옥정진인과 영보대법사를 포함한 다섯 명의 신선에게 부상을 입혀 움막으로 돌아가게 만들었다. 그리고 자신은 개선가를 부르며 문 태사의 영채로 돌아갔다. 그가 중군 막사에 도착하자 문 태사는 기쁨을 감추지 못했다. 조공명은 황룡진인을 깃대 위에 매달아두게 하고 니환궁에 부적을 찍어 그의 원신을 억눌러놓아 빠져나가지 못하게 했다. 문 태사는 곧 술상을 준비하게 해서 네 진의 주인들과 함께 조공명에게 술을 권했다.

한편 연등도인이 움막으로 돌아오자 부상당한 다섯 명의 신선은 서로 얼굴만 멀뚱멀뚱 쳐다볼 뿐 아무 말도 하지 못했다. 연등도인이 도사들에게 물었다.

"오늘 조공명이 여러분에게 부상을 입힌 물건이 무엇이오?"

영보대법사가 대답했다.

"위력이 엄청나다는 것은 알겠는데 무슨 물건인지 자세히 보지 못했습니다."

그리고 다섯 신선이 일제히 말했다.

"그저 붉은 빛이 번쩍하는 것만 보았고 무슨 물건인지는 보지 못했습니다."

그 말을 듣고 기분이 무척 울적해진 연등도인이 문득 고개를 드니 깃대에 매달린 황룡진인의 모습이 보이는지라 마음이 더욱 불편해졌다. 이에 여러 도사들이 탄식했다.

"우리가 이런 재난을 당하는 것은 피할 수 없는 일이지만 황룡진인이 저런 액운을 당하게 되었으니 마음이 너무 안쓰럽구려. 누가 구해 올 수 있다면 좋을 텐데요."

그러자 옥정진인이 말했다.

"걱정 마시구려, 밤이 되면 다시 대책을 마련해봅시다."

이에 모두들 더 이상 아무 말이 없었다.

어느덧 해가 서쪽으로 넘어가자 옥정진인이 양전을 불렀다.

"오늘 밤 자네가 황룡진인을 구해 오게."

"알겠습니다."

일경이 되어 사방이 완전히 어두워지자 양전은 날개 달린 개미로 변신해 황룡진인에게 날아가 귓전에 속삭였다.

"사숙, 제자 양전이 구하러 왔습니다. 양신陽神이 빠져나오게 하려면 어떻게 해야 합니까?"

"내 정수리에 찍힌 부적을 떼어내면 된다."

이에 양전이 부적을 떼어냈으니 그야말로 이런 격이었다.

하늘 문 활짝 열려 양신이 나오나니

곤륜산 떠나온 정과를 이룬 신선이지!

天門大開陽神出　去了崑崙正果仙

움막으로 돌아온 황룡진인은 옥정진인에게 고개를 숙여 감사했고 다른 도사들도 모두 기뻐했다.

한편 조공명은 술이 얼큰하게 취해서 한창 흥이 올랐는데 갑자기 등충이 들어와서 보고했다.

"어르신, 깃대 위에 있던 도사가 사라져버렸습니다!"

조공명은 손가락을 짚어 점을 쳐보고는 양전이 구해 간 사실을 알았다.

"하하! 제까짓 놈이 오늘은 도망쳤지만 내일은 어림없을 게다!"

이때는 이미 이경이 되어가고 있었기 때문에 그들은 술자리를 파하고 각자 잠자리에 들었다.

이튿날 중군 막사로 나온 조공명은 호랑이에 올라타서 채찍을 들고 곧 주나라의 움막 아래로 달려가 연등도인에게 나오라고 요구했다. 그 모습을 본 연등도인이 여러 도사들에게 말했다.

"여러분은 여기에 계시오, 내가 혼자 나가서 만나겠소."

연등도인이 사슴을 타고 몇 명의 제자만 거느린 채 나가자 조공명이 말했다.

"양전이 황룡진인을 구해 갔더구려. 그자가 제법 변신술을 쓸 줄 아는 모양이니 좀 나와보라고 하시오."

"하하! 그대도 알고 보니 속이 좁은 분이었구려. 이 일은 그 아이의 재능 때문이 아니라 무왕의 크나큰 복과 강상의 덕으로 인한 결과일 뿐이오."

"그따위 말로 병사들의 마음을 어지럽히려 하다니 정말 고약하구나!"

그러면서 그가 채찍을 들어 공격하자 연등도인도 "선재로다!" 하면서 재빨리 칼을 들어 막았다. 둘이 몇 판 맞붙지 않았을 때 조공명이 다시 정해주를 공중으로 던졌는데 연등도인이 지혜의 눈으로 살펴보니 오색의 가는 광채만 보일 뿐 보물의 정체는 알 수 없었다. 이에 그는 재빨리 사슴을 몰아 움막으로 가지 않고 서남쪽으로 내달렸다. 조공명도 즉시 뒤쫓아 한참을 달려가보니 앞쪽에 산이 하나 나타났다. 산비탈의 소나무 아래에서는 각기 푸른 옷과 붉은 옷을 입은 두 사람이 바둑을 두고 있었는데 그들이 막 돌을 가리고 바둑을 두려는 순간 사슴이 달려오는 소리가 들려와서 고개를 돌려보니 연등도인이었다.

"아니, 무슨 일이시오?"

연등도인이 조공명에 대해 들려주자 두 사람이 말했다.

"걱정 마시고 잠시 이쪽에 서 계십시오. 저희가 이야기해보겠습니다."

잠시 후 조공명이 번개처럼 호랑이를 몰고 나타나자 두 사람이 노래를 불렀다.

가련하다, 사대°는 헛된 이름뿐이니

이를 간파해야 생사의 굴레에서 벗어날 수 있지.

지혜로운 성품은 하늘가에 뜬 달과 같지만

도의 성정은 물속의 얼음과 같지.

관건을 되돌리면 모든 것이 보이고

부질없는 공허를 간파하면 만물이 분명해지지.

부덕한 행실로 공을 이루지 못하니 모두 거짓이라

단전의 화로에 불길 일어나 도를 이루기 어렵다네.

可憐四大屬虛名　認破方能脫死生

慧性猶如天際月　道情却是水中冰

撥迴關捩頭頭看　看破虛空物物明

조공명은 연등도인을 쫓다가 이상한 노랫소리가 들려오자 유심히 쳐다보니 푸른 옷과 붉은 옷을 입고 얼굴색도 각기 검고 흰 두 사람이 보였다.

"그대들은 누구시오?"

"하하! 우리도 알아보지 못하면서 무슨 신선이라는 겐가? 우리의 도에 대해 들어보시게."

우습구나 조공명이여, 우리가 누구냐고 묻다니!

우리는 원래 안개와 노을 속에 살았지.

눈썹 속에 불과 벼락 숨기고 있다는 것은 헛소리가 아니고

황금 연꽃 직접 심었다는 것이 어찌 자화자찬일까?

석 자 거문고로 생계 꾸리고

한 병 좋은 술로 평생을 즐기지.

용을 타고 멀리 바다로 나가 노닐고

사람 없는 고요한 밤에 달빛을 감상하지.

> 堪笑公明問我家　我家原住在煙霞
> 眉藏火電非閒說　手種金蓮豈自誇
> 三尺焦桐爲活計　一壺美酒是生涯
> 騎龍跨出遊滄海　夜靜無人玩月華

"우리는 바로 오이산에 살고 있는 소승蕭升과 조보曹寶라고 하네.

우리 형제는 느긋하게 바둑이나 두면서 세월을 보내고 있었는데 오늘 보니 자네가 연등 어르신을 너무 핍박했더구먼. 억지로 하늘의 도리를 거슬러 거짓 왕조를 도와 참다운 왕조를 멸하려 하면서 자신의 죄는 모르고 오히려 재능을 과시하며 그분을 공격했다고 하던데 그게 사실인가?"

"뭣이! 너희가 얼마나 대단한 재간을 가졌기에 감히 그따위 말을 하는 게냐?"

그러면서 조공명이 채찍을 들고 공격하자 두 사람도 황급히 칼을 들어 맞섰다. 이렇게 채찍과 칼로 몇 판 공방이 오가고 나서 조공명이 박룡삭을 공중에 던져 두 사람을 사로잡으려 하는데 소승이 그것을 보고 껄껄 웃었다.

"마침 잘 나타났구나!"

그는 얼른 표범 가죽 자루에서 낙보금전落寶金錢이라는 날개가 달린 금전金錢을 꺼내 공중에 던졌다. 그러자 박룡삭은 금전과 함께 땅바닥에 떨어져버렸고 조보는 재빨리 두 보물을 챙겼다. 그것을 본 조공명이 버럭 고함을 질렀다.

"요사한 것들, 감히 내 보물을 낚아채?"

그러면서 그가 다시 정해주를 공중으로 던지자 수천 덩이의 상서로운 빛이 쏟아져 내렸는데 소승이 다시 낙보금전을 던지자 정해주도 따라서 떨어져 조보가 정해주마저 낚아채 챙겨버렸다. 이를 본 조공명은 삼시신三尸神이 날뛸 만큼 화가 치밀어 황급히 신편神鞭을 공중으로 던졌고 이를 본 소승이 또 금전을 던졌지만 그 채찍은 그냥 무기이지 보물이 아닌지라 동전을 따라 떨어지지 않고 그대로 소승의 정수리를 때려버렸다. 그 바람에 뇌수가 터진 소승은 잠시 동안의 한가로운 삶을 뒤로하고 그대로 봉신대로 떠났고 그의 죽음을 본 조보는 복수를 하려고 했다. 그때 산비탈 높은 곳에서 연등도인이 탄식하며 중얼거렸다.

"바둑이나 두며 담소를 나누던 두 분이 어찌 나 때문에 이런 고초를 당해야 한단 말인가? 아무래도 몰래 좀 도와줘야겠구나."

연등도인은 얼른 건곤척乾坤尺을 공중으로 던지자 미처 방비하지 못하고 있던 조공명은 그대로 건곤척에 맞아 하마터면 호랑이의 등에서 떨어질 뻔했다. 그가 간신히 몸을 추스르고 버럭 고함을 지르며 남쪽을 향해 호랑이를 몰아 도망치자 연등도인은 조보에게 다가가 사슴에서 내려 절했다.

"도형, 도와주셔서 감사하외다. 하지만 저 붉은 옷을 입은 도우께서 횡액을 당하셨으니 너무 안타깝구려. 두 분은 어느 산 어느 동부에 사시는 분이신지요?"

"저희는 오이산에 사는 보잘것없는 존재인 소승과 조보라고 하옵니다. 일도 없고 한가하여 심심풀이로 바둑이나 두고 있다가 마침 어르신을 뵙고 불공평한 일에 분개하여 나섰던 것인데 뜻밖에 소형이 조공명의 독수에 목숨을 잃었으니 정말 애석한 일이 아닐 수 없습니다!"

"조금 전에 조공명이 두 가지 보물로 두 분을 해치려 했는데 금전 하나를 던지자 그것들이 떨어져버렸고 도우께서 얼른 챙기셨지요? 대체 그것은 무엇인지요?"

"조공명의 보물 두 개를 연달아 떨어뜨린 제 보물은 낙보금전이라고 하는데 조공명의 물건은 이름을 모르겠사옵니다.”

그러면서 조보가 두 보물을 꺼내 보여주자 연등도인이 정해주를 보고 손뼉을 치며 껄껄 웃었다.

“오늘에야 이 신기한 진주를 보았으니 내 도가 곧 완성되겠구나!”

“그게 무슨 말씀이십니까?”

“이것은 정해주라는 보물이지요. 원시천존이 나타난 이래로 이 보물이 광채를 피워내 현도玄都를 밝게 비춘 적이 있는데 나중에는 종적이 묘연해져서 누구 손에 들어갔는지 알 수 없었지요. 그러다가 오늘 도우께서 운수 좋게 이 보물을 얻으셨으니 나도 모르게 기분이 좋아졌소이다.”

“이 보물을 보고 싶어 하셨다면 틀림없이 쓸 데가 있는 모양이니 이것은 어르신께서 가져가십시오.”

“아무 공도 없는 제가 어떻게 이것을 받을 수 있겠소이까?”

“물건이란 주인이 있는 법이지요. 어르신께서 도를 이루시는 데 도움이 된다면 당연히 받으셔야지요. 저에게는 아무 소용도 없는 물건입니다.”

연등도인은 조보에게 고개를 숙여 감사하고 그와 함께 서기로 갔다. 움막에 이르자 다른 이들이 모두 일어서서 인사를 나누었고 연등도인은 소승의 일에 대해 자세히 들려주었다. 그리고 그가 여러 도사들에게 말했다.

“조공명이 여러분을 다치게 해서 땅에 쓰러지게 만든 것은 바로 정해주였소이다.”

“아, 그거였군요!”

연등도인이 정해주를 꺼내 보여주자 모두들 감탄을 금치 못했다.

한편 조공명은 연등도인의 건곤척에 맞아 부상당하고 정해주와 박룡삭까지 잃어버린 채 영채로 돌아갔다. 문 태사는 그를 맞이하며 연등도인을 쫓아간 결과가 어찌 되었는지 물었는데 조공명이 한숨만 내쉬자 다시 물었다.

"도형, 왜 그러시오?"

조공명은 고함을 질렀다.

"내가 수행한 이래 처음으로 오늘 패배를 맛보았소이다. 연등도인을 쫓아갔다가 소승과 조보라는 두 작자를 만나 내 박룡삭과 정해주를 빼앗기고 말았소. 득도한 이래로 이것들에 의지해 지내왔는데 이제 이름도 없는 하찮은 것들에게 빼앗기고 말았으니 가슴이 찢어지는 듯하구려! 진구공과 요소사, 여기를 잘 지키고 있어라. 나는 삼선도三仙島에 다녀와야겠다."

그러자 문 태사가 말했다.

"도형, 내 목이 빠지지 않게 속히 돌아오시구려."

"금방 다녀오겠소이다."

그는 즉시 호랑이를 타고 바람과 구름을 몰아 순식간에 삼선도에 도착했다. 호랑이에서 내린 그가 동부 앞으로 다가가 헛기침을 하자 잠시 후 도동이 나왔다.

"누군가 했더니 큰 나리셨군요."

도동이 황급히 안으로 들어가 세 선녀에게 보고하자 세 선녀가 즉시 밖으로 나와 그를 맞이했다.

"오라버니, 안으로 들어가시지요."

서로 인사를 나누고 자리에 앉아 운소낭랑雲霄娘娘이 물었다.

"오라버니, 어디를 다녀오시는 길인가요?"

"태사 문중이 서기를 정벌하는데 승리를 거두지 못해 나를 청하기에 하산해서 천교의 제자들을 만났네. 그들을 몇 차례 연달아 물리쳤는데 나중에 연등도인이 내 앞에서 큰소리를 치기에 정해주를 꺼내 들었더니 도망치더구먼. 내가 곧 쫓아갔지만 뜻밖에 도중에 소승과 조보라는 하찮은 도사들에게 내 보물 두 개를 빼앗기고 말았지. 천지가 개벽하여 도를 깨닫고 이 두 보물을 얻고 나서 비로소 진성眞性을 수련하여 나부동의 원시천존에게 증명해 보이려고 했는데 이제 하루아침에 그 보물이 어린 것들의 손에 떨어져버렸으니 마음이 몹시 불편하구먼. 그러니 금교전金蛟剪이든 혼원금두混元金斗든 간에 좀 빌려주시게. 그것을 가지고 하산해서 그 두 보물을 되찾아야 마음이 놓이겠네."

그러자 운소낭랑이 고개를 내저었다.

"오라버니, 그건 안 돼요. 저번에 삼교에서 함께 의논해 봉신방을 작성할 때 우리도 모두 벽유궁에 있었는데 그 건물 밖 대문에 이런 대련이 붙어 있지 않았나요?"

동부의 대문 단단히 닫아걸고
조용히 『황정경』이나 두세 권 읽을지니
서쪽 땅에 가게 되면
봉신방에 이름 남기리라!

謹閉洞門　靜誦黃庭三兩卷

身投西土　封神榜上有名人

　　"그런데 지금 천교의 도우들이 살계를 범해서 우리 절교는 정말 느긋하게 지내고 있잖아요? 게다가 저번에 기산에서 봉황이 울어 이제 성스러운 군주가 태어났는데 굳이 그들과 시비를 다툴 필요가 있나요? 그러니 애초에 오라버니도 하산하지 마셨어야 했어요. 우리는 강상이 신들에게 벼슬을 봉해서 신선 가운데 옥석이 드러날 때까지 기다리기만 하면 돼요. 오라버니, 아미산으로 돌아가셔요. 봉신대의 일이 끝나면 제가 직접 영취산으로 가서 연등도인에게 정해주를 달라고 해서 오라버니께 돌려드릴게요. 지금 굳이 금교전과 혼원금두를 빌려달라고 하신다면 저는 감히 분부를 따를 수 없어요."

　　"내가 이렇게 직접 빌리러 왔는데도 안 되겠다는 건가?"

　　"빌려드리기 싫다는 뜻이 아니라 혹시 실수라도 하시게 되면 후회해도 늦을 테니까 이러는 게 아니겠어요? 제발 아미산으로 돌아가셔요. 머지않아 봉신대의 일이 끝날 텐데 왜 이리 성급하게 구시나요?"

　　조공명이 한숨을 내쉬었다.

　　"가족도 이러는 마당에 남이야 말할 필요도 없지!"

　　그는 무척 화난 표정으로 자리에서 일어나 작별 인사를 하고 동부를 나섰으니 그야말로 이런 격이었다.

남의 보물은 남이 쓰는 것이니

정말 입 열어 말하기 곤란하구나.

他人有實他人用　果然開口告人難

그런데 세 선녀 가운데 벽소낭랑碧霄娘娘은 조공명의 말을 듣고 보물을 빌려주고 싶었다. 하지만 운소낭랑이 거절하자 그녀도 어쩔 수 없었다.

조공명이 호랑이를 타고 동부를 떠나 바다 위를 일이 리쯤 가고 있을 때 뒤에서 누군가 그를 불렀다.

"조도우!"

조공명이 돌아보니 선녀 하나가 바람과 구름을 타고 다가오고 있었다.

틀어 올린 검은 머리카락에 살기가 떠 있나니

진성을 수련하고 산속에 숨어 지냈지.

화로 안의 현묘함은 삼계°를 초월하고

손바닥 위의 바람과 우레는 중원 천지를 울리지.

십 리의 철벽같은 성에서 검은 안개를 몰고

아름다운 삼선도에서 신령한 바람을 운용하지.

이 선녀의 분노를 자극하면

천지를 뒤집는 한이 있더라도 화풀이를 그만두지 않지.

鬌挽青絲殺氣浮　修眞煉性隱山邱

爐中玄妙超三界　掌上風雷震九州

十里金城驅黑霧　　三仙瑤島運神飆

若還觸惱仙姑怒　　翻倒乾坤不肯休

알고 보니 그녀는 바로 함지선이었다. 조공명이 물었다.

"도우, 무슨 일로 부르셨소?"

"어디로 가시는 길인가요?"

조공명이 서기를 정벌하려다가 정해주를 잃어버린 일을 들려주고 나서 이렇게 덧붙였다.

"그래서 조금 전에 내 여동생들에게 금교전을 빌려서 정해주를 다시 찾으려고 했는데 절대 빌려주지 않겠다고 하더이다. 그래서 다른 곳에서 보물을 빌려 방도를 마련할까 하는 참이었지요."

"어찌 그럴 수가! 제가 함께 가지요. 가족도 빌려주지 않는 마당에 남이야 말할 필요도 없지요!"

함지선은 조공명과 함께 다시 삼선도의 동부로 돌아갔다. 도동의 보고를 받은 세 선녀가 다시 맞이하러 나왔다가 함지선이 같이 온 것을 보고 함께 안으로 들어갔다. 인사를 나누고 자리에 앉자 함지선이 말했다.

"여러분, 조 도형은 여러분과 한 가족인데 어째서 기강을 무시하는 거죠? 설마 옥허궁에만 도술이 있고 우리에게는 없다는 건가요? 그쪽에서 조 도형의 보물 두 개를 빼앗았다면 당연히 우리가 힘을 보태야 하거늘 어째서 거절하셨나요? 만약 조 도형이 다른 곳에서 보물을 빌려 서기의 연등도인에게 있는 보물을 되찾는다면 여러분의 체면이 뭐가 되겠어요? 게다가 여러분은 남도 아니고 가족인데 친남매가 빌려주지 않는 마당에 남이야 말할 필요도 없지 않겠어요? 심지어 나도 팔괘로에서 단련한 물건을 하나 가지고 조 도형을 도우러 가려고 하는데 어째서 여러분은 오히려 거절하나요?"

그러자 옆에 있던 벽소낭랑이 거들었다.

"언니, 그냥 그렇게 해요. 금교전을 오라버니에게 빌려드리자고요."

운소낭랑은 한참 동안 생각해보았지만 어쩔 도리가 없어서 금교전을 꺼내 주며 말했다.

"오라버니, 금교전을 가져가셔서 연등도인에게 이렇게 말씀하셔요. '정해주를 돌려주면 금교전을 쓰지 않겠소. 거절하면 금교전을 써서 달을 잘라내 다시는 보름달이 되지 못하게 해버리겠소!' 그러면 틀림없이 정해주를 돌려줄 거예요. 오라버니, 만에 하나라도 경거망동하시면 안 돼요! 금교전에 관한 제 말은 사실이에요."

"알겠네."

조공명이 금교전을 받고 삼선도를 떠나려 하자 함지선이 그를 전송하며 말했다.

"제 화로에서 보물을 단련하고 있으니 저도 조만간 그곳으로 가겠어요."

그녀와 작별 인사를 하고 나서 조공명은 곧 바람과 구름을 몰아 문 태사의 진영으로 갔다. 수하의 보고를 받은 문 태사가 그를 맞이하여 중군 막사로 들어가 자리에 앉았는데 그야말로 이런 격이었다.

남의 집 들어가거든 성쇠를 묻지 말지니

주인 얼굴만 봐도 바로 알 수 있기 때문이지.

入門休問榮枯事　　觀見容顏便得知

문 태사가 물었다.

"도형, 어디서 보물을 빌려 오신 겁니까?"

"삼선도의 여동생에게 가서 금교전을 빌려 왔소이다. 내일은 반드시 정해주를 되찾겠소!"

문 태사는 무척 기뻐하며 술상을 차리게 해서 네 진의 주인들과 함께 거하게 먹고 마셨다.

이튿날 문 태사의 진영에서 포성이 울리더니 묵기린을 탄 문 태사가 좌우로 등충을 비롯한 네 장수를 거느리고 밖으로 나왔다. 조공명은 호랑이를 타고 앞으로 나가서 연등도인에게 나오라고 요구했고 이를 나타가 보고하자 연등도인은 이미 그 사정을 눈치채고 있었다.

'조공명이 금교전을 빌려 온 모양이구나.'

그가 도사들에게 말했다.

"조공명이 금교전을 빌려 온 것 같으니 여러분은 나가시면 안 되오. 나 혼자 나가서 그를 만나보겠소."

연등도인이 사슴을 타고 나가자 조공명이 그를 보고 고함쳤다.

"정해주를 돌려주면 모든 일이 끝나겠지만 그렇지 않으면 기필코 너와 자웅을 겨루고 말겠다!"

"이것은 불가의 보물인데 이제 발견했으니 반드시 주인이 가져야 하지 않겠소? 그대 같은 좌도방문의 도사에게 어찌 이런 보물을 다스릴 복과 지혜가 있겠소이까? 이것은 우리의 도를 완성시키고 정과를 이루게 할 보물이니 허튼 생각 마시오."

"뭐라고? 그렇게 무정하게 나온다면 달을 망쳐서 다시는 보름달이 되지 못하게 해버리겠다!"

그러면서 그가 호랑이를 몰고 달려들자 연등도인도 어쩔 수 없이 사슴을 몰고 맞서야 했다. 둘이 몇 판 맞붙고 나서 조공명이 금교전을 공중에 던졌으니 이제 연등도인의 목숨이 어찌 되는지는 다음 회를 보시라.

제48회

육압, 조공명을 쏘아 죽일 계책을 내놓다
陸壓獻計射公明

주나라가 개국한 것은 하늘의 징조에 부응한 것이니
하찮은 정해주 따위를 어찌 두려워하랴?
육압은 글을 써서 그림자 쏠 수 있지만
조공명은 머리 보호할 방도가 없었지.
변신술 능한 빼어난 도사 많음을 알아야지
흉포한 행위로 독불장군 살릴 수 있다고 누가 믿으랴?
문중이 하늘의 뜻을 거역한 것은 원래 주군을 위해서였기에
충심을 황실 학사들에게 남겨놓을 수 있었지.

周家開國應天符　何怕區區定海珠

陸壓有書能射影　公明無計庇頭顱

應知幻化多奇士　誰信兇殘活獨夫

聞仲扭天原爲主　忠肝留向在龍圖

그러니까 조공명이 금교전을 공중에 던졌는데 이 가위는 바로 두 마리 교룡의 화신이었다. 그 용들은 천지의 신령한 기운을 모으고 해와 달의 정화를 받은 것으로 공중에 날아오르면 위아래로 나뉘어 상서로운 구름으로 몸을 보호해 가위처럼 머리를 교차하고 허벅지처럼 꼬리를 엇갈리게 걸어 제아무리 득도한 신선이라 할지라도 단번에 두 동강 낼 수 있었다. 두 마리 용이 공중에서 아래로 내리꽂히며 자르려 하자 연등도인은 다급하게 매화 무늬 사슴을 버리고 물의 장막을 이용해 피했다. 그 바람에 애꿎은 사슴만 단번에 두 동강 나고 말았고 분이 가라앉지 않은 조공명은 잠시 문 태사의 진영으로 돌아갔다.

한편 연등도인이 움막으로 도망쳐 들어오자 도사들이 맞이하며 금교전에 대해 물었다. 그러자 그가 머리를 내저으며 말했다.

"정말 무시무시했지요! 공중에 던지니까 두 마리 용이 엇갈려서 날카로운 칼처럼 내리꽂더군요. 심상치 않다 싶어서 미리 물의 장막을 이용해 피해버렸는데 애석하게도 내 매화 무늬 사슴만 단번에 두 동강이 나고 말았지요!"

그 말에 모두들 간담이 서늘해져서 대책을 의논했다. 논의가 한창 진행 중일 때 나타가 움막으로 들어와 보고했다.

"어느 도인께서 찾아왔사옵니다."

"모셔 오너라."

나타의 안내를 받아 들어온 도사는 머리를 조아려 인사했다.

"여러 도형들, 안녕하십니까?"

연등도인은 물론 다른 도사들도 그를 알아보지 못했다. 이에 연등도인이 웃는 얼굴로 물었다.

"도우께서는 어디서 오신 분이신지요?"

"저는 심심하면 오악을 유람하고 따분하면 사해에서 노니는 야인일 뿐입니다. 저에 대해 설명하자면 이 노래를 들려드리는 것이 좋겠군요."

나는 곤륜산의 나그네

돌다리 남쪽에 옛날 살던 집이 있지.

천지가 개벽할 때 수행하여 득도하고

비로소 불로장생의 방법과 따르고 거스르는 원리를 알았지.

화로 안의 자줏빛 금단金丹 자랑하지 말고

불길 속에서는 옥액도 타버린다는 사실을 알아야 하리라.

푸른 난새 타고

백학을 몰지만

수명 늘리는 약 먹으러 반도회에도 가지 않고

태상노군 뵈러 현도에도 가지 않고

원시천존의 허락 받으러 옥허궁에도 가지 않았지.

삼산오악을 마음대로 노닐고

바다의 봉래도에서 마음껏 즐겼지.

모두들 내가 신선의 기질 있다고 칭송하는데

배 안이 차고 비며 저절로 정이 생겼지.

육압산인이 몸소 이곳에 온 것은

서기에서 조공명을 굴복시키기 위해서지!

貧道乃是崑崙客　石橋南畔有舊宅
修行得道混元初　纏了長生知順逆
休誇爐內紫金丹　須知火裏焚玉液
跨青鸞　騎白鶴　不去蟠桃餐壽藥
不去玄都拜老君　不去玉虛門上詁
三山五嶽任我遊　海島蓬萊隨意樂
人人稱我爲仙癖　腹內盈虛自有情
陸壓散人親到此　西岐要伏趙公明

"그러니까 저는 바로 서곤륜에 은거해 있는 육압陸壓이라고 하는데 조공명이 거짓 왕조를 감싸며 진정한 왕조를 멸하려 하고 또 금교전을 빌려 여러 도형을 해치기 때문에 하산했습니다. 그자는 도술이 무궁한 줄만 알지 현묘함 속에 더욱 현묘함이 있음을 어찌 알겠습니까? 그래서 제가 그를 만나 금교전이 아무 소용 없다는 것을 알게 해주면 그도 자연히 그만둘 테지요."

그렇게 말하고 나서 육압은 묵묵히 앉아 있었다.

이튿날 조공명이 호랑이를 타고 움막 앞에 와서 고함을 질렀다.

"연등, 네가 한없이 오묘한 도술을 익히고 있다면 어째서 어제는 도망쳤느냐? 당장 나와서 자웅을 가리자!"

나타가 들어와 보고하자 육압이 말했다.

"제가 나가보겠습니다."

육압은 움막에서 나가 곧장 진영 앞으로 갔다. 조공명이 보니 갑자기 웬 작달막한 도사가 긴 수염을 기른 특이한 얼굴에 어미관을 쓰고 붉은 도포를 입은 채 노래를 부르며 다가오는 것이었다.

안개와 노을 깊은 곳으로 현묘한 신선 찾아가고
모래밭 향해 앉아 부질없는 속세의 때를 씻었지.
육욕칠정을 모두 닦아내버리고
부귀공명도 흐르는 물에 보내버린 채
마음대로 노닐며 편안하고 느긋한 몸이라네.
초야의 노인 찾아가 함께 낚시 드리우고
시인 찾아가 함께 지어 읊조리니
한없는 즐거움 누리며 별천지에 살았노라.

煙霞深處訪玄眞　坐向沙頭洗幻塵

七情六欲消磨盡　把功名付水流　任逍遙自在閒身

尋野叟同垂釣　覓騷人共賦吟　樂陶陶別是乾坤

조공명이 그를 알아보지 못하고 물었다.
"그대는 누구인가?"
"나도 이름이 있지만 그대는 알지 못할 게요. 나는 신선도 성인도
아니니 내 도에 대해 들어보시구려."

성품은 뜬구름 같고 마음은 바람 같아
천하를 두루 떠돌며 머무는 곳 없었지.
동쪽 바다에서 밝은 달을 구경하기도 하고
남해에서 용을 타고 놀기도 했지.

삼산의 호랑이와 표범도 모두 타보았고

오악의 푸른 난새는 내 발밑에 복종했지.

부귀영화도 누리지 않고

벼슬살이도 하지 않아

옥허궁 안에서도 이름 알려지지 않았지.

현도관 안에 복숭아나무 수천 그루 심어놓고

혼자 술 석 잔 따라 마시며 마음대로 다녔지.

즐거우면 도 닦는 벗을 불러 바둑을 두고

답답하면 산 위 바위에 앉아 사슴 울음소리 들었지.

한가로이 읊은 시는 천지를 놀라게 하고

차분히 거문고 타며 성정을 즐겁게 했지.

고명한 이내 몸 알아보지 못하고 부질없이 고생하지 마시게

오늘 내가 여기에 온 것은 조공명을 없애기 위해서라네!

性似浮雲意似風	飄流四海不定蹤
或在東洋觀皓月	或臨南海又乘龍
三山虎豹俱騎盡	五嶽青鸞足下從
不富貴　不簪纓	玉虛宮裏亦無名
玄都觀內桃千樹	自酌三盃任我行
喜將棋局邀玄友	悶坐山巖聽鹿鳴
閒吟詩句驚天地	靜理瑤琴樂性情
不識高名空費力	吾今到此絶公明

"그러니까 나는 바로 서곤륜의 은자隱者인 육압이라고 하네."

"요사한 도사 같으니! 감히 그런 말로 남에게 상처를 주다니 나를 너무 무시하는구나!"

조공명이 호랑이를 몰고 달려들어 채찍을 휘두르자 육압도 칼을 들고 맞섰다. 서너 판쯤 맞붙었을 때 조공명이 금교전을 공중에 던졌고 육압은 그것을 보고 고함을 질렀다.

"마침 잘 꺼냈구나!"

그러면서 육압이 한 줄기 무지개로 변해 도망치자 조공명은 분을 삭일 길이 없었다. 움막 위에서는 연등도인이 느긋하게 앉아 있는지라 조공명은 이를 갈며 문 태사의 영채로 돌아갔다.

한편 육압이 도망쳐 온 것에는 이유가 있었으니 그는 사실 조공명과 싸우기 위해서가 아니라 그의 얼굴을 보기 위해서 나갔던 것이고 결국 보았으니 그만이라고 생각했다.

천 년의 수행이 흐르는 물 따라 스러지니

정두칠전서에 목숨을 잃게 되었지.

千年道行隨流水　絶在釘頭七箭書

움막으로 돌아온 육압이 다른 도사들과 다시 만나자 연등도인이 물었다.

"조공명을 만난 일은 어찌 되었소이까?"

"제 나름대로 방법이 있습니다. 그런데 이 일은 강상이 직접 했으면 합니다."

이에 강상이 대답했다.

"분부대로 하겠습니다."

육압이 꽃바구니를 들추더니 글이 적힌 종이를 한 장 꺼냈다. 거기에는 또렷한 글씨로 무언가 적혀 있었고 그 위에 부적과 구결까지 있었다.

"이대로 행하시오, 기산에 영채를 세우고 그 안에 대를 하나 만든 다음 허수아비를 만들어 몸뚱이에 '조공명'이라고 적고 머리 위와 발밑에 각기 등잔을 하나씩 밝혀놓으시오. 그리고 별자리를 따라 걸음을 옮기면서 도장이 찍힌 부적을 태우고 하루에 세 번 제사를 올리시오. 스무하루가 되면 제가 오시午時에 직접 가서 도와드리겠소이다. 그러면 조공명은 저절로 죽게 될 것이외다."

"알겠습니다."

강상은 삼천 명의 병력을 은밀히 선발해 남궁괄과 무길로 하여금 먼저 기산으로 가서 안배해두라고 분부했다. 그런 다음 그가 병력을 이끌고 기산으로 가니 남궁괄은 대를 쌓고 모든 준비를 해둔 상태였다. 이에 강상은 육압이 가르쳐준 대로 허수아비를 만들고 종이에 적힌 대로 모든 일을 준비했다. 그리고 그는 머리카락을 풀어 헤치고 칼을 짚은 채 별자리를 따라 걸음을 옮기며 도장이 찍힌 부적을 태우고 제사를 지냈다. 그렇게 사나흘 동안 연이어 제사를 지내자 조공명은 마음에 불길이 솟고 심장을 기름으로 지진 듯이 초조해졌다. 하지만 그것을 해소할 방법이 없어서 그저 막사 앞뒤를 왔다 갔다 하면서 안절부절못했다. 그 모습을 본 문 태사도 마음이 몹시 불편하여 군무에 대해 논의할 수 없었다.

그때 열염진의 주인인 백천군이 중군 막사로 들어와서 문 태사에게 말했다.

"조 도형이 저렇게 불안한 상태이니 차라리 잠시 막사에 머물러 있으라고 하시구려. 내가 열염진으로 천교의 제자들과 겨뤄보겠소이다."

이에 문 태사가 만류하려고 하자 백천군이 소리를 질렀다.

"열 개의 진 가운데 공을 세운 것이 하나도 없는데 이렇게 수수방관하고 있으면 어느 세월에 일이 끝나겠소이까?"

그러면서 그는 문 태사의 말도 듣지 않고 돌아서서 영채 밖으로 나가 열염진 안으로 들어갔다. 잠시 후 종이 울리더니 백천군이 사슴을 타고 주나라의 움막 앞으로 가서 고함을 질렀다. 연등도인이 다른 도사들과 함께 반열을 맞추어 밖으로 나가서 미처 자리를 잡기도 전에 백천군이 소리쳤다.

"옥허궁의 제자들이여, 내 진을 시험해볼 자 누구냐?"

연등도인이 좌우를 돌아보았으나 아무도 대답하는 이가 없었다. 그때 육압이 옆에서 물었다.

"저 진의 이름이 무엇입니까?"

"열염진이라고 하더이다."

"하하! 그렇다면 제가 한번 시험해보겠습니다."

그러면서 그가 노래를 흥얼거리며 나갔다.

안개와 노을 깊은 곳에서 현묘한 공부 운용하고

초가에서 잠 깨어보니 어느새 동녘 해가 붉었구나.

몸을 뒤집어 속세에서 뛰쳐나갔거늘

부귀공명을 떠도는 인생에 부치려 하겠는가?

그저 밝은 달과 맑은 바람만 조금 즐길 뿐이지.

인간 세상 피해 숨은 명사

구름과 강물 속에서 느긋하게 즐기면서

푸른 난새 타고 산봉우리 두루 돌아다니지.

煙霞深處運玄功　睡醒茅蘆日已紅

翻身跳出塵埃境　肯把功名付轉蓬

受用些明月淸風　人世間逃名士

雲水中自在翁　跨靑鸞遊遍山峰

노래가 끝나자 백천군이 물었다.

"그대는 누구인가?"

"그대가 이 진을 설치했다면 그 안에 틀림없이 현묘한 무엇이 있겠지요. 나는 육압이라고 하는데 그 진을 시험해보려고 왔소이다."

백천군이 버럭 화를 내며 칼을 들고 공격하자 육압도 칼을 들어 맞섰다. 몇 판 지나지 않아서 백천군이 진 안으로 도망치자 육압은 종이 울리기도 전에 즉시 쫓아 들어갔는데 사슴에서 내린 백천군은 대로 올라가서 세 개의 붉은 깃발을 펼쳤다. 육압이 진 안으로 들어가자 공중화와 지하화, 삼매화가 그의 몸을 에워쌌으나 육압은 불안의 보배로 이궁離宮 정수와 삼매의 영험함을 한 몸에 지녔기 때문에 그 세 개의 불이 함께 둘러싸도 전혀 영향을 받지 않았다. 그는 네 시간 동안 불길에 휩싸여 있다가 그 안에서 노래를 불렀다.

수인씨는 불 속의 음기를 단련한 적 있나니
삼매를 모은 뜻 심오하여라.
뜨거운 불꽃으로 부질없이 내 비전의 술법 태우려 하지만
백례여, 쓸데없이 마음고생만 하지 말라!

燧人曾煉火中陰　三昧攢來用意深

烈燄空燒吾祕授　何勞柏禮費其心

백례柏禮가 그 말을 듣고 불길 안을 자세히 살펴보니 육압은 오히려 기운이 백 배나 치솟은 상태로 손바닥 위에 호리병을 하나 얹어놓고 있었다. 그 호리병에서는 한 줄기 가는 빛이 솟구쳤는데 높이가 세 길 남짓 되었고 또 그 위에는 어떤 물건이 있어서 신장이 일곱 치쯤 되고 눈썹과 눈이 달려 있었다. 그런데 그 두 눈에서 두 줄기 하얀 빛이 쏟아져 백례의 니환궁에 딱 박혀버리니 백례는 자신도 모르게 정신이 혼미해져 방향을 가늠하지 못했다. 그때 육압이 불길 속에서 허리를 숙여 예를 표하며 말했다.

"보배여, 회전하시라!"

이에 그 보배가 하얀 빛 위에서 몸을 한 바퀴 돌리자 백례의 수급이 즉시 땅에 떨어졌고 그의 영혼은 그대로 봉신대로 떠나버렸다. 육압이 호리병을 수습해 열염진을 깨뜨리고 진에서 나오자 뒤쪽에서 고함 소리가 들려왔다.

"육압, 꼼짝 마라! 내가 간다!"

알고 보니 낙혼진의 주인인 요천군이 사슴을 몰고 달려오고 있었다. 황금처럼 누런 얼굴에 붉은 수염을 기른 요천군은 송곳니가

삐져나온 커다란 입으로 벼락같은 소리를 지르며 쇠몽둥이를 휘두르면서 번개처럼 달려들었다. 그것을 본 연등도인이 강상에게 분부했다.

"방상에게 가서 낙혼진을 깨버리라고 하게."

이에 강상이 급히 명령을 내렸다.

"방상, 가서 낙혼진을 깨버리고 큰 공을 세우게!"

"예!"

방상은 즉시 방천화극을 쥐고 나는 듯이 달려 나가 고함을 질렀다.

"내가 군령을 받고 네 낙혼진을 깨러 나왔노라!"

그러면서 그는 대답도 기다리지 않고 그대로 요천군을 향해 방천화극을 내질렀다. 엄청난 체구에 무시무시한 힘을 가진 그가 덤벼들자 요천군은 도저히 당해내지 못하고 얼른 쇠몽둥이를 허공에 휘두르며 사정권에서 벗어나 진 안으로 도망쳤다. 방상은 뒤쪽에서 울리는 북소리를 듣고 쫓아 들어갔는데 어느새 대에 올라간 요천군이 검은 모래를 한 줌 집어 그에게 뿌리자 가련하게도 그 오묘함을 알 리 없는 방상은 커다란 비명과 함께 그대로 목숨이 끊어져 영혼이 봉신대로 떠나버렸다.

요천군은 다시 사슴을 타고 진 밖으로 나와서 소리쳤다.

"연등도인, 그대도 나름대로 명사이거늘 어째서 평범한 사내를 내보내 부질없이 죽게 만드는가? 도덕의 수양이 높은 도사를 보내서 내 진을 시험하게 해라!"

그러자 연등도인이 적정자를 돌아보며 말했다.

"그대가 다녀오시구려."

"예!"

적정자는 칼을 들고 노래를 부르며 앞으로 나갔다.

이제 세상 밖의 존재 되었으니 얼마나 다행인가?

모두 전세의 인연 덕에 속세를 끊을 수 있었지.

삶과 죽음에 차이가 없음을 깨닫고

하늘 문 열었으니 그 오묘함 말로 다 할 수 없지.

모든 일 능통하게 하려 해도 모두 망치게 되고

신비하게 되고 싶어도 전혀 신비하지 않게 되지.

눈앞에 있는 것이 모두 불로장생의 이치이니

바다 모퉁이 하늘 끝에도 언제나 봄이라네.

何幸今爲物外人　都因夙世了凡塵

了知生死無差別　開了天門妙無論

事事事通非事事　神神神徹不神神

目前總是長生理　海角天涯總是春

그런 다음 적정자가 말했다.

"요빈, 저번에 네가 강상의 혼백을 빼려고 해서 내가 두 번이나 네 진 안에 들어갔다. 비록 강상의 혼백을 구해내기는 했지만 네가 지금 또 방상을 해쳤으니 너무나 가증스럽구나!"

"태극도의 현묘함이 그 정도밖에 되지 않아서 내 자루 안으로 떨어지고 말았다. 너희 옥허궁의 제자들은 신통력이 높기는 해도 오묘하지는 않지."

"이것은 하늘이 정해놓은 운수이기 때문에 마땅히 그렇게 되었어야 했다. 이제 너는 죽을 곳에 이르렀으니 목숨을 부지하기 어려울 것이고 후회해봐야 이미 늦었다."

분기탱천한 요빈이 쇠몽둥이를 들고 공격하자 적정자는 "선재로다!" 하면서 재빨리 막았다. 몇 판 맞붙고 나서 요빈은 얼른 낙혼진 안으로 도망쳐 들어갔고 적정자 역시 뒤에서 재촉하는 종소리를 듣고 곧 진 안으로 들어갔다. 이번이 세 번째이니 그가 이 진의 무서움을 모르겠는가? 그는 정수리 위에 상서로운 구름을 한 송이 피워내 몸을 보호하고 팔패자수선의로 몸을 감싸 눈부신 빛을 뿌려서 검은 모래가 몸에 붙지 못하게 했다. 대에 올라간 요빈은 적정자가 들어오는 것을 보고 재빨리 검은 모래 한 됫박을 뿌렸지만 위로 상서로운 구름과 아래로 팔패자수선의의 보호를 받는 적정자에게는 아무소용이 없었다. 그 술법이 먹혀들지 않는 것을 보고 화가 치민 요빈이 다시 대에서 내려와 싸우려고 했지만 적정자가 은밀히 음양경陰陽鏡을 꺼내 정면으로 비추는 바람에 요빈은 그대로 아래로 떨어지고 말았다. 그러자 적정자가 동쪽 곤륜산을 향해 머리를 조아리며 말했다.

"제자가 살계를 열겠나이다!"

그리고 검을 들어 요빈의 수급을 자르니 그의 영혼은 그대로 봉신대로 떠나버렸다. 낙혼진을 깨뜨린 적정자는 태극도를 회수하여 현도동으로 보냈다.

한편 조공명이 정신이 불안해진 일로 인해 기분이 우울해진 문 태사는 군무를 살필 마음이 없었기에 두 진의 주인이 패전하여 죽은 줄도 몰랐다. 그러다가 그런 보고를 받자 그는 칠공에서 연기가 날 정도로 화가 치밀어 발을 굴렀다.

"뜻밖에도 나 때문에 여러 친구들이 이런 재앙을 당했구나!"

그는 황급히 장천군과 왕천군을 불러놓고 눈물을 흘리며 말했다.

"어명을 받아 정벌하러 나왔다가 불행히도 여러 도우들이 이처럼 무고한 재앙을 당하게 만들고 말았구려. 나야 나라의 은혜를 입었으니 마땅히 이렇게 해야겠지만 여러분은 왜 이런 참혹한 일을 당해야 한단 말입니까? 이러니 내 마음이 어찌 편할 수 있겠소이까? 게다가 조공명도 정신이 어지러워 군무를 팽개친 채 줄곧 잠에 빠져 코만 곯아대고 있구려. 옛말에 '신선은 잠을 자지 않는다'라고 했으니 바로 육근이 청정하기 때문이 아니겠소이까? 그런데 조공명은 어째서 이레 가까이 잠만 자고 있는지 모르겠구려!"

이렇게 문 태사의 진영에서 논의가 분분할 때 강상은 연신 제사를 올려서 조공명의 원신을 흩뜨려 제자리로 돌아오지 못하게 만들었다. 신선은 원신을 중심으로 하는 존재이기 때문에 천하의 끝까지 마음대로 돌아다닐 수 있었지만 이제 강상의 제사로 인해 조공명의 원신은 자신도 모르게 혼수상태에 빠져 줄곧 잠만 자려고 했다. 마음이 조급해진 문 태사는 속으로 생각했다.

'조 도형이 어째서 저리 잠만 자려고 하는 거지? 아무래도 무슨 흉조가 낀 게 분명해!'

그런 생각을 하니 그는 기분이 더욱 울적해졌다.

陸壁獻計射公明

육압, 조공명을 쏘아 죽일 계책을 내놓다.

어쨌든 강상이 기산에서 보름 가까이 제사를 지내니 조공명은 더욱 정신이 혼미해져서 인사불성이 되었다. 문 태사가 막사 안으로 들어갔다가 그가 우레처럼 코를 골며 자는 모습을 보고 그를 흔들어 깨워 물었다.

"도형, 그대는 신선의 몸인데 어째서 그렇게 잠에 빠져 계시는 것이오?"

"내가 언제 잤다고 그러시는 게요?"

장천군과 왕천군은 그가 틀렸다고 생각하고 문 태사에게 말했다.

"조 도형의 모습을 보아하니 누군가 몰래 손을 쓰고 있는 모양이외다. 동전으로 점을 쳐보시면 이유를 알게 되지 않겠소이까?"

"일리 있는 말씀이구려."

문 태사는 황급히 제사상을 차려놓고 직접 향을 사른 후 팔괘점을 쳐보고 깜짝 놀랐다.

"술사 육압이 정두칠전서로 기산에서 조 도형을 죽이려고 하는데 이를 어쩌면 좋겠소이까?"

그러자 왕천군이 말했다.

"그렇다면 우리가 기산으로 가서 그 정두칠전서를 빼앗아 와야 문제를 해결할 수 있지 않겠소이까?"

"그건 안 되오, 저들이 이런 생각을 하고 있는 이상 분명 무슨 준비를 해두었을 거요. 그러니 그 일은 은밀히 진행해야지 대놓고 시도하면 오히려 역효과만 생길 거외다."

문 태사는 막사로 들어가 조공명에게 말했다.

"도형, 하실 말씀이 있으시오?"

"문형, 하실 말씀이 있으시오?"

"알고 보니 술사인 육압이 정두칠전서로 도형을 공격하고 있었소이다."

"아니, 그게 무슨 말씀이시오! 나는 그대를 위해 하산했으니 그런 일이 있다면 당연히 그대가 구해주셔야 하지 않겠소?"

문 태사는 정신이 어지럽고 마음이 심란하여 잠시 갈피를 잡지 못했다. 그러자 장천군이 말했다.

"문형, 조급해하실 필요 없소이다. 오늘 저녁에 진구공과 요소사에게 흙의 장막을 이용해 기산으로 가서 그 정두칠전서를 빼앗아 오게 하면 문제가 해결될 거외다."

그 말을 듣고 문 태사는 무척 기뻐했으니 그야말로 이런 격이었다.

하늘의 뜻은 이미 진정한 천명을 받은 군주에게 돌아갔거늘
문 태사는 어찌하여 몰래 안배하느라 헛수고만 하는가?

天意已歸眞命主　何勞太師暗安排

어쨌든 진구공과 요소사는 정두칠전서를 탈취하기 위해 떠났다.

한편 연등도인은 제자들과 함께 차분히 앉아 각기 원신을 운용하고 있었다. 그때 갑자기 육압의 심장이 두근거리는 것이었다. 이에 그는 아무 말도 하지 않고 손가락을 짚어 점을 쳐보고는 상황을 알아챘다.

"여러분, 문중이 상황을 눈치채고 정두칠전서를 탈취하기 위해 제자 두 명을 기산으로 파견했소이다. 그것을 빼앗기면 우리는 살 길이 없어지지 않겠소이까? 어서 이 사실을 강상에게 알리고 미리 방비를 해야 후환이 없을 것입니다."

그러자 연등도인이 양전과 나타에게 속히 기산으로 가서 강상에게 사실을 알리라고 했다. 이에 나타는 풍화륜을 타고 먼저 출발했고 말을 탄 양전은 아무래도 그보다 느릴 수밖에 없었다.

한편 조공명의 두 제자인 진구공과 요소사가 기산에 도착했을 때는 이미 이경 무렵이었다. 두 사람이 흙을 장막을 이용해 공중에서 살펴보니 과연 강상이 머리를 풀어 헤치고 칼을 짚은 채 별자리를 따라 걸음을 옮기며 대 앞에서 부적을 그리면서 주문을 외고 있었다. 강상이 막 절을 올리는 순간 두 사람이 재빨리 아래로 내려가 정두칠전서를 낚아채서 바람에 날리는 구름처럼 재빨리 도망쳐버리자 무슨 소리를 듣고 급히 고개를 든 강상은 탁자에 놓인 정두칠전서가 보이지 않는 것이었다. 그가 영문을 몰라서 혼자 시름에 잠겨 있을 때 남궁괄이 들어와 나타가 찾아왔다고 보고했다. 강상은 나타를 황급히 안으로 불러들여 찾아온 이유를 물었고 나타가 말했다.

"육압 도사님의 말씀을 전하러 왔습니다. 문 태사가 정두칠전서를 탈취하기 위해 사람을 보냈는데 그것을 빼앗기면 우리 모두 살 길이 없어지니 미리 방비하라고 하셨습니다."

"아뿔싸! 조금 전에 내가 술법을 쓰는데 무슨 소리가 들리는가 싶

더니 정두칠전서가 사라져버렸네. 알고 보니 그렇게 된 것이로구
먼. 어서 가서 되찾아오게!"

"예!"

나타는 즉시 영채에서 나와 풍화륜을 타고 정두칠전서의 행방을
찾아 나섰다.

한편 말을 타고 나타의 뒤를 따라가던 양전은 몇 리쯤 가다가 갑
자기 괴이한 바람이 부는 것을 발견했다.

휘스스 호랑이가 포효하는 듯
스르렁 맹수가 울부짖는 듯
흙먼지 날리며 웅장한 기세 드러내니
강과 바다 뒤집고 산악도 무너뜨릴 듯하구나.
도끼질하듯 숲의 나무를 망치고
때맞춰 핀 화초는 일제히 시들어버리지.
구름과 안개 휘몰아치니 어쩌지 못하는데
형체도 그림자도 없으니 정말 교묘하구나!

嘹碌碌如同虎吼　滑喇喇猛獸咆號
揚塵播土逞英豪　攬海翻江華嶽倒
損林木如同劈柱　響時節花草齊凋
催雲捲霧豈相饒　無影無形眞個巧

양전은 그것을 보고 틀림없이 정두칠전서를 빼앗겼으리라 생
각하고는 말에서 내려 서둘러 흙을 한 줌 집어 허공에 뿌리며 소리

쳤다.

"가라!"

그리고 그는 한쪽에 앉아 기다렸다. 이야말로 선천의 신비한 술법으로 오묘하고 무궁한 도리가 담긴 것인지라 진정한 천명을 받은 군주를 보호하기 위해 때맞춰 호응한 것이었다.

한편 정두칠전서를 가로채고 무척 기분이 좋아진 진구공과 요소사는 앞쪽에 문 태사의 영채가 나타나자 흙의 장막에서 내려와 마침 순찰을 돌고 있던 등충을 만났다. 등충이 서둘러 안에 보고하자 곧 진구공과 요소사도 중군 막사로 들어가 문 태사에게 보고했다.

"어찌 되었는가?"

"분부하신 대로 가보니 강상이 마침 술법을 부리고 있었사옵니다. 그래서 그가 절을 올리는 틈에 정두칠전서를 가로채서 돌아왔사옵니다."

"오, 그래? 이리 주게."

문 태사는 정두칠전서를 받아 들고 슬쩍 살펴보더니 소매 안에 넣고 말했다.

"뒤쪽으로 가서 자네들 사부께 말씀드리게."

이에 두 사람이 조공명의 막사로 가려는데 갑자기 벼락 소리가 들려오는 것이었다. 그들이 깜짝 놀라서 뒤돌아보니 영채는 보이지 않고 자신들은 사방이 텅 빈 공터에 서 있었다. 영문을 몰라서 멍하니 있는데 갑자기 백마를 타고 긴 창을 든 사람이 나타나서 호통쳤다.

"내 정두칠전서를 내놔라!"

그러자 둘은 버럭 화를 내며 각기 쌍칼을 치켜들고 상대에게 달려들었다. 이에 양전도 큰 구렁이가 꿈틀거리듯 창을 휘두르며 어두운 밤중에 격전을 벌이니 천지가 캄캄해지고 창칼이 부딪치는 소리가 그치지 않았다. 그들이 한참 격전을 벌이고 있을 때 갑자기 허공에서 풍화륜 소리가 들리더니 나타가 달려와 화첨창을 휘두르며 싸움에 가세했다. 양전조차 당해내지 못하고 있던 진구공과 요소사가 어떻게 그것을 감당할 수 있었겠는가? 나타가 내지른 창은 단번에 요소사를 찔러 죽였고 양전의 창은 진구공의 옆구리를 찔러버리니 둘의 영혼은 그대로 봉신대로 떠나버렸다.

양전이 나타에게 물었다.

"기산의 일은 어찌 되었는가?"

"사숙께서 벌써 정두칠전서를 탈취당하셔서 내가 쫓아온 것일세."

"조금 전에 두 사람이 흙의 장막을 이용해 달려가는데 바람 소리가 이상하기에 나도 틀림없이 그것을 탈취당했나 보다 생각했네. 그래서 한 가지 계책을 썼지. 무왕의 크나큰 복으로 속임수를 써서 그것을 되찾고 또 자네가 도와준 덕분에 저 둘을 모두 죽였으니 정말 다행일세."

둘이 다시 기산으로 돌아가니 벌써 날이 밝아오고 있었다. 근심에 빠져 있던 강상은 무길에게 보고받고 황급히 둘을 불러들여 어찌 되었는지 물었다. 양전이 계책을 써서 속인 이야기를 들려주자 강상은 그의 공로를 칭찬했다.

"지혜와 용기를 겸비하여 만고에 길이 남을 큰 공을 세웠구먼!"

그리고 나타를 칭찬했다.

"적절하게 도와서 충심으로 나라를 보우해주었네!"

양전은 정두칠전서를 강상에게 바치고 나서 나타와 함께 움막으로 돌아갔다. 그리고 강상은 그것을 다시 탈취당하지 않도록 밤낮으로 조심하며 방비했다.

한편 문 태사는 정두칠전서를 탈취하러 간 이들이 이튿날 사시巳時가 되도록 돌아오지 않자 신환으로 하여금 어찌 된 일인지 알아보라고 했다. 잠시 후 신환이 돌아와서 보고했다.

"나리, 어찌 된 일인지 진구공과 요소사가 도중에 죽어버렸사옵니다."

문 태사가 탁자를 치며 소리쳤다.

"뭐라고? 두 사람이 죽었다면 정두칠전서는 되찾아올 수 없게 되었구나!"

그러면서 그는 중군 막사에서 가슴을 치고 발을 구르며 대성통곡했다. 잠시 후 두 진의 주인이 찾아왔다가 문 태사의 그런 모습을 보고 다급히 어찌 된 일인지 묻자 문 태사가 전후 사정을 들려주었고 둘은 아무 말도 하지 않았다. 세 사람이 함께 조공명의 막사로 찾아가보니 그는 우레처럼 코를 골며 자고 있었다. 문 태사는 침대 앞으로 다가가 눈물을 흘리며 그를 불렀다.

"조 도형!"

그러자 조공명이 눈을 뜨더니 어찌 되었느냐고 물었다. 이에 문 태사가 사실대로 대답했다.

"진구공과 요소사가 모두 죽었소이다."

조공명은 자리에서 일어나 앉으며 두 눈을 부릅뜨고 소리쳤다.

"틀렸구나! 여동생의 말을 들었어야 했거늘 고집을 피우다가 정말 목숨을 잃게 되었구나!"

그는 너무 놀라서 온몸에 식은땀만 흘릴 뿐 아무 대책이 없었다. 이에 탄식하며 말했다.

"아아, 애석하구나! 천황의 시절에 득도하여 신선의 몸이 되었거늘 오늘 이런 재앙을 만나 육압에게 죽임을 당할 줄이야! 참으로 안타깝구나! 문형, 나는 아무래도 살기 어렵게 되었지만 이제 와서 후회한들 무슨 소용이 있겠소? 내가 죽거든 금교전과 내 도복을 잘 싸서 허리띠로 단단히 묶어두시구려. 내가 죽으면 분명 운소를 비롯한 여동생들이 내 시신을 보러 찾아올 테니 그때 그것을 모두 전해주시구려. 세 여동생이 내 도복을 보면 오라비를 본 것처럼 여길 것이외다!"

그렇게 말하고 나서 조공명은 눈물을 펑펑 흘리더니 갑자기 고함을 질렀다.

"운소야! 네 말을 듣지 않아서 결국 이런 재앙을 당하는구나!"

그 말을 마치자마자 그는 목이 메어서 말을 할 수 없게 되었다. 그의 그런 모습을 본 문 태사는 가슴이 칼에 에인 듯했고 너무 화가 치밀어 머리카락이 모자를 뚫고 나올 듯했다. 그는 단단한 이가 부러지도록 악물었다.

그 모습을 본 홍수진의 주인인 왕변王變은 서둘러 영채에서 나와

진을 펼쳐놓고 주나라의 움막 앞으로 가서 고함을 질렀다.

"옥허궁의 제자들이여, 내 홍수진을 시험해볼 자 누구냐?"

이때 양전과 나타는 연등도인과 육압에게 기산에 다녀온 일에 대해서 보고하고 있었다. 홍수진이 펼쳐졌다는 소리를 들은 연등도인은 어쩔 수 없이 여러 문인門人들을 이끌고 밖으로 나갔다. 문인들이 좌우로 늘어서서 보니 왕변이 사슴을 타고 사나운 기세로 다가오고 있었다.

푸른 비단으로 만든 일자건 머리에 쓰고
배 안에 담긴 현묘한 기운 비할 데 없다.
홍수진 안에서 그 능력 드러냈는데
수련 결과가 자신을 죽이는 빚이 되고 말았구나!

一字青紗頭上蓋　　腹内玄機無比賽

紅水陣内顯其能　　修煉葱下誅身債

연등도인은 그것을 보고 조보에게 말했다.

"조 도우, 그대가 다녀오시구려."

"진정한 천명을 받은 군주를 위한 일이거늘 제가 어찌 거절하겠습니까?"

그는 서둘러 보검을 들고 나가서 소리쳤다.

"왕변, 멈춰라!"

왕변이 그를 알아보고 말했다.

"조형, 그대는 야인이라 이곳 일과는 아무 상관없는 몸인데 어째서 죽음을 자초하는 것이오?"

"상황을 보아하니 그대들이 하늘의 뜻을 모르고 거짓 군주를 도와 진정한 군주를 공격하고 있구려. 왜 그런 쓸데없는 고집을 부리시오? 아마 조공명이 하늘의 시세를 따르지 않아 지금 하루아침에 죽음을 자초한 것일 테지요. 열 개의 진 가운데 이미 여덟 개가 깨졌으니 하늘의 마음을 헤아릴 수 있지 않겠소?"

왕변이 분기탱천하여 칼을 들고 공격하자 조보도 칼을 휘둘러 맞섰다. 몇 판 맞붙고 나서 왕변이 진 안으로 도망치자 조보가 쫓아 들어갔는데 왕변이 대에 올라가 호리병의 물을 아래로 뿌리니 호리병이 깨지면서 갑자기 붉은 물이 쏟아졌다. 그 물은 한 방울만 몸에 닿아도 사지가 핏물로 변하는 것이었다. 가련하게도 조보는 그 물에 맞아 도복과 허리띠만 남겨놓고 사지의 뼈와 살이 모조리 핏물로 변했고 그의 영혼은 그대로 봉신대로 떠나버렸다.

왕변은 다시 사슴을 타고 밖으로 나와서 소리쳤다.

"연등, 무고한 야인을 보내 목숨을 잃게 하다니 너무 도리를 무시하는구나! 옥허궁의 문하에 뛰어난 자가 많다고 들었는데 누가 감히 내 진을 시험해보겠는가?"

그러자 연등도인이 도덕진군에게 말했다.

"그대가 저 진을 깨뜨려버리시오."

자, 이제 승부가 어찌 되는지는 다음 회를 보시라.

무왕, 홍사진에 빠지다
武王失陷紅沙陣

진원이 죽으면 모든 게 끝이니
인위적 행위 하지 말고 걱정도 말라.
마음속의 흰 옥 깨닫기 어렵나니
세상의 황금이야 나는 바라지 않지.
바위 옆 계곡물 소리 범어를 이야기하고
계곡가 산색은 차가운 물 막아주지.
이따금 칠리탄에 앉아
새로 뜬 달빛 아래 강물에 낚시 드리우지.

一煞眞元萬事休　無爲無作更無憂
心中白璧人難會　世上黃金我不求
石畔溪聲談梵語　澗邊山色咽寒流
有時七里灘頭坐　新月垂江作釣鉤

그러니까 도덕진군이 칼을 들고 앞으로 나가서 소리쳤다.

"왕변, 너희가 하늘의 시세를 모르고 천지를 비틀어 하늘을 거스르는 행사를 하는데 그러다가 목숨을 잃게 되면 땅을 치고 후회한들 무슨 소용이겠느냐? 이제 너희가 설치한 열 개의 진 가운데 여덟 개가 깨졌는데도 아직 정신을 차리지 못하고 함부로 날뛰는구나!"

그 말에 분기탱천한 왕변이 칼을 휘둘러 공격하자 도덕진군도 칼을 들어 맞섰다. 하지만 몇 판 맞붙지 않아서 왕변이 진 안으로 들어가자 도덕진군도 뒤에서 재촉하는 종소리를 듣고 쫓아 들어갔는데 그때 왕변이 대에 올라가 이전과 마찬가지로 호리병을 쏟으니 역시 붉은 물이 가득 밀려들었다. 그 순간 도덕진군이 소매를 한 번 털자 연꽃 한 송이가 떨어졌고 그는 그 꽃잎 위에 올라타 붉은 물이 위아래로 요동쳐도 전혀 신경 쓰지 않았다. 왕변이 다시 호리병을 쏟자 도덕진군의 머리 위에 상서로운 구름이 피어나 위를 덮어 보호하니 물방울이 그의 몸에 닿지 못했다. 또 아래쪽의 물도 신발조차 적시지 못하니 마치 그는 연꽃 배를 타고 노니는 듯했다.

한 조각 연잎 배로 재앙을 이겨내니
이제야 천교에 고명한 이 있음을 깨달았지.

一葉蓮舟能開厄　方知闡敎有高人

그렇게 두 시간쯤 지나자 왕변은 이 진으로는 성공하기 어렵다고 판단하고 얼른 도망치려고 했다. 그러자 도덕진군이 다급히 오화칠금선五火七禽扇을 꺼내서 한 번 흔들었다. 이 부채는 공중의 불과 바위 속의 불, 나무 속의 불, 삼매화, 인간 세상의 불까지 다섯 가지의 불을 모은 것으로 봉황鳳凰과 청란靑鸞, 대붕大鵬, 공작孔雀, 백학白鶴, 홍곡鴻鵠, 올빼미[梟鳥]까지 일곱 가지 새의 깃털을 엮어 만든 것이었다. 그 위에는 부적이 찍혀 있고 그것을 사용할 때 쓰는 비결이 따로 있었으므로 후세의 시인이 이 부채의 장점을 이렇게 노래했다.

다섯 가지 불로 만든 보물 '칠령'이라 불리는데
전수받은 뒤로 처음 꺼내 이궁離宮의 등불 들었지.
산속의 괴이한 바위도 재로 만들고
바닷물도 말려버려 이슬조차 맺히기 힘들지.
금金과 목木을 이겨내는 데에는 제일이요
기둥과 들보 태우면서 잠시도 멈추지 않지.
왕변이 설령 신선의 몸이라 해도
이 부채질에 당하면 즉시 형체가 사라져버리지.

五火奇珍號七翎　授人初出秉離熒
逢山怪石成灰燼　遇海煎乾少露泠
克木克金爲第一　焚梁焚棟暫無停
王變縱是神仙體　遇扇扇時卽滅形

　　도덕진군이 오화칠금선을 흔들자 왕변은 외마디 비명을 지르며 붉은 재로 변해버렸고 그의 영혼은 그대로 봉신대로 떠났다. 그렇게 도덕진군이 홍수진을 깨뜨리자 연등도인은 다시 움막으로 돌아가 조용히 앉아 있었다.

그러는 사이에 문 태사의 진영에서는 장천군이 다급히 보고했다.

"문 태사, 홍수진도 깨져버렸소이다!"

그렇지 않아도 조공명의 일로 마음이 답답하여 군무를 살피지 못하던 문 태사는 그 소식을 듣고 더욱 기분이 울적해졌다.

한편 강상은 기산에서 술법을 쓴 지도 벌써 스무 날이 되어서 일곱 편의 편지에 적힌 대로 제사를 마쳤다. 이튿날이면 조공명을 죽일 수 있게 되자 그는 무척 기뻤다. 그런 사실도 모른 채 누워 있던 조공명은 문 태사가 찾아와 침대 앞에 앉아서 보살피자 이렇게 말했다.

"문형, 우리가 만날 수 있는 것도 이번이 마지막이겠구려. 내일 정오에는 내 목숨도 다할 테니 말이오!"

문 태사가 눈물을 흘리며 말했다.

"나 때문에 도형께서 이런 예기치 못한 재앙을 당했으니 정말 가슴을 칼로 도려내는 것 같구려!"

그때 장천군도 조공명을 살펴보러 들어왔는데 그야말로 힘이 있어도 쓸 곳이 없어 속수무책인 상황이었다. 애석하게도 정두칠전서 하나만으로 대라천의 신선을 병든 속세의 인간처럼 무력하게 만들어버렸으니 오행의 술법이나 산을 옮기고 바다를 뒤집는 능력이 있다 한들 아무 소용이 없었던 것이다! 그들은 서로 얼굴을 쳐다보며 눈물만 흘릴 뿐이었다.

이튿날 사시가 되자 무길이 들어와서 강상에게 보고했다.

"육압 어르신께서 오셨습니다."

강상은 영채 밖으로 나가서 육압을 맞이하여 막사로 들어와 인사를 나누었다. 그러자 육압이 말했다.

"축하하오! 조공명은 틀림없이 오늘 죽게 될 것이고 또 홍수진을 깨뜨렸으니 정말 이보다 더 기쁜 일이 어디 있겠소이까?"

"도형의 무한한 법력이 아니었다면 어떻게 조공명을 죽일 수 있었겠소이까?"

육압이 껄껄 웃으며 꽃바구니를 열고 뽕나무 가지로 만든 작은 활과 복숭아나무로 만든 세 개의 화살을 꺼내 강상에게 건넸다.

"오늘 오시 초각(午時初刻, 오전 11시~11시 40분)에 이것으로 허수아비를 쏘시오."

"알겠습니다."

둘이 막사 안에서 기다리고 있노라니 어느덧 오시가 되었다. 강상은 손을 씻은 다음 활을 들고 화살을 재었다. 그러자 육압이 그에게 말했다.

"먼저 왼쪽 눈을 쏘시오."

강상이 그대로 하자 문 태사의 영채 안에 있던 조공명이 비명을 지르며 왼쪽 눈을 감았다. 문 태사는 마음이 찢어지는 듯 아파서 조공명을 덥석 끌어안고 눈물을 펑펑 흘리며 통곡했다. 이어서 강상이 허수아비의 오른쪽 눈을 쏘았고 마지막으로 심장을 쏘았다. 이렇게 되자 조공명은 문 태사의 영채 안에서 그대로 목숨이 끊어지고 말았다.

도를 깨달으면 본래 속세를 떠나야 하거늘
속세의 마음 없애지 못했으니 어찌 신선이 될 수 있었으랴?
이제 와서 부질없이 나부동을 떠나
금룡여의신에 봉해지고 말았구나.

悟道原須滅去塵　塵心不了怎成眞

至今空却羅浮洞　封受金龍如意神

이렇게 조공명이 비명에 죽자 문 태사는 대성통곡하며 시신을 수습해 관에 넣고 뒤쪽 영채에 안치했다. 등충을 비롯한 네 장수는 너무 놀라서 간이 떨렸다.

"주나라 진영에 이런 고명한 이가 있으니 어떻게 대적할 수 있을까!"

조공명의 죽음이 알려지자 문 태사의 병사들은 저마다 놀라고 당황하여 대오가 어지러워졌다. 한편 강상과 육압이 움막으로 돌아오자 여러 도사들이 모두 육압을 칭송했다.

"육 도형의 술법 덕분에 조공명을 죽일 수 있었구려!"

연등도인 또한 그의 공을 칭송해 마지않았다.

그때 장천군이 홍사진을 펼쳐놓고 그 안에서 연신 종을 쳐댔다. 그 소리를 들은 연등도인이 강상에게 말했다.

"홍사진은 아주 지독한 진이니 크나큰 복을 타고난 사람이 있어야 깰 수 있네. 그런 이가 아닌데도 저 진에 들어간다면 큰 재앙을 당할 걸세."

"그런 복이 있는 분이 누구입니까?"

"저 진을 깨려면 지금의 군주가 나서야 하네. 다른 이가 나선다면 길보다 흉이 많지."

"지금의 군주께서는 선왕의 어진 덕을 체현하셨을 뿐 무술은 뛰어나지 못하신데 어떻게 저 진을 깰 수 있겠습니까?"

"머뭇거려서 될 일이 아니니 어서 무왕을 모셔오게. 내 나름대로 방법이 있네."

이에 강상은 무길을 시켜서 무왕을 모셔 오게 했다.

잠시 후 무왕이 움막 앞에 도착하자 강상이 나가서 맞이해 안으로 들어갔다. 무왕은 여러 도사들을 보고 절을 올렸고 도사들도 답례했다.

"무슨 일로 과인을 부르셨습니까?"

이에 연등도인이 대답했다.

"이제 열 개의 진 가운데 아홉 개를 깨고 홍사진 하나만 남았는데 이것은 아무래도 전하께서 직접 깨셔야 탈이 없을 것 같습니다. 해 주실 수 있겠습니까?"

"여러분 모두 이 나라가 전란으로 불안해진 것을 측은히 여기셔서 이렇게 와주셨는데 지금 과인이 필요하다면 어찌 나서지 않을 수 있겠습니까?"

이에 연등도인은 무척 기뻐하며 무왕에게 허리띠를 풀고 잠시 곤룡포를 벗어보라고 했다. 그리고 가운데 손가락으로 무왕의 앞가슴과 등에 부적을 그린 다음 무왕에게 다시 곤룡포를 입고 허리띠를 차게 한 뒤 용이 똬리를 튼 무늬가 장식된 반룡관蟠龍冠 안에도 부적을 붙였다. 이어서 연등도인은 나타와 뇌진자에게 무왕을 호위하여 움막 밖으로 나가도록 했다. 잠시 후 홍사진 안에서 어미관을 쓰고 초록색 얼굴에 붉은 수염을 기른 도사가 두 자루 칼을 들고 노래를 부르며 나왔다.

절교가 전해진 뒤로 깨달은 이 드물었나니
현묘함 속의 큰 묘용에 하늘의 기밀 담겨 있지.
먼저 화로 안에서 황금 가루를 만들고
나중에 백옥 같은 비 한없이 내리도록 연마했지.
붉은 모래 몇 조각이면 사람의 심장 떨어지고
검은 안개 자욱할 때면 간담과 뼈가 날려버리지.
오늘 아침 음양의 땅을 만나게 되면
설사 신선이라 해도 혼백이 스러져 죽게 되지.

　　　　　　　　截教傳來悟者稀　玄中大妙有天機
　　　　　　　　先成爐內黃金粉　後煉無窮白玉霏
　　　　　　　　紅沙數片人心落　黑霧彌漫膽骨飛
　　　　　　　　今朝若會龍虎地　縱是神仙絕魄歸

홍사진의 주인 장소張紹가 큰 소리로 외쳤다.
"옥허궁의 제자들이여, 내 진을 시험해볼 자 누구인가?"
그때 풍화륜을 탄 나타가 화첨창을 들고 뇌진자는 한 사람을 호위하며 나왔다. 그 사람은 반룡관을 쓰고 노란 곤룡포를 입고 있었으니 장소가 그에게 물었다.

"그대는 누구인가?"

그러자 나타가 대답했다.

"이분은 바로 우리의 진정한 군주이신 무왕이시다."

무왕은 흉측한 얼굴에 언행도 거칠기 짝이 없는 장소를 보고 너무 놀라서 안장 위에 똑바로 앉아 있기조차 힘들었다. 그때 장소가 매화 무늬가 박힌 사슴을 몰고 달려들며 칼을 휘두르자 나타도 풍화륜을 몰고 나가 화첨창을 휘둘러 맞섰다. 몇 판 맞붙고 나서 장소는 홍사진 안으로 도망쳤고 나타와 뇌진자는 무왕을 호위하며 쫓아 들어갔다. 그것을 본 장소가 재빨리 대로 올라가 붉은 모래를 한 줌 집어 그들에게 뿌리자 그것은 그대로 무왕의 가슴을 때렸고 무왕은 말과 함께 구덩이에 빠져버렸다. 나타는 풍화륜을 타고 공중에 떠 있었는데 장소가 다시 세 줌의 붉은 모래를 뿌리자 그 역시 구덩이로 떨어져버렸다. 사태가 심상치 않게 돌아가는 것을 본 뇌진자는 풍뢰시를 펼치려 했지만 그 또한 붉은 모래에 맞고 구덩이로 떨어져버렸으니 결국 세 사람 모두 구덩이에 갇히고 말았다.

강상과 함께 홍사진 안쪽을 지켜보고 있던 연등도인은 한 줄기 검은 연기가 치솟는 것을 보고 이렇게 말했다.

"무왕께서 재앙을 당하셨구먼. 하지만 백일이 지나면 풀려나실 게야."

"전하께서 왜 진에서 나오지 못하고 계시는 겁니까? 자세히 좀 말씀해주십시오."

"무왕과 나타, 뇌진자는 모두 이 진에서 곤경을 겪어야 하는 운세를 타고났네."

무왕, 홍사진에 빠지다.

"아니? 그럼 언제쯤 풀려날 수 있는 건지요?"

"백일이 지나야 하네."

그러자 강상이 발을 구르며 탄식했다.

"무왕은 어질고 덕망 높은 군주이거늘 어째서 백일이나 고초를 겪어야 하는 겁니까? 혹시 그동안 잘못되기라도 하면 어떡합니까?"

"걱정 마시게, 천명을 받은 주나라 군주는 크나큰 복이 있으니 아무 일 없을 걸세. 뭘 그리 초조해하는가? 일단 움막으로 돌아가세, 그러면 자연히 방법이 생길 걸세."

강상이 성으로 들어가서 궁궐에 이 사실을 알리자 태임과 태사 두 황후는 황급히 무왕의 형제들을 강상의 저택으로 보내 자초지종을 물어보게 했다. 이에 강상이 대답했다.

"전하께서는 무사하실 것입니다. 단지 백일 동안 고초를 겪으셔야 할 운명일 뿐이니 아무 탈이 없으실 것입니다."

그렇게 말하고 그는 다시 성 밖의 움막으로 가서 여러 도사들과 함께 느긋하게 도법에 대해 이야기를 주고받았다.

한편 진영으로 돌아온 장소는 문 태사에게 보고했다.

"무왕과 뇌진자, 나타가 모두 홍사진 안에 갇혔소이다."

이에 문 태사는 경사라고 말했지만 마음은 여전히 언짢았으니 조공명의 죽음을 잊지 못했기 때문이다. 장소는 홍사진 안에서 매일 무왕의 몸에 붉은 모래를 뿌려댔고 무왕은 그야말로 칼로 온몸을 난도질당하는 듯한 고통을 겪어야 했다. 하지만 다행히 가슴과 등의 부적이 그의 몸을 지켜주었고 진정한 천명을 받은 복된 그였기에 목숨은 끊어지지 않았다.

한편 신공표는 운소낭랑을 비롯한 세 자매에게 조공명의 죽음을 알리기 위해 삼선도를 찾아갔다. 그가 동부 입구에 이르러 살펴보니 그곳 풍경은 다른 곳과는 아주 달랐다.°

안개와 노을 그윽하고
소나무 잣나무 무성하다.
안개와 노을 그윽하여 대문에는 상서로운 기운 넘치고
소나무 잣나무 무성하여 녹음이 창을 둘러쌌다.
마른 나무 엮어 다리 만들었고
산봉우리는 덩굴이 두르고 있다.
새는 붉은 꽃술 물고 구름 덮인 골짝으로 날아오고
사슴은 꽃밭을 밟고 이끼 낀 바위 위로 올라간다.
대문 앞에는 때맞춰 꽃이 피어나
바람에 향기 풍겨오고
제방의 푸른 버드나무에는 꾀꼬리 날아다니며
물가 복숭아나무에는 나비가 팔랑팔랑
신선 세계의 별천지이기는 해도
봉래산이나 낭원보다 아름다운 듯하구나.

煙霞裊裊　松柏森森

煙霞裊裊瑞盈門　松柏森森青繞戶

橋踏枯槎木　峰巔繞薜蘿

鳥銜紅蕊來雲墅　鹿踐芳叢上石苔
那門前時催花發　風送浮香
臨堤綠柳轉黃鸝　傍岸天桃翻粉蝶
雖然別是洞天景　勝似蓬萊閬苑佳

동굴 입구에 도착한 신공표는 호랑이에서 내려 물었다.

"계십니까?"

잠시 후 자그마한 여자아이가 나오더니 그를 알아보고 물었다.

"나리, 어디서 오시는 길이십니까?"

"네 사부께 내가 찾아왔다고 전해다오."

여자아이의 보고를 받은 운소낭랑이 말했다.

"안으로 모셔 오너라."

신공표가 들어가 머리를 조아려 인사하고 자리에 앉자 운소낭랑
이 물었다.

"무슨 일로 여기까지 걸음을 하셨습니까?"

"낭랑의 오라버니 일로 왔소이다."

"제 오라버니께서 무슨 일로 도형께 이런 폐를 끼치셨을까요?"

"허허! 조 도형이 강상의 정두칠전서에 당해 기산에서 죽었는데
여러분은 아직 모르고 계셨나 보구려?"

그러자 경소낭랑瓊霄娘娘과 벽소낭랑이 발을 구르며 통곡했다.

"어찌 이런 일이! 우리 오라버니가 강상의 손에 죽을 줄이야!"

그러자 신공표가 말했다.

"조 도형이 금교전을 빌려서 하산했는데 공을 세우지 못하고 오

히려 해를 당했소이다. 임종할 때 문 태사에게 이렇게 말했다고 하더이다. '내가 죽은 뒤에 틀림없이 여동생들이 금교전을 가지러 올 테니 안부 전해주시구려. 내가 운소의 말을 듣지 않았다가 죽음을 자초했으니 정말 후회스럽구려. 여동생들이 내 도복과 허리띠를 보면 나를 본 것처럼 생각할 것이오.' 이 얼마나 가슴 쓰라린 말이오! 가련하게도 천 년을 그토록 힘겹게 수련했거늘 무뢰배의 손에 죽게 될 줄이야! 정말 철천지원수가 아니고 무엇이겠소이까!"

그러자 운소낭랑이 말했다.

"사부님께서는 절교의 제자들에게 하산하지 말라고 하시면서 만약 하산하게 되면 틀림없이 봉신방에 이름이 올라갈 것이라고 하셨으니 이는 하늘이 정해놓은 운수겠지요. 제 오라버니는 사부님의 말씀을 듣지 않았기 때문에 이런 재앙을 피하지 못한 것이에요."

그러자 경소낭랑이 말했다.

"언니, 정말 매정하시군요! 오라버니를 위해 힘쓰지 않으려고 그런 말을 하시는 거잖아요. 우리 세 자매가 봉신방에 이름이 오르더라도 저는 반드시 오라버니의 시신을 보러 가야겠어요. 친남매의 정을 저버릴 수는 없어요."

경소낭랑과 벽소낭랑은 너무 화가 치밀어 이것저것 따지지 않았다. 곧 경소낭랑은 홍곡을, 벽소낭랑은 화령조花翎鳥를 타고 동부를 나서자 운소낭랑이 속으로 생각했다.

'동생들이 가면 틀림없이 혼원금두로 옥허궁의 제자들을 마구 잡아들일 테니 오히려 상황이 나빠질 거야. 문제를 일으키면 곤란하니 아무래도 내가 직접 가서 일을 주관해야겠구나.'

이에 그녀가 제자에게 말했다.

"금방 다녀올 테니 동부를 잘 지키고 있어라."

그녀가 푸른 난새를 타고 동부를 나가서 살펴보니 벽소낭랑과 경소낭랑이 신령한 새를 타고 표연히 날아가고 있었다.

"동생들, 잠깐 기다려! 나도 같이 갈게!"

"언니, 어딜 가려는 거예요?"

"보아하니 너희가 물정을 잘 몰라서 문제를 일으킬 것 같아. 그래서 함께 가서 상황을 보고 판단해 경솔하게 사단을 일으키지 않게 해야겠어."

세 자매가 함께 길을 떠나려는데 갑자기 뒤쪽에서 누군가 그들을 불렀다.

"여러분, 잠깐만요! 저도 함께 가겠어요."

운소낭랑이 뒤돌아보니 다름 아닌 함지선이었다.

"어디서 오는 거야?"

"저도 함께 서기로 가려고요."

운소낭랑이 무척 기뻐하며 그녀와 함께 출발하려고 하자 또 누군가 그들을 불렀다.

"잠깐만요! 저도 같이 가요!"

이번에는 채운선자彩雲仙子였다. 그녀는 운소낭랑 일행에게 고개를 숙여 절하며 말했다.

"여러분, 서기로 가시는 길이지요? 조금 전에 신공표와 만나서 함께 문 도형에게 가기로 했는데 운 좋게 여러분을 만났군요. 저도 함께 가요."

이렇게 해서 다섯 명의 선녀들이 함께 서기로 향했다. 그들은 순식간에 문 태사의 진영에 도착했으니 그야말로 이런 격이었다.

선녀들의 머리 위에 하늘 문 닫히니
굽이굽이 황하에 큰 난리가 찾아왔구나!

              群仙頂上天門閉　　九曲黃河大難來

영채 앞에 도착한 다섯 선녀는 수문장으로 하여금 문 태사에게 알리게 했다. 보고를 받은 문 태사는 그들을 맞이하여 중군 막사로 가서 서로 인사를 나누고 자리에 앉았다. 그러자 운소낭랑이 말했다.

"저번에 저희 오라버니가 문 태사의 요청에 따라 나부동을 나왔는데 뜻밖에 강상에게 죽임을 당했다는 소식을 듣고 시신을 수습하러 왔어요. 지금 어디에 안치되어 있는지 알려주시겠어요?"

문 태사는 구슬 같은 눈물을 뚝뚝 흘리며 말했다.

"조 도형께서는 불행히 소승과 조보에게 정해주를 빼앗기고 여러분께 찾아가 금교전을 빌려 와서 연등을 찾아갔지요. 교전할 때 그 금교전을 쓰자 연등은 술법을 써서 도망쳐버렸고 그가 타고 다니던 사슴만 두 동강이 났어요. 그런데 이튿날 육압이라는 이름 없는 도사가 나와서 조 도형과 맞붙었소이다. 조 도형이 다시 금교전을 쓰자 그자는 무지개로 변해 도망쳤지요. 그 뒤로는 양측에서 교전을 벌이지 않았는데 며칠 동안 강상이 기산에 대를 세우고 술법을 써서 조 도형에게 저주를 걸었소이다. 내가 점을 쳐서 그 사실을 알아내고 조 도형의 제자인 진구공과 요소사로 하여금 정두칠전서를 빼앗아 오게 했는데 그 사람들까지 나타 등에게 피살되고 말았소이다. 그러자 조 도형이 내게 말하더이다. '여동생 운소의 말을 듣지 않아서 과연 지금 이런 재난을 당했으니 정말 후회스럽구려.' 그러면서 금교전을 도복으로 싸서 세 분 자매님께 드리면 자신을 직접 본 것처럼 여길 것이라고 하더이다."

그렇게 말하고 나서 문 태사가 대성통곡하자 다섯 선녀도 일제히 구슬피 울었다. 잠시 후 문 태사가 자리에서 일어나 도복에 싸인 금교전을 탁자 위에 가져다 놓으니 세 자매가 그것을 펼쳐보고 다시 가슴이 아파서 하염없이 눈물을 흘렸다. 경소낭랑은 이를 갈았고 벽소낭랑은 울화가 치밀어 얼굴과 머리카락까지 온통 새빨갛게 변했다.

"오라버니의 관은 어디에 안치되어 있나요?"

"뒤쪽 영채에 있소이다."

경소낭랑이 말했다.

"가서 보고 오겠어요."

그러자 운소낭랑이 말렸다.

"오라버니는 이미 돌아가셨는데 굳이 볼 필요가 있어?"

벽소낭랑이 경소낭랑을 거들었다.

"기왕 여기까지 왔으니 잠깐 보는 것도 괜찮지 않아요?"

그러면서 둘이 뒤쪽 영채로 가자 운소낭랑도 어쩔 수 없이 따라가야 했다. 세 자매가 관을 열어보니 조공명은 그때까지 두 눈과 심장에서 핏물을 흘리고 있었다. 그것을 본 경소낭랑은 목 놓아 절규하다가 거의 혼절할 뻔했다. 벽소낭랑은 분개하며 말했다.

"언니, 고정하셔요. 우리도 그자를 잡아서 똑같이 세 발의 화살을 쏘아 원수를 갚아주면 되잖아요!"

그러자 운소낭랑이 말했다.

"이건 강상과는 관련 없는 일이야. 육압이라는 이가 이런 사이한 술법을 썼다고 했잖아? 사실 오라버니의 운명이 다하기도 했고 사악한 술법 때문에 목숨을 잃은 것이니 육압만 잡아서 똑같이 세 발의 화살로 갚아주면 돼."

잠시 후 홍사진의 주인인 장소가 들어와 다섯 선녀와 인사를 나누었다. 문 태사는 술상을 차리게 하여 모두 함께 술을 몇 잔 마셨다.

이튿날 다섯 선녀가 영채 밖으로 나서자 문 태사는 그들의 뒤를 지원하면서 등충을 비롯한 네 장수에게 앞뒤로 호위하게 했다. 운소낭랑은 푸른 난새를 타고 주나라의 움막 앞으로 가서 소리쳤다.

"육압에게 당장 나오라고 해라!"

보고를 받은 육압이 자리에서 일어나며 말했다.

"다녀오겠소이다."

그는 손에 칼을 들고 커다란 소매를 바람에 펄럭이며 표연하게 앞으로 나갔다. 운소낭랑은 그가 비록 재야의 신선이지만 진정한 도를 터득한 풍모를 지니고 있음을 알아보았다.

두 개의 상투 올리니
머리카락은 상서로운 오색구름처럼 나뉘었고
수합포 입고
허리띠 단단히 맸다.

도를 터득한 신선의 풍모로 느긋이 노닐며
가슴속에 한없는 현묘함을 담고 있나니
천하의 야인 육압
오악 도처에 명성도 드높구나.
기이한 술법 널리 배워 익혔지만
반도회 같은 곳은 가기 귀찮아하지.

雙抓髻　雲分瑞彩

水合袍　緊束絲縧

仙風道骨氣逍遙　腹內無窮玄妙

四海野人陸壓　五嶽到處名高

學成異術廣　懶去赴蟠桃

이에 운소낭랑이 두 동생에게 말했다.

"이 사람은 재야의 인물이기는 하지만 속에 품은 기운이 예사롭지 않은 것 같아. 일단 몇 마디 응대해보면 학문의 깊이를 알 수 있겠지."

그때 육압이 천천히 다가오면서 노래를 읊조렸다.

흰 구름 자욱한 깊은 곳에서『황정경』낭송하니
동부 입구의 맑은 바람이 발아래에 일어나지.
무위의 세계 맑고 허허로운 곳에서
속세의 인연 벗으니 만사가 가볍기만 하여
아아, 끝없는 천지에서도 이름 알려지지 않았지.

도포의 소매 펼치면 천지와 같이 크고

지팡이 끝에 밝은 해와 달을 걸었나니

이런 일은 그저 단약 하나로 이룰 수 있지.

白雲深處誦黃庭　洞口清風足下生

無爲世界清虛境　脫塵緣萬事輕　嘆無極天地也無名

袍袖展乾坤大　杖頭挑日月明　只在一粒丹成

노래를 마친 육압이 운소낭랑 등에게 고개를 숙여 인사하자 경소낭랑이 말했다.

"당신이 육압이라는 야인인가요?"

"그렇소이다."

"그런데 어째서 우리 오라버니인 조공명을 사이한 술법으로 죽였나요?"

"세 분께서 제 이야기를 들어주신다면 설명해드리겠지만 그게 아니라면 마음대로 하시구려."

그러자 운소낭랑이 말했다.

"일단 들어보도록 하지요."

"도를 수련한 이는 모두 깨달은 이치에 따라야 하거늘 어찌 거스를 수 있겠소이까? 그러므로 올바른 이는 신선이 되고 사이한 이는 타락하게 되는 것이지요. 저는 천황의 시절에 도를 깨달은 이래로 이치를 따르는 이와 거스르는 이를 많이 봐왔소이다. 역대로 선을 따른 이는 결국 스스로 정과를 이루었는데 뜻밖에 조공명은 순리를 따르지 않고 거스르기만 하면서 윤리기강을 망친 군주를 도와 무고한 백성을 해쳤으니 하늘도 분노하고 백성도 원망했소이다. 게다가 자신의 도술을 믿고 다른 이들이 법도에 따라 수행하는 것은 아랑곳하지 않았으니 이는 자신만 알고 남을 무시하는 역천의 행위가 아니겠소이까? 예로부터 하늘을 거스르는 자는 망하는 법인지라 내가 하늘을 대신하여 그를 죽였는데 어찌 나를 원망할 수 있겠소이까! 보아하니 여러분께서도 여기에 오래 계시면 아니 될 것 같소이다. 이곳은 살벌한 전쟁터인데 어찌 이런 곳에 있을 수 있겠소이까? 이런 곳에 오래 있다가는 불로장생의 길을 잃고 말 것이외다. 입바른 말로 심기를 거슬렀다면 널리 양해해주시기 바라오."

그 말에 운소낭랑은 말없이 생각에 잠겼다. 그런데 옆에서 경소낭랑이 고함을 질렀다.

"못된 것! 감히 그런 황당무계한 말로 사람들을 현혹하다니! 사악한 술법으로 우리 오라버니를 죽여놓고 교묘한 입으로 강변하느냐? 그래, 네 하찮은 도가 얼마나 대단한지 보자!"

경소낭랑이 분기탱천하여 칼을 휘두르며 달려들자 육압도 황급히 칼을 들어 맞섰다. 그들이 몇 판 맞붙고 나서 벽소낭랑이 혼원금두를 허공에 던졌는데 육압은 그 보물의 위력 앞에서 벗어날 수 없었다.

이것은 하늘이 열릴 때 생겨나서
삼재의 원리에 따라 천지를 담고 있지.
벽유궁에서 직접 전수해준 것이니
천교의 제자들 모두 재난을 당하겠구나!

벽소낭랑이 혼원금두를 던지는 것을 본 육압은 도망치려고 했지만 '휙!' 하는 소리와 함께 그 보물은 어느새 그를 낚아채서 문 태사의 진영 앞에다 패대기쳐버렸다. 그러니 육압이 비록 현묘를 익힌 몸이기는 하나 정신을 잃고 쓰러질 수밖에 없었으니 벽소낭랑은 직접 손을 써서 육압을 오랏줄로 묶고 니환궁에 부적을 찍어 원신을 가둔 다음 깃대 위에 걸어놓았다. 그리고 문 태사에게 말했다.

"저놈이 우리 오라버니를 죽였으니 이제 내가 되갚아주겠어요!"

그리고 오백 명의 궁수를 선발해 일제히 활을 쏘게 만들자 빗발처럼 많은 화살이 육압을 향해 날아갔다. 그런데 잠시 후 화살대는 물론 화살촉까지 모조리 재로 변하고 말았으니 그것을 본 병사들과 문 태사는 깜짝 놀랐다. 운소낭랑도 그 상황을 지켜보고 있었다. 그러자 벽소낭랑이 말했다.

"요사한 도사 놈! 또 무슨 사이한 술법으로 우리를 현혹하려 하느냐?"

그러면서 재빨리 금교전을 공중에 던지자 그것을 본 육압은 "이만 실례하겠소!" 하고 소리치더니 순식간에 무지개로 변해 도망쳐버렸다. 그가 움막으로 돌아와 다른 이들과 만나자 연등도인이 물었다.

"혼원금두에 잡혀갔는데 어떻게 돌아오실 수 있었소이까?"

"오라비의 복수를 한답시고 제게 활을 쏘았는데 그것은 제 내력을 몰랐기 때문이지요. 화살이 제 몸에 맞았을 때 재로 만들어버리고 다시 금교전을 던지기에 얼른 돌아와버렸습니다."

"정말 도술이 뛰어나시구려."

"저는 오늘 잠시 떠났다가 조만간 다시 오겠습니다."

이튿날 운소낭랑을 비롯한 다섯 선녀가 일제히 나와서 강상을 찾았다. 그러자 강상은 좌우로 제자들을 이끌고 사불상을 몰고 나가 푸른 난새를 타고 오는 운소낭랑을 유심히 쳐다보았다.

구름 같은 머리 두 쪽으로 틀어 올리고 도덕도 해맑아서
백학 수놓인 붉은 도포 입고 머리에 구슬 영락 드리웠다.
허리에 맨 띠는 천지의 매듭으로 묶었고
삼실로 엮은 신에서는 상서로운 광채 피어난다.
천지가 개벽할 때 도를 수행하여
삼선도 안에서 참된 형상 단련했지.
여섯 기운°과 삼시도 모두 버렸는데
조만간 푸른 난새는 신선 궁궐을 떠나겠구나.

雲鬢雙蟠道德淸　紅袍白鶴頂珠纓
絲縧束定乾坤結　足下麻鞋瑞彩生
劈地開天成道行　三仙島內煉眞形
六氣三尸俱抛盡　咫尺靑鸞離玉京

강상이 사불상에 탄 채 고개를 조아려 인사했다.

"여러분, 안녕하십니까?"

그러자 운소낭랑이 말했다.

"강상, 나는 삼선도에 사는 청정한 몸이라 인간 세상의 시비에 관여하지 않았는데 그대가 내 오라버니 조공명을 정두칠전서로 죽이는 바람에 이렇게 찾아왔어요. 그분이 무슨 죄를 지었다고 그렇게 모진 짓을 했나요? 정말 가증스럽군요! 비록 육압이 시켜서 한 일이라고는 하나 어쨌든 남의 오라버니를 죽였으면 그 대가를 치러야 하니 우리는 그대의 죄를 묻지 않을 수 없어요. 물론 그대의 하찮은 도력 같은 것은 논할 가치도 없지요! 연등이라 하더라도 우리 세 자매에 대해서는 잘 알고 있으니 함부로 무시하지 못해요."

"그것은 잘못된 말씀이십니다. 사실 우리가 시비를 일으킨 것이 아니라 그대의 오라버니가 스스로 문제를 일으켰지요. 또한 이것은 하늘이 정해놓은 운수이니 결국 피할 수 없었을 것이외다. 죽을 곳을 찾아왔는데 어떻게 재앙에서 벗어날 수 있었겠소이까? 그대의 오라버니는 스승의 분부를 따르지 않고 서기로 찾아왔으니 결국 죽음을 자초한 셈이 아니겠소이까?"

그러자 경소낭랑이 버럭 화를 냈다.

"우리 오라버니를 죽여놓고 하늘의 운수를 핑계로 삼다니! 너는 내 오라버니를 죽인 원수인데 어찌 교묘한 말로 죄를 가리려 하느냐? 도망치지 말고 내 칼을 받아라!"

그러면서 그녀가 홍곡을 타고 날아오며 보검을 휘두르자 강상도 황급히 칼을 휘둘러 맞섰다. 그때 황천화가 옥기린을 몰고 달려 나가 두 개의 은추銀錘를 휘두르며 공격했고 양전도 말을 몰고 나가 나

는 듯이 창을 내질렀다. 그러자 저쪽에서 벽소낭랑이 벼락처럼 고
함을 질렀다.

"이런 괘씸한!"

그녀는 즉시 화령조를 타고 싸움에 나섰고 운소낭랑도 푸른 난새
를 타고 가세했다. 이때 채운선자는 호리병 안에 담긴 육목주戮目珠
를 꺼내 손에 들고 황천화를 공격하려 했는데 그의 목숨이 어찌 되
는지는 다음 회를 보시라.

제50회

세 선녀, 계책을 써서 황하진을 펼치다
三姑計擺天河陣

고약한 황하진 삼재에 따라 설치되니

이 재난으로 모든 신선이 고생했지.

굽이굽이 조물주의 능력 숨겨져 있고

수많은 만彎에는 바람과 우레 숨어 있지.

낭원에서 신선의 도 닦은 이는 말할 것도 없고

마음에 신선의 태를 맺은 이도 피하지 못하지.

이것을 만나면 모두 신체를 바꿔버리니

비로소 알겠구나, 좌도방문 여자는 배필로 삼기 어렵다는 것을!

黃河惡陣按三才　此劫神仙盡受災

九九曲中藏造化　三三彎內隱風雷

漫言閬苑修眞客　誰道靈臺結聖胎

遇此總敎重換骨　方知左道不堪媒

그러니까 채운선자가 황천화를 향해 육목주를 내던졌는데 이 구슬은 사람의 눈을 상하게 하는 것이었다. 미처 방비하지 못하고 있던 황천화는 두 눈에 부상을 입고 옥기린에서 떨어졌고 다행히 금타가 재빨리 그를 구해 돌아왔다. 그때 강상이 타신편을 공중으로 던지자 그것은 그대로 운소낭랑을 때렸고 벽소낭랑이 달려와 푸른 난새에서 떨어지는 그녀를 구하려 했다. 그러자 양전이 풀어놓은 효천견이 벽소낭랑의 어깨를 덥석 물어 살점과 옷이 뭉텅 떨어져 나갔다. 사태가 심상치 않다고 생각한 함지선은 바람 자루를 열었고 곧 엄청난 바람이 몰아쳤다.

천지를 어둑하게 만들 수 있고
우주를 휩쓸어 캄캄하게 만들 수도 있지.
산을 찢어 무너뜨리고
사람이 맞으면 목숨을 부지하지 못하지.

能吹天地暗　善刮宇宙昏

裂山崩山倒　人逢命不存

함지선이 검은 바람을 풀어놓자 강상은 황급히 눈을 부릅뜨고 사방을 살폈는데 그때 채운선자가 육목주를 던져 그의 눈에 상처를 입히는 바람에 하마터면 사불상에서 떨어질 뻔했다. 그 순간 경소낭랑이 칼을 휘두르며 달려들었지만 다행히 양전이 앞뒤에서 막아준 덕분에 무사했다. 움막으로 돌아온 강상이 눈을 뜨지 못하자 연등도인이 살펴보고는 육목주에 당했다는 것을 알아채고 서둘러 단약을 가져와 치료해주었다. 잠시 후 강상은 비로소 눈을 뜰 수 있었고 황천화 또한 눈이 낫자 이를 갈며 복수를 다짐했다.

한편 운소낭랑은 타신편에 맞아 중상을 입었고 벽소낭랑은 효천견에게 물려 상처를 입었다. 그러자 세 자매도 원한을 품었다.

"나는 네가 다치지 않게 하려고 했는데 오히려 나를 해치다니! 좋아, 그건 그렇다 치고. 동생, 옥허궁의 제자들이야 말할 필요도 없고 우리 사백이라 할지라도 고려하지 말자고!"

그야말로 이런 격이었다.

한없이 오묘한 술법 펼치지 않으면
신선에게 전해진 은밀한 공부 어찌 보여주랴?

不施奧祕無窮術　那顯仙傳祕授功

운소낭랑은 단약을 먹고 나서 문 태사에게 말했다.

"군대에서 장정 육백 명을 선발해주셔요, 제가 쓸 데가 있어요."

문 태사는 곧 길립에게 육백 명의 장정을 선발하여 분부를 기다리라고 했다. 운소낭랑을 비롯한 세 자매와 두 선녀는 뒤쪽 영채로 가서 백토白土로 그림을 그렸는데 어디서 시작해서 어디서 끝나는지를 보여주는 내용이었다. 그 안에는 선천의 비밀을 담아 생사를 좌우하는 기관 장치를 설치했고 바깥쪽은 구궁九宮과 팔괘의 원리에 따라 출입문을 연결하여 나아가고 물러나는 것이 가지런하고 조리가 분명하게 했다. 동원된 인원은 육백 명에 지나지 않았지만 그 안에는 현묘한 운용 방법이 담겨 있어서 백만 명의 군대에 못지않았으니 설사 신선이라 해도 이 진 안에 들어가면 원신이며 혼백이 소멸돼버릴 정도였다. 장정들은 그 진을 보름 동안 연습하여 비로소 익숙하게 운용할 수 있게 되었다.

그날 운소낭랑이 중군 막사로 와서 문 태사에게 말했다.

"이제 진이 완성되었으니 제가 옥허궁의 제자들을 어떻게 상대하는지 보러 오시지요."

"이 진에는 어떤 현묘함이 담겨 있소이까?"

"이 진의 안쪽은 삼재의 원리에 따라 천지의 오묘함을 감싸고 있고 그 안에 신선을 미혹하는 단약인 혹선단惑仙丹과 신선의 능력을 없애는 비결인 폐선결閉仙訣이 들어 있어서 신선의 원신을 잃게 하고 혼백을 소멸시키며 몸을 망가뜨리고 기운을 손상시키며 근본을 없애고 육신을 손상시킬 수 있어요. 그러니 신선이 이 진 안으로 들어가면 평범한 사람의 몸으로 변해버리고 보통 사람이 들어가면 즉시 목숨이 끊어져버리지요. 구불구불 이어져 반듯한 곳이 없어서 조물주의 기이한 능력이 다하고 신선의 신비한 능력을 모조리 없애버리니 저 삼교의 성인이라 할지라도 여기에 걸리면 빠져나가지 못해요."

그 말을 들은 문 태사는 무척 기뻐하며 수하에게 분부했다.

"여봐라, 즉시 출병을 준비하라!"

잠시 후 문 태사는 묵기린을 타고 등충 등 네 장수를 거느리고 출병했다. 다섯 선녀는 일제히 주나라 움막 앞으로 가서 소리쳤다.

"그쪽 정찰병은 강상에게 당장 나오라고 전해라!"

보고를 받은 강상이 제자들과 함께 반열을 맞추어 나오자 운소낭랑이 말했다.

"강상, 절교와 천교의 제자라면 모두 오행의 술법으로 바다를 뒤집고 산을 옮길 능력이 있지. 이제 내가 진을 하나 만들었는데 만약 네가 이것을 깬다면 우리는 모두 너에게 대적하지 않고 서기에 귀순하겠다. 하지만 그러지 못하면 내 기필코 오라버니의 복수를 하고 말겠다!"

그러자 양전이 말했다.

"도형, 우리가 사숙과 함께 진을 살펴볼 테니 그 틈에 보물을 써서 암습하면 안 되오!"

"그대는 누구인가요?"

"옥천산 금하동에 계신 옥정진인의 제자 양전이오."

"듣자 하니 그대가 일흔두 가지 현묘하고 변화막측한 공부를 지니고 있다지요? 그럼 오늘도 변화를 부려서 이 진을 깨보셔요. 나는 당신처럼 몰래 효천견을 풀어 사람을 다치게 하는 따위의 못된 짓은 하지 않고 그냥 구경만 하겠어요. 어서 진을 살펴보고 나서 승부를 결판내도록 해요!"

양전 등은 분노를 참고 강상을 호위하며 다가가 진을 살펴보았다. 진의 입구 중에 한 곳에 이르러 살펴보니 구곡황하진九曲黃河陣이라고 적힌 작은 패가 걸려 있고 병사들의 수는 기껏 오륙백 명밖에 되지 않았으며 오색 깃발이 세워져 있었다.

천지에 따라 안배된 진
황하와 같은 기세로 펼쳐졌구나.

음산한 바람 쌩쌩 불어 몸을 파고들고

검은 안개 자욱하여 해와 달이 흐릿하다.

아른아른

어두컴컴

참혹한 기운 하늘을 찌르고

음산한 흙비 땅에 가득하다.

혼백을 소멸시켜

제아무리 천 년을 수행했다 해도 물거품이 되고

원신과 기운을 손상시켜

만겁의 고난 벗어난 이라 해도 모두 실패하고 말지.

그야말로 신선이라 해도 가기 어려워

머리 위의 삼화도 모조리 깎여나가고

설사 부처라 해도 이 재앙 당하면

가슴에 품은 오행의 기운 소멸해버리지.

이 진을 만나면 재앙 피하기 어렵나니

그것을 만나면 신선이라 한들 어찌 피할 수 있으랴?

陣排天地　勢擺黃河

陰風颼颼氣侵人　黑霧彌漫迷日月

悠悠蕩蕩　杳杳冥冥

慘氣衝霄　陰霾徹地

消魂滅魄　任你千載修持成畫餅

損神喪氣　雖逃萬劫艱辛俱失脚

正所謂神仙難到　盡削去頂上三花

那怕你佛祖厄來　也消了胸中五氣

逢此陣劫數難逃　遇他時眞人怎躱

　강상이 진을 살펴보고 나서 운소낭랑에게 다가갔다. 그러자 그녀
가 말했다.

"강상, 이 진을 알아보겠나요?"

"도우, 입구에 분명히 적어놓았으면서 왜 그것을 묻는 것이오?"

그때 벽소낭랑이 양전에게 고함을 질렀다.

"오늘도 또 효천견을 풀어놓을 테냐?"

　양전은 자신의 용맹과 도술을 믿고 말을 몰아 달려들며 창을 휘
둘렀다. 그러자 벽소낭랑도 홍곡을 타고 칼을 휘두르며 맞섰으니
둘이 몇 판 맞붙었을 때 운소낭랑이 혼원금두를 공중에 던지자 이
보물의 무시무시한 위력을 모르는 양전은 한 줄기 금빛이 번쩍하는
순간 그 속에 빨려들어 황하진 안에 팽개쳐져버렸다. 제아무리 양
전이라 한들 어이하랴.

　일흔두 가지 변신술도 모두 소용없나니

　황하진 안의 재앙에서 어찌 벗어날 수 있으랴?

七十二變俱無用　怎脫黃河陣裏災

　그것을 본 금타가 버럭 고함을 질렀다.

"무슨 좌도방문의 수작으로 우리 도형을 잡아갔느냐?"

그러면서 그가 칼을 휘두르며 달려들자 경소낭랑도 칼을 휘두르

며 맞섰다. 금타는 둔룡장°을 공중에 던졌고 경소낭랑은 코웃음을
쳤다.

"흥! 이따위 하찮은 것쯤이야!"

그러면서 그녀가 혼원금두를 손에 얹고 가운데 손가락으로 가리
키자 둔룡장은 혼원금두 안으로 떨어져버렸다. 그녀는 다시 혼원금
두를 공중에 던져 금타마저 황하진 안으로 팽개쳐버렸으니 혼원금
두는 그야말로 이러했다.

천지와 사해를 모두 담을 수 있나니
어떤 보물이라도 거둬들일 수 있지.

裝盡乾坤并四海　任他寶物盡收藏

목타는 자신의 사형이 잡혀간 것을 보고 고함을 질렀다.

"요사한 계집, 무슨 술수로 내 형님을 잡아갔느냐?"

사납기 그지없는 이 어린 도사가 사납게 칼을 휘둘러 경소낭랑을
공격하자 그녀도 황급히 맞받아쳤다. 그들이 세 판을 맞붙기도 전
에 목타가 어깨를 슬쩍 흔들며 오구검을 공중에 던지자 경소낭랑이
코웃음을 쳤다.

"흥! 오구검이 보물이 아니라고는 할 수 없지만 설사 그것이 보물
이라 해도 나를 해치지는 못해!"

그러면서 그녀가 손으로 툭 쳐서 오구검을 땅에 떨어뜨리고 다시
혼원금두를 공중에 던지자 목타는 미처 피하지 못하고 금빛에 휩싸
여 그대로 황하진 안으로 팽개쳐졌다. 한편 분기탱천한 운소낭랑은

푸른 난새를 타고 강상을 공격했다. 세 제자가 잡혀 들어간 것을 보고 깜짝 놀란 강상은 황급히 그녀의 칼을 막아야 했는데 몇 판 맞붙었을 때 운소낭랑이 혼원금두를 던져서 그를 잡으려고 하자 다급히 행황무기기를 펼쳤고 그 순간 깃발에서 금빛 꽃이 피어나면서 혼원금두를 공중에서 막았다. 하지만 두 보물의 기운은 공중에서 어지럽게 뒤얽혀 대치할 뿐 혼원금두를 떨어뜨리지는 못했다. 강상은 결국 패주하여 움막으로 돌아갔고 그를 본 연등도인이 말했다.

"그것은 혼원금두라는 보물로 이번에는 여러 도우들이 재난을 당할 운명이니 조금 불길한 일이 생길 걸세. 그 진에 들어가면 도력이 깊은 이는 괜찮겠지만 그렇지 않은 이는 낭패를 당할 수밖에 없지."

운소낭랑 일행이 하루 만에 세 사람을 사로잡아 진에 가두고 영채로 돌아오자 문 태사가 물었다.

"진에 갇힌 옥허궁의 제자들은 어떻게 처리하는 게 좋겠소이까?"

"일단 제가 연등과 대면하고 나면 자연히 방법이 생길 거예요."

문 태사는 곧 잔치를 열어 다섯 선녀를 대접했다. 장소의 홍사진에 세 사람이 갇혀 있고 운소낭랑 등이 기이한 진으로 공을 세우자 문 태사는 무척 기분이 좋았으니 바로 이런 격이었다.

서기에서 연승을 거두니 경사가 겹쳤지만
하늘이 뜻대로 따라주지 않을까 걱정이로다.

慶勝西岐重重喜　只怕蒼天不順情

어쨌든 문 태사는 즐겁게 술을 마시고 나서 자리를 파했다.

이튿날 다섯 선녀는 일제히 주나라의 움막 앞으로 가서 연등도인에게 나오라고 요구했다. 이에 연등도인이 여러 도사들과 함께 반열을 이루어 자신은 사슴을 타고 밖으로 나왔으니 그 모습이 이러했다.

두 개의 상투 틀었으니
천지의 색깔이요
검은 도포에는
흰 구름 위를 나는 백학을 수놓았다.
신선의 풍모에
오색 노을이 몸에서 피어난다.
머리 위의 신령한 빛이 열 길이나 치솟고
삼라만상을 아울러 가슴에 담았지.
구전금단 같은 것은 전혀 따지지 않고
신선의 몸 수련하여 온전히 신령하고 현명하지.
영취산의 나그네
도를 깨달은 연등일세.

雙抓髻　乾坤二色

皂道袍　白鶴飛雲

仙風并道骨　霞彩現當身

頂上靈光十丈遠　包羅萬象胸襟

九返金丹全不講　修成仙體徹靈明

어쨌든 연등도인은 운소낭랑을 보고 고개를 조아려 인사했다.

"도우, 안녕하시오?"

"연등도인, 오늘 전투를 통해 시비를 가립시다. 내가 진을 설치했으니 살펴보세요. 다만 그대 천교의 문인들이 내 도를 너무 무시해서 내 마음에 새겨두었으니 이제는 돌이킬 수 없게 되었어요. 그대 문하에도 아주 고명한 이가 있을 텐데 내 진을 시험해볼 이가 누군가요?"

"허허! 그것은 아니지요. 봉신방을 작성할 때 그대도 직접 궁중에 있었거늘 어찌 순환의 이치를 모르시는 게요? 예로부터 조물주의 공덕은 다시 순환의 흐름을 시작했으니 조공명은 반드시 그렇게 될 수밖에 없었소이다. 본래 신선과는 인연이 없으니 그런 재앙을 당해야 마땅했던 게지요."

그러자 경소낭랑이 말했다.

"언니가 이미 이 진을 설치했는데 무슨 도덕 같은 것을 따지나요? 어디 내가 손을 써볼 테니 막아낼 재간이 있는지 보자고요!"

그녀가 곧 홍곡을 몰아 달려들며 칼을 휘두르자 이쪽의 문인들도 발끈했다. 개중에 한 사람이 노래를 부르며 나섰다.

백운산 아래 편안히 누우니
밝은 달과 맑은 바람 값을 따질 수 없구나.
병 속에 현묘한 이치 담겨 있어

고요 속에 천지는 커다랗고

석양에 지는 노을 바라볼 때

나무 끝에는 저녁 까마귀 몇 마리 앉아 있구나.

꽃그늘 버드나무 아래에서

사람 만나 담소 나누고

산천 어디든지

가는 곳마다 내 집일세.

초가집에 생애를 맡기나니

황금 계단에 옥 같은 이슬 매끄럽구나!

高臥白雲山下　明月淸風無價

壺中玄奧　靜裏乾坤大

夕陽看破霞　樹頭數晩鴉

花陰柳下　笑笑逢人話

剩水殘山　行行到處家

憑咱茅屋任生涯　從他金階玉露滑

적정자가 노래를 마치고 호통쳤다.

"경소 도우, 너무 큰소리를 치시는구려! 그대도 이제 여기에 왔으
니 봉신방에 이름이 오르는 것을 피할 수 없게 되었소이다."

그러면서 그가 칼을 들고 가벼운 걸음으로 나오자 경소낭랑은 화
가 치밀어 얼굴이 복사꽃처럼 빨개져서는 곧장 칼을 휘두르며 달려
들었다. 둘이 몇 판 맞붙었을 때 운소낭랑이 혼원금두를 허공에 던
지자 한 줄기 금빛이 번개처럼 적정자의 눈으로 쏟아져 그를 꼼짝

세 선녀, 계책을 써서 황하진을 펼치다.

못하게 붙들더니 그대로 황하진 안으로 내리 꽂았다. 적정자는 마치 술에 취한 듯 바보가 된 듯 비틀거리더니 즉시 정수리에 있는 니환궁이 막혀버렸다. 가련하게도 천 년 동안 고생스럽게 앉아 수련한 공덕이 천오백 년 만에 닥친 이 큰 재난에서 혼원금두를 만나는 바람에 황하진 안에 갇히고 말았으니 비록 그가 신선이라 할지라도 아무 소용이 없었던 것이다.

경소낭랑의 흉포한 행위를 본 광성자가 버럭 고함을 질렀다.

"운소, 우리를 너무 무시하는구나! 천교의 신선을 모욕하며 벽유궁의 좌도방문을 자랑하려는 게냐?"

그러자 운소낭랑이 푸른 난새를 몰아 앞으로 가서 말했다.

"광성자, 네가 아무리 옥허궁에서 제일 높은 신분의 금종을 치는 신선이라 해도 내 보물 앞에서는 화를 면치 못할 것이다."

"흥! 내 이미 계율을 어겼으니 어찌 재앙에서 벗어날 수 있겠느냐? 그리고 이전의 인연이 정해져 있으니 천명을 어찌 거스를 수 있겠느냐? 이제 살계를 범하게 되었으니 후회한들 이미 늦었도다!"

그러면서 그가 칼을 휘두르며 달려들자 운소낭랑도 칼로 맞섰다. 그러나 벽소낭랑이 또 혼원금두를 던지니 광성자 역시 말할 필요도 없이 적정자와 같은 신세가 되고 말았다. 이 혼원금두가 옥허궁 제자들의 정수리 위에 맺힌 삼화를 없앤 것은 하늘이 정한 운수가 그러했기 때문이니 자연스럽게 그 때가 되자 옥허궁의 제자들을 모조리 황하진에 잡아 가두고 니환궁을 닫아 그동안 수련한 도의 열매를 없애버렸던 것이다. 다만 강상이 신들에게 벼슬을 봉하고 나면 다시 정과를 수련하여 원래의 모습으로 돌아가게 되어 있었으니 이

것이 바로 하늘이 정한 운수였던 것이다.

어쨌든 운소낭랑은 혼원금두를 이용하여 문수광법천존을 비롯해 보현진인, 자항도인, 청허도덕진군, 도행천존, 옥정진인, 영보대법사, 구류손, 황룡진인 등 열두 명의 제자들을 모조리 붙잡아 황하진에 가둬버렸다. 이제 남은 이는 연등도인과 강상뿐이었다.

운소낭랑은 무궁한 묘용을 지닌 혼원금두의 힘을 믿고 크게 호통쳤다.

"이제 돌이킬 수 없게 되었으니 끝장을 보자! 연등도인, 이번에는 너도 벗어나지 못할 게야!"

그러면서 다시 혼원금두를 허공에 던지자 연등도인은 사태가 여의치 않다고 판단하고 흙의 장막을 이용해 맑은 바람으로 변해서 도망쳐버렸다. 세 자매가 일단 영채로 돌아가자 문 태사는 황하진 안에 갇힌 수많은 옥허궁의 제자들을 보고 무척 기뻐하며 잔치를 열어 공적을 세운 것을 축하했다. 운소낭랑은 비록 함께 술을 마시고 자리를 파했지만 속으로 생각이 많았다.

'일은 이미 벌어져서 옥허궁의 수많은 제자들을 황하진 안에 가둬버렸으니 이제 나도 진퇴양난의 곤란한 처지가 되고 말았구나.'

한편 연등도인이 움막으로 돌아오자 잠시 후 강상이 들어와 자리에 앉으며 말했다.

"뜻밖에 여러 도형들이 죄다 황하진에 갇히고 말았는데 길흉이 어찌 될까요?"

"큰 탈이야 없겠지만 애석하게도 그간 수련한 공부가 모두 허사가 되어버렸구면. 이제 내가 옥허궁에 한 번 다녀오는 수밖에 없겠네. 자네는 여기를 잘 지키고 있게. 도우들도 목숨을 잃지는 않을 걸세."

연등도인은 곧 흙의 장막을 이용해 순식간에 곤륜산 기린애에 도착했다. 그가 흙의 장막을 거두고 옥허궁으로 걸어가니 마침 백학동자가 구룡침향련九龍沉香輦을 지키고 있었다.

"교주님께서 어디로 출타하려고 하시는가?"

"서기로 가시려고 하시니 어서 돌아가셔서 밀실에서 향을 사르고 맞이하십시오!"

연등도인은 서둘러 움막으로 돌아와 홀로 앉아 있는 강상에게 말했다.

"어서 향을 사르고 비단을 걸게. 교주님께서 왕림하실 걸세!"

강상은 서둘러 목욕재계하고 향을 들고 길가에 서서 원시천존을 맞이할 준비를 했다. 잠시 후 자욱한 향 연기가 사방으로 퍼졌으니 이를 묘사한 노래가 있다.

혼돈 이래로 도덕이 빼어나서
오로지 현묘한 이치에 따라 현묘한 법을 세웠지.
태극과 음양 그리고 사상은
자회에 하늘이 열리면서 만들어낸 것
축회와 인회에 각기 대지와 인간이 나타남에 내가 종교를 관장하여
『황정경』두 권으로 미혹에 빠진 군중을 제도했지.
신선 나라 궁궐에서 제자들을 가르치고
불씨인 황금 연꽃도 내가 심었지.

육근이 청정하여 번뇌를 없앴고

현묘함 속의 묘법 아는 이 드물지.

두 손가락 가리켜 용과 호랑이 굴복시키고

눈에서 나오는 상서로운 빛으로 천지를 옮길 수도 있지.

머리 위에는 상서로운 구름 삼만 길이나 피어나고

온몸은 노을에 감싸여 오색구름 날지.

느긋하게 사불상 타고 노닐며

침단구룡거 조용히 타고 다니지.

기이한 짐승이 날아와 조수가 되고

기꺼이 삼보옥여의를 짚고 다니지.

백학과 푸른 난새 앞길을 인도하고

붉은 봉황 따라오며 선녀처럼 춤추지.

양쪽에서 깃털 부채 들고 모시면 구름과 안개 속에 숨고

좌우의 선동이 옥피리 불지.

황건역사는 명령을 대기하고

향 연기 자욱할 때 많은 신선이 따라오지.

천교의 도법 선양하는 진정한 교주

원시천존께서 옥지를 나서셨구나!

混沌從來道德奇　全憑玄理立玄機
太極兩儀幷四象　天開於子任爲之
地丑人寅吾掌敎　黃庭兩卷度群迷
玉京金闕傳徒衆　火種金蓮是我爲
六根淸靜除煩惱　玄中妙法少人知

二指降龍能伏虎　目運祥光天地移

頂上慶雲三萬丈　遍身霞繞彩雲飛

閒騎逍遙四不象　默坐沈檀九龍車

飛來異獸爲扶手　喜托三寶玉如意

白鶴青鸞前引道　後隨丹鳳舞仙衣

羽扇分開雲霧隱　左右仙童玉笛吹

黃巾力士聽敕命　香煙滾滾衆仙隨

闡道法揚眞教主　元始天尊離玉池

연등도인과 강상은 허공중에 울리는 청량한 신선의 음악 소리를 들었다. 연등도인이 향을 들고 땅에 엎드려 절을 올렸다.

"교주님, 오시는 줄 모르고 미처 멀리 영접을 나가지 못했사오니 용서해주시옵소서."

원시천존이 침향련에서 내리자 남극선옹이 깃털 부채를 들고 뒤따랐다. 연등도인과 강상은 원시천존을 움막 안으로 모시고 엎드려 절을 올렸다. 그러자 원시천존이 말했다.

"일어나라!"

강상이 다시 엎드려 아뢰었다.

"삼선도에서 황하진을 펼쳐 여러 제자들이 모두 목숨을 잃을 위기에 처했사오니 부디 자비를 베푸시어 구제해주시옵소서."

"하늘의 운수가 이미 정해져 있으니 마음대로 풀 수 없거늘 굳이 그런 말이 필요하겠느냐?"

원시천존이 묵묵히 자리에 앉자 연등도인과 강상이 좌우에 시립했다. 자시(子時:밤 11시~새벽 1시) 무렵이 되어 원시천존의 머리 위에 논 한 마지기 정도 넓이의 상서로운 구름이 나타나 오색의 빛을 발산하며 만 개의 황금 등잔이 마치 처마에 듣는 낙숫물처럼 그침 없이 방울방울 떨어져 내렸다.

한편 황하진 안에 있던 운소낭랑은 갑자기 나타난 상서로운 구름을 발견하고 두 동생에게 말했다.

"사백께서 오셨구나. 동생들, 애초에 나는 하산하려 하지 않았는데 너희 둘이 고집을 부리는 바람에 나도 잠시 어리석은 생각이 일고 말았구나. 우연히 이 진을 설치하여 옥허궁의 제자들을 가둬버렸으니 놓아주기도 그렇고 해치기도 곤란하게 되었어. 이제 사백께서 오셨으니 무슨 낯으로 뵌단 말이냐? 정말 곤란하게 되었어!"

그러자 경소낭랑이 말했다.

"언니, 그게 무슨 말이에요? 그 사람은 우리 사부님도 아닌데 그저 사부님 체면을 봐서 존중해주는 것뿐이잖아요? 우리는 그쪽 천교의 제자가 아니니 마음대로 하면 되지 왜 그 사람을 무서워해요?"

벽소낭랑도 거들었다.

"우리가 그 사람을 대면했을 때 그 사람이 별로 내색하지 않는다면 그냥 예의에 맞게 대하면 되고 만약 자존심만 내세운다면 굳이 사백으로 대접할 필요가 없지요! 이미 우리와 적이 되었는데 무엇하러 겸손하게 예를 차려요? 진을 설치해놓았으니 어쩔 수 없잖아요, 왜 그렇게 겁을 내셔요?"

이튿날 원시천존은 남극선옹에게 분부했다.

"침향련을 준비해라, 기왕 여기에 왔으니 황하진에 한번 다녀와야겠구나."

이에 연등도인이 앞길을 인도하고 강상이 뒤따라 모시며 원시천존과 함께 황하진 앞으로 갔다. 그러자 백학동자가 소리쳤다.

"삼선도의 운소는 어서 나와서 교주님을 영접하시오!"

잠시 후 운소낭랑을 비롯한 세 자매가 나와서 옆으로 비켜 허리를 숙여 절했다.

"사백, 제자들이 심히 무례를 범했사오니 용서해주시옵소서!"

"자네들이 이 진을 설치한 것은 내 제자들이 마땅히 이런 시련을 겪어야 하기 때문일세. 다만 자네들 스승께서는 아직 함부로 움직이지 않고 계신데 자네들은 왜 굳이 법도를 지키지 않고 하늘을 거스르는 행위를 해서 교단의 율법을 어기는 일을 자초하는가? 일단 진 안으로 들어가게, 나도 알아서 들어가겠네."

세 자매는 먼저 진 안으로 들어가 팔괘대에 올라 원시천존이 어떻게 들어오는지 살펴보기로 했다. 원시천존은 허공을 나는 의자인 비래의飛來椅를 툭 쳐서 곧장 진 안으로 날아 들어갔다. 그러자 침향련의 네 바퀴가 땅바닥에서 두 자 남짓 떠올라 상서로운 구름 위에 앉으니 상서로운 광채가 피어났다. 원시천존이 지혜의 눈으로 살펴보니 열두 명의 제자가 아무렇게나 내팽개쳐져 눈조차 뜨지 못하고 있었다. 그 모습을 보고 그는 탄식했다.

"삼시三尸를 죽이지 못하고 육기六氣를 삼키지 못했으니 천 년의 공부가 허사가 되었구나!"

원시천존이 자비로운 마음으로 진을 살펴보고 돌아서서 나가려는데 팔괘대 위에 있던 채운선자가 뒤에서 그에게 육목주를 내던졌다.

기이한 구슬 손에서 벗어나니 불꽃이 피어나고
찬란하게 날아가니 너무나 무정하구나.
그저 원시천존을 암살하려 했을 뿐이건만
누가 알았으랴, 이 보물이 순식간에 망가져버릴 줄을!

奇珠出手焰光生　燦爛飛騰太沒情
只說暗傷元始祖　誰知此寶一時傾

채운선자가 던진 육목주는 원시천존의 근처에 이르기도 전에 이미 먼지로 변해 날려버렸다. 그것을 본 채운선자는 안색이 흙빛으로 변했다.

진을 살펴본 원시천존은 다시 움막으로 가서 자리에 앉았다. 그러자 연등도인이 말했다.

"사부님, 들어가보시니 도우들의 상태가 어떠하옵니까?"

"삼화가 제거되고 천문이 막혀서 이미 평범한 인간의 몸으로 변해버렸더구먼."

"그런데 왜 자비심을 베푸시어 그 진을 깨뜨리고 도우들을 구해주지 않으셨사옵니까?"

"허허! 내가 비록 천교를 관장하고 있지만 사형이 있지 않은가? 그런 일은 반드시 그분에게 여쭤보고 나서 해야지."

그 말이 끝나기도 전에 허공에서 사슴 울음소리가 들려오자 원시천존이 말했다.

"팔경궁의 사형이 오셨구먼."

그러면서 그는 서둘러 움막 밖으로 마중을 나갔다.

홍몽을 쪼개 천지를 만들어내고
또 인간 세상에서 오행을 다스렸지.
헌원을 제도하여 한낮에 승천하게 하고
함곡관에서 법술 베풀어 도가 항상 빛나게 했지.

鴻濛剖破玄黃景　　又在人間治五行

度得軒轅昇白晝　　函關施法道常明

그러니까 노자가 소를 타고 허공에서 내려오자 원시천존이 멀리까지 마중을 나갔다.

"허허! 주나라 왕실의 팔백 년 기업을 위해 사형께서 수고로운 걸음을 해주셨군요!"

"오지 않을 수 없었네."

연등도인이 향을 밝혀 움막으로 길을 인도하고 현도대법사가 뒤따르며 시중을 들었다. 연등도인과 강상이 절하고 나서 원시천존과 노자는 자리에 앉았다. 노자가 원시천존에게 말했다.

"삼선도의 아이가 황하진을 설치하는 바람에 우리 교단의 문인들이 모두 재앙을 당했는데 가서 살펴보셨는가?"

"우선 가서 보고 오기는 했는데 이것은 하늘이 드리운 징조에 들어맞는 일이 아닙니까? 그래서 사형이 오시기를 기다리고 있던 참입니다."

"그냥 깨버리지 무엇하러 굳이 나를 기다리셨는가?"

여기까지 대화를 나누고 나서 둘은 말없이 앉아 있었다.

한편 황하진 안에 있던 세 선녀는 노자의 머리 위에서 피어난 영롱탑이 공중에 나타나 은은하게 오색 광채를 뿌리는 것을 발견했다. 그러자 운소낭랑이 두 동생에게 말했다.

"현도의 교주님도 오셨으니 이를 어쩌면 좋겠니?"

벽소낭랑이 말했다.

"언니, 우리랑은 종교가 다른데 무슨 상관이에요? 오늘 그 양반이 다시 오면 나는 어제처럼 대해주지 않을 거예요. 무서워할 이유가 어디 있나요?"

그러자 운소낭랑이 고개를 내저었다.

"그건 안 돼."

그때 경소낭랑이 끼어들었다.

"그자가 진 안으로 들어오면 바로 금교전과 혼원금두를 던지면 되는데 무서울 게 뭐가 있겠어요?"

이튿날 노자가 원시천존에게 말했다.

"오늘 황하진을 깨버리고 일찌감치 돌아가세. 속세는 오래 머물러 있을 곳이 아니지."

"옳은 말씀이십니다."

원시천존은 남극선옹에게 침향련을 준비하게 했고 노자는 판각 청우板角靑牛를 탔다. 연등도인이 길을 인도하니 사방에 기이한 향기와 붉은 노을이 가득 퍼졌다. 이윽고 황하진 앞에 도착하자 현도대법사가 소리를 질렀다.

"세 분은 즉시 나와서 영접하시오!"

그러자 안쪽에서 종소리가 울리면서 세 선녀가 진 앞으로 나왔다. 그들이 절을 올리자 않자 노자가 말했다.

"너희가 법규를 지키지 않고 감히 오만한 짓을 하는구나! 너희 사부조차 나를 보면 허리를 숙여 절하는데 너희가 감히 이렇게 무례하게 굴어도 되는 게냐?"

그러자 벽소낭랑이 말했다.

"나는 우리 절교의 교주에게만 절을 올리지 무슨 현도 따위는 모른다. 존중할 만한 이가 아니면 아랫사람이 공경하지 않는 것이 통상적인 예법이 아니더냐?"

그러자 현도대법사가 호통쳤다.

"못된 것이 간덩이가 부었구나? 감히 하늘같은 분께 그런 무례한 언사를 하다니! 당장 진 안으로 들어가라!"

세 선녀가 돌아서서 황하진 안으로 들어가자 노자는 푸른 소를 몰고 따라 들어갔고 원시천존은 침향련을 몰고 들어갔다. 백학동자가 뒤따르며 시중을 들었으니 세 선녀의 목숨이 어찌 되는지는 다음 회를 보시라.

강상, 문 태사의 진영을 습격하다

子牙劫營破聞仲

지난날 출병하면 재상의 지위 자랑했는데

오늘 정해진 운수 만나니 지난 과오의 응보인가?

풍뢰진은 몰아치는 파도 같고

용호영은 떨어지는 꽃잎처럼 늘어섰구나.

황하진으로 나름 성과를 거두었지만

백성은 더욱 탄식할 뿐이었지.

그대여, 용이 오는 곳에 가지 마오

더불어 봉신대로 가서 경치 구경하게 될 테니!

昔日行兵誇首相　今逢時數念應差

風雷陣設如奔浪　龍虎營排似落花

縱有黃河成個事　其如蒼赤更堪嗟

勸君莫待臨龍地　同向靈臺玩物華

그러니까 노자가 원시천존과 함께 황하진 안으로 들어가자 그의 눈에 술에 취한 듯 깊이 잠들어 코까지 고는 제자들이 보였다. 또 팔 괘대 위에는 몸뚱이가 온전하지 못한 이도 네다섯 명쯤 있었다. 이 에 그가 탄식했다.

"애석하도다, 천 년의 수행이 하루아침에 물거품이 되었구나!"

한편 경소낭랑은 노자가 황하진 안으로 들어와 여기저기 둘러보 는 것을 지켜보다가 곧 금교전을 내던졌다. 그 보물은 공중에서 머 리와 꼬리를 교차해 가위처럼 떨어져 내렸는데 노자가 그것을 보고 푸른 소에 탄 채 소매를 들어 받자 금교전은 드넓은 바다에 떨어진 겨자씨처럼 전혀 영향을 주지 못했다. 이번에는 벽소낭랑이 혼원금 두를 던졌는데 노자가 풍화포단風火蒲團을 공중에 떨어뜨리며 황건 역사를 불러 분부했다.

"저 혼원금두를 옥허궁에 갖다 뒤라!"

"예!"

그러자 세 선녀가 일제히 비명을 내질렀다.

"망했구나! 우리 보물을 가로채다니 절대 용서할 수 없어!"

세 선녀는 일제히 팔괘대에서 내려와 칼을 휘두르며 달려들었다. 그렇다고 천존의 체면에 그들과 칼을 맞댈 수는 없지 않겠는가? 노 자는 건곤도乾坤圖를 척 펼치며 황건역사에게 분부했다.

"이것으로 운소를 싸서 기린애 아래에 가둬두도록 해라!"

"예!"

한편 경소낭랑이 칼을 휘두르며 달려들자 원시천존이 백학동자 에게 삼보옥여의三寶玉如意를 공중에 던지라고 분부했다. 옥여의는 그대로 떨어져 경소낭랑의 정수리를 쪼개버렸고 그녀의 영혼은 즉시 봉신대로 떠났다. 이렇게 되자 혼자 남은 벽소낭랑이 비명을 질렀다.

"천 년을 수행했건만 하루아침에 너희에게 당해서 물거품으로 변하고 말았구나!"

그러면서 그녀가 칼을 날려 원시천존을 공격했지만 백학동자의 옥여의에 칼은 가루가 되어버렸다. 그때 원시천존이 소매 안에서 상자 하나를 꺼내 뚜껑을 열고 공중에 던지자 벽소낭랑이 타고 있던 말과 함께 상자 안에 갇혀버렸고 잠시 후 그것은 핏물로 변했다. 이렇게 해서 그녀의 영혼 역시 봉신대로 떠났다.

천 년 동안 도를 닦아 삼선도에서 성공하여
밤낮으로 열심히 무명無明°을 단련했건만
아무 이유 없이 황하진 펼쳤다가
맑은 바람으로 변해 칠정을 해치고 말았구나!

修道千年島內成　懇懃日夜煉無明
無端擺下黃河陣　氣化淸風損七情

함지선과 채운선자는 세 선녀가 죽어가는 동안에도 팔괘대 위에서 원시천존과 노자를 지켜보고 있었다. 한편 원시천존이 황하진을 깼지만 제자들은 모두 땅바닥에 쓰러져 있었는데 그때 노자가 가운데 손가락으로 한 번 가리키자 지하에서 우렛소리가 울리더니 제자들이 퍼뜩 깨어났다. 양전과 금타, 목타도 일제히 벌떡 일어나 땅바닥에 엎드렸다. 노자는 소를 타고 밖으로 나가 제자들과 함께 움막으로 갔고 제자들이 절을 올리자 원시천존이 말했다.

"이제 너희들의 머리 위에 있던 삼화가 깎여나가고 가슴속에 담고 있던 오행의 기운도 사라졌다. 이는 하늘이 정해놓은 액운을 만났기 때문이니 당연히 피하기 어려웠을 게야. 지금 강상은 아직 서른여섯 번의 놀랄 일이 남아 있어서 너희들이 오가며 도와주어야 하니 너희들에게 하루에 수천 리를 오갈 수 있는 종지금광법縱地金光法을 전수해주겠노라. 그런데 너희들이 지니고 있던 보물은 어디에 있느냐?"

"죄다 혼원금두 안에 담겨 있사옵니다."

이에 원시천존은 혼원금두를 가져오게 해서 각자의 보물을 돌려주었다.

"자, 받아라. 이제 남극선옹만 남아서 홍사진을 깨도록 하고 나는 사형과 함께 옥허궁으로 돌아가겠노라. 백학동자, 너는 사부와 함께 돌아오도록 해라."

잠시 후 원시천존과 노자가 돌아가자 제자들이 반열을 지어 전송했다.

한편 채운선자는 화가 풀리지 않았고 함지선은 황하진이 깨지자 영채로 돌아가 문 태사를 만났다. 문 태사는 진이 깨지고 옥허궁의 제자들이 모두 구출되어 돌아갔다는 사실을 알고 마음이 몹시 불편했다. 이에 그는 서둘러 조가로 관리를 보내서 구원병을 요청했다. 또한 지급의 패[火牌]를 발행하여 삼산관의 사령관 등구공으로 하여금 속히 달려와서 대령하라고 했다.

　그러는 사이에 연등도인은 여러 도사들과 함께 움막 안에 말없이 앉아 있었다. 남극선옹은 홍사진을 격파할 준비를 했는데 그렇게 구십구 일째가 되자 강상이 연등도인을 찾아갔다.

　"어르신, 내일 진을 격파해야 합니다."

　이튿날 도사들은 반열을 맞추어 홍사진 앞으로 갔다. 그러자 남극선옹과 백학동자가 고함을 질렀다.

　"홍사진의 주인은 나오시오!"

　잠시 후 진 안에서 장소가 사슴을 몰고 나와 흉흉한 기세로 칼을 들고 달려들었다. 그는 남극선옹을 발견하고 이렇게 말했다.

　"도형, 그대는 선행을 즐기는 분이지 진을 격파할 수 있는 부류는 아니지 않소? 이 진에 들어오면 그대는 이렇게 될 것이오!"

　애석하도다, 수련하여 신선의 몸이 되었건만
　붉은 모래에 맞아 순식간에 끝장나버리는구나!

　　　　　　可惜修就神仙體　若遇紅沙頃刻休

　"장소, 여러 말 할 필요 없네. 이 진은 틀림없이 오늘 내 손에 깨질 테니 아무래도 자네 또한 이승에 오래 머물지 못할 것 같구먼."

　그 말에 장소가 노기충천하여 사슴을 몰고 달려들어 남극선옹의 정수리를 향해 칼을 내리치자 옆에 있던 백학동자가 삼보옥여의를 휘두르며 맞섰다. 몇 판 맞붙고 나서 장소는 허공에 슬쩍 칼질을 하고 홍사진 안으로 도망쳤고 백학동자가 쫓아 들어가자 남극선옹도 따라 들어갔다. 사슴에서 내린 장소는 대로 올라가더니 붉은 모래를 한 줌 움켜쥐고 남극선옹을 향해 뿌렸는데 남극선옹이 오화칠령선五火七翎扇을 들어 부채질하자 붉은 모래는 순식간에 형체도 없이 사라져버렸다. 장소가 다시 한 말의 붉은 모래를 아래로 뿌렸지만 남극선옹이 부채질을 몇 번 하자 또 흔적도 없이 사라져버렸다. 이에 남극선옹이 말했다.

"장소, 오늘은 이 재앙에서 벗어나지 못할 것이다!"

장소는 황급히 도망치려 했지만 어느새 백학동자가 던진 옥여의가 그의 등짝을 정통으로 때리는 바람에 그대로 대에서 떨어지고 말았다. 백학동자가 칼을 휘두르자 그는 그대로 핏물로 옷을 적시고 말았으니 그야말로 이런 격이었다.

진을 깨기도 전에 미리 운수가 정해져 있었으니
영혼이 봉신대로 가는 일을 어찌 피할 수 있었으랴?

未曾破陣先數定　怎脫封神臺下來

남극선옹이 홍사진을 깨자 백학동자가 구덩이에 갇힌 세 사람을 발견했다. 곧 남극선옹은 우레를 한 번 쳤고 그 소리에 놀란 나타와 뇌진자가 벌떡 일어나 눈을 번쩍 떴다. 그리고 그들은 남극선옹을 발견하고 비로소 곤륜산의 스승이 자신들을 구하러 왔음을 알았다. 나타는 황급히 무왕을 부축해 일으켰는데 무왕은 이미 죽어 있었다. 그가 타고 온 소요마는 백일 만에 시신까지 썩어버린 상태였다.

강상은 연등도인과 함께 밖에서 홍사진이 깨진 것을 보고 황급히 말을 몰고 달려가 무왕을 살폈다. 하지만 그가 이미 죽은 것을 알고는 하염없이 통곡했다. 그러자 연등도인이 말했다.

"염려 말게, 저번에 진에 들어갈 때 세 개의 부적으로 가슴과 등을 보호해두었네. 무왕은 백일 동안의 재난을 겪어야 할 운세이니 내 나름대로 방법이 있네."

연등도인은 뇌진자에게 무왕의 시신을 업고 가서 움막 앞에 놓아두고 물로 목욕시키게 했다. 그런 다음 단약 한 알을 물에 개어 무왕의 입안으로 흘려 넣어주었다. 그리고 네 시간쯤 지나자 무왕이 눈을 번쩍 떴는데 그는 자신이 회생했음을 알고 좌우에 늘어선 강상과 여러 제자들을 보고 말했다.

"오늘에야 상보를 다시 뵙게 되었구려!"

강상은 좌우 시종들을 시켜서 무왕을 궁궐로 모시게 했다.

한편 연등도인은 여러 도사들에게 말했다.

"여러분, 나는 이제 열 개의 진을 깼으니 강상을 위해 할 일을 다 했소이다. 그러니 여러분도 각자의 거처로 돌아갈 때가 되었소. 다만 광성자, 그대는 도화령으로 가서 태사 문중이 가몽관으로 들어가지 못하게 하시고 적정자, 그대는 문중이 다섯 관문으로 들어가지 못하게 하시게. 두 분은 어서 출발하시게! 자항도인만 이곳에 남아 계시고 나머지 분들은 돌아가시기 바라오."

이에 여러 도사들이 움막을 나왔다. 그때 갑자기 운중자가 찾아오자 연등도인이 그를 움막 안으로 안내했다. 운중자는 고개를 숙여 인사했다.

"여러분, 안녕하셨소이까?"

여러 도사들이 말했다.

"운중자야말로 복이 많은 분이구려, 황하진에 해를 당하지 않았으니 이 얼마나 큰 복이오?"

"저는 사부님의 분부로 천신화주天神火柱를 단련했는데 이것을 가지고 절룡령에서 문 태사가 나타나기를 기다릴 것이외다."

연등도인이 말했다.

"그럼, 어서 가보시구려."

연등도인은 운중자가 떠나자 강상에게 부인符印과 칼을 건네며 말했다.

"나도 절룡령으로 가서 운중자를 도와야겠네, 이만 가겠네."

이렇게 해서 자항도인과 강상만 남게 되었다. 강상은 휘하들에게 분부했다.

"장수들을 소집하라!"

잠시 후 남궁괄 등이 일제히 움막 앞으로 모여 강상에게 인사를 올리고 양쪽으로 늘어섰다. 강상은 다음 날 문 태사의 군대와 자웅을 결판낼 것임을 알리고 각자에게 임무를 맡겼다.

한편 열 개의 진이 깨지고 나자 문 태사는 그저 조가의 구원병과 삼산관의 등구공이 어서 오기만을 기다리며 채운선자와 함지선과 함께 의논했다. 그러자 두 선녀가 말했다.

"뜻밖에도 세 자매가 액운을 당했군요. 두 사백께서 하산하시는 바람에 이런 일이 생겼지요. 우리 절교를 이렇게 우습게 보다니!"

문 태사는 긴 한숨을 내쉬었다. 그때 갑자기 주나라 영채에서 함성이 울리더니 수하의 보고가 올라왔다.

"강상이 태사님께 할 이야기가 있다고 하옵니다."

"뭐라고? 내 당장 그놈을 붙잡아 복수하고야 말겠다. 기필코 둘 중에 하나는 살아남지 못할 게야!"

그는 등충 등 네 장수에게 좌우를 책임지게 하고 두 선녀와 함께 원문 밖으로 나갔다. 강상은 문 태사가 묵기린을 타고 불길처럼 달려오는 것을 보고 말했다.

"문 태사, 그대가 온 지 삼 년이 지났지만 자웅을 가리지 못했소. 이제 또다시 열 개의 진을 설치하실 셈이오?"

그러면서 강상이 조강을 끌어내려 목을 치라고 분부하자 무길이 앞으로 끌고 나와 목을 쳤다. 이에 문 태사는 버럭 고함을 지르고 채찍을 휘두르며 달려들었고 황천화가 옥기린을 몰고 나가 두 개의 은추를 휘두르며 맞섰다. 원문에 있던 함지선은 분기탱천하여 칼을 들고 달려가 문 태사를 도왔고 이쪽에서는 양전이 말을 달려 나가 창을 휘두르며 그녀와 맞섰다. 그것을 본 채운선자는 칼을 들고 달려들었고 이에 나타가 버럭 고함을 질렀다.

"멈춰라!"

나타는 풍화륜을 몰고 나가 채운선자와 맞섰다. 이어서 등충을 비롯한 네 장수가 일제히 달려 나왔고 이쪽에서는 무성왕 황비호와 남궁괄, 무길, 신갑이 달려 나갔다.

양쪽 진영에서 둥둥 북소리 울리고
오색 깃발 노을처럼 휘날린다.

활과 쇠뇌 든 병사들 원문을 지키며

철벽같은 대오로 가지런히 늘어섰다.

(문 태사의) 구소관에서 불꽃 피어나고

(황천화의) 황금 갑옷은 노을빛 토해낸다.

(선녀는) 바다의 파도 위에서 용을 희롱하는 듯하고

(양전은) 만 길 산 앞에서 먹이를 다투는 호랑이 같다.

휙휙 칼 휘두르니

금빛 눈동자의 괴수가 정벌의 구름 일으키는 듯하고

번쩍번쩍 창은

커다란 뿔 달린 용과 교룡이 물 위에서 싸우는 듯하다.

채찍 휘두르자 쇠망치로 막으니

챙챙 은빛 꽃 피어나며 싸늘한 빛 뿌리고

칼을 내지르자 칼로 막으니

옥 같은 불꽃에 바람 일어 상서로운 눈 날리는 듯하다.

칼은 갑옷을 가르고

갑옷은 칼에 찔리니

산 앞의 맹호가 산예와 싸우는 듯하고

창이 투구를 찌르고

투구가 창에 맞으니

깊은 못의 교룡이 물속 괴수를 굴복시키는 듯하다.

도끼 휘두르니 하늘가 밝은 달이 빛을 뿌리는 듯하고

쇠몽둥이 휘두르니 만 개의 무지개 자줏빛 번개처럼 번쩍인다.

창을 휘두르니 자줏빛 기운 하늘 멀리 비추고

칼을 휘두르니 상서로운 구름이 머리 위를 떠난다.

兩陣咚咚擂戰鼓　五色幡搖飛霞舞

長弓硬弩護轅門　鐵壁銅牆齊隊伍

(太師)九霄冠上火焰生　(黃天化)金鎖甲上霞光吐

(女仙是)大海波中戲水龍　(楊戩)似萬仞山前爭食虎

搜搜刀擧　好似金睛獸吐征雲

晃晃長槍　一似巨角龍蛟龍爭戲水

鞭來錘架　銀花響亮迸寒光

劍去劍迎　玉焰生風飄瑞雪

刀劈甲　甲中刀　如同山前猛虎鬥狻猊

槍刺盍　盍中槍　一似深潭蛟龍降水獸

使斧的天邊皓月皎光輝　使鐧的萬道長虹飛紫電

使槍的紫氣照長空　使刀的慶雲離頂上

이를 묘사한 시가 있다.

한바탕 격전에 힘을 보태지 못해
죽은 이들 쓰러진 삼대처럼 널려 있구나.
단지 군왕 위해 사직을 안정시키려다가
현자와 어리석은 이 가리지 않고 핏물로 모래 적셨구나.

大戰一場力不加　亡人死者亂如麻

只爲君王安社稷　不辨賢愚血染沙

강상이 문 태사와 격전을 벌이는 동안 함지선은 바람 자루를 펼쳐 검은 바람이 몰아치게 했다. 하지만 정풍주를 지닌 자항도인이 바람을 막으니 더 이상 바람이 나오지 못했다. 그때 강상이 황급히 타신편을 던지자 그것은 그대로 함지선의 정수리를 내리쳤고 뇌수가 터져 비명에 죽은 그녀의 영혼은 그대로 봉신대로 떠나버렸다. 뒤쪽에서 무슨 소리를 들은 채운선자는 고개를 돌려 쳐다보다가 나타가 내지른 창에 어깨를 찔려 땅바닥에 쓰러져버렸고 그때 다시 내지른 창에 목숨이 끊어져 그녀의 영혼도 봉신대로 떠나버렸다. 장절과 격전을 벌이던 무성왕 황비호는 신들린 듯 창을 휘둘렀고 버럭 고함 소리와 함께 장절은 말 아래에서 창에 찔려 영혼이 봉신대로 떠나버렸다. 황천화와 격전을 벌이던 문 태사는 또 세 사람을 잃고 나자 전의를 상실하여 일부러 채찍을 허공에 휘둘러 눈속임을 하고 그대로 영채로 돌아갔다. 이제 그의 곁에는 등충과 신환, 도영만 남아 있었으니 문 태사는 기분이 몹시 울적했다.

한편 강상이 승전을 거두고 돌아오자 자항도인도 작별 인사를 하고 자신의 거처로 돌아갔다. 성 안의 저택으로 간 강상은 은안전에서 장수들에게 군령을 내렸다.

"장수들은 점심을 먹고 나서 대전에 나와 점호를 받도록 하라!"

그런 다음 그는 내실로 들어가 편지와 영전을 썼다. 그리고 오후 한 시 무렵이 되어 은안전에 북을 울려 장수들을 소집했다. 강상은 황천화와 나타, 뇌진자에게 각기 서신과 영전을 내주고 군령을 내렸다.

"그대들은 세 방면으로 나누어 가되 반드시 이렇게 하도록 하라! 황비호는 오천 명의 병사를 이끌고 왼쪽을 공격하고 남궁괄 등은 오천 명의 병사를 이끌고 오른쪽을 공격하라. 금타와 목타, 용수호는 원문을 공격하고 사현과 팔준은 그 뒤에서 지원하라. 신갑과 신면, 태전, 굉요, 기공祁恭, 윤적尹籍은 삼천 명의 병사를 이끌고 뒤에서 이렇게 함성을 질러라. '덕망 높은 군주가 계신 서기에 귀순하면 편안하게 태평성대를 누릴 것이요 무도한 주왕을 도우면 윤리강상이 무너질 것이다. 당장 주나라에 귀순하여 목숨을 보존하라!' 이렇게 적군을 분산시켜서 사기를 꺾도록 하라. 오늘 밤에는 모두 큰 공을 세울 수 있을 것이다. 그리고 양전은 삼천 명의 병사를 이끌고 먼저 적군의 군량과 마초를 불태워서 전투를 하기도 전에 자중지란에 빠지도록 하라. 그런 다음 적진을 치고 나가 절룡령으로 가서 뇌진자를 도와 공을 세우도록 하라."

이렇게 해서 양전까지 명령을 받고 떠났으니 그야말로 이런 격이었다.

구덩이를 파서 호랑이와 표범을 사로잡고
하늘 가득 그물 펼쳐놓고 교룡을 기다리지.

挖下戰坑擒虎豹　滿天張網等蛟龍

한편 장수와 병사들을 잃고 중군 막사에서 말없이 홀로 앉아 있던 문 태사는 갑자기 미간의 신령한 눈으로 주나라 진영에서 피어나는 살기를 간파했다.

"허허! 강상이 오늘 승전을 거두더니 기세를 몰아 우리 영채를 급습하려고 하는구나. 등충과 도영은 왼쪽을, 신환은 오른쪽을 방어하고 길립과 여경은 궁수를 거느리고 뒤쪽의 군량과 마초를 지키도록 하라. 나는 중군에서 원문을 공격하는 자가 누구인지 보겠다!"

그렇게 문 태사도 야간 전투를 준비했다.

드디어 날이 저물고 일경 무렵이 되자 강상은 장수들을 지휘하여 사방에서 문 태사의 진영을 급습하게 했다. 암암리에 상나라 진영의 원문 앞에 도착한 그들은 좌우 부대에서 등롱으로 보낸 신호에 따라 한 발의 포성과 함께 전군이 함성을 지르고 북을 둥둥 울리며 일제히 살기를 피워냈다.

전쟁의 구름 사방 들판을 뒤덮고
살기가 하늘을 막았다.
천지가 캄캄한데 전투가 벌어지니
시름겨운 안개와 구름 속에서 격돌했지.
처음 전투가 벌어졌을 때는
등롱과 횃불이 서로 마주쳤고
이어서 공격이 시작되자
창칼이 어지러이 난무했지.
동쪽 이궁離宮이 어둑하니
좌우의 병사들 어지러이 내달리고
서쪽 감지坎地에 빛이 없으니
앞뒤의 장수와 병사들 제자리를 찾지 못했지.

캄캄하기 그지없어 달빛도 흐릿하니

어디 우주를 구별할 수 있었겠으며

등불도 흐릿하니

천지를 분간하기 어려웠지.

전장의 구름 단단히 덮이니

병사들은 죽어라 오가며 대치하고

북소리 다급히 울리니

장수들은 목숨 걸고 우르르 적과 맞붙었지.

동서에서 혼전이 벌어져

창칼이 교차하고

남북에서 대치하여

깃발이 빛을 가렸지.

대포의 포연 자욱하여

하늘도 놀랄 만큼 천둥과 벼락 소리 울리고

호랑이 부절과 용무늬 깃발

번개처럼 위아래에서 펄럭였지.

깃발 흔드는 하급 장교는

깜깜한 밤중에 전전긍긍하고

북 치는 젊은 병사는

살얼음 밟은 듯 손조차 놀리기 어려웠지.

주나라 병사들은 용맹하고

주왕의 병사들은 바삐 도망쳤지.

그저 세차게 흐르는 핏물만이 깊은 구덩이를 가득 메웠고

첩첩이 쌓인 시체들만 몇 리에 걸쳐 나자빠져 있었지.

征雲籠四野　殺氣鎖長空

天昏地暗交兵　霧慘雲愁廝殺

初時戰鬥　燈籠火把相迎

次後交攻　劍戟槍刀亂刺

離宮不明　左右軍卒亂奔

坎地無光　前後將兵不正

昏昏沉沉月朦朧　不辨誰家宇宙

渺渺漫漫燈慘淡　難分那個乾坤

征雲緊護　拚命士卒往來相持

戰鼓忙敲　捨死將軍紛紛對敵

東西混戰　劍戟交加

南北相持　旌旗掩映

狼煙火砲　似雷聲霹靂驚天

虎節龍旗　如閃電翻騰上下

搖旗小校　黃夜裏戰戰兢兢

擂鼓兒郎　如履冰俱難措手

周卒勇猛　紂卒奔逃

只見滔滔流血深坑滿　疊疊橫屍數里平

이를 묘사한 시가 있다.

영채를 습격한 공적 오묘하기 그지없어

세 방향에서 공격하여 큰 공을 세웠지.

오로지 무왕의 복이 크고 넓어서

강태공은 역사에 길이 명성을 드리웠구나.

劫營功業妙無窮　　三路衝營建大功

只爲武王洪福廣　　名垂靑史羡姜公

강상은 선봉 부대를 독려하여 일곱 겹의 방어망을 뚫고 함성 소리와 함께 원문으로 돌격했다. 이에 문 태사는 다급히 묵기린에 올라 채찍을 휘두르며 달려들었다.

"강상, 이번에야말로 자웅을 결판내자!"

강상이 칼을 들고 맞서자 왼쪽의 금타와 오른쪽의 목타가 협공했고 용수호가 던진 돌맹이가 메뚜기 떼처럼 적군에게 쏟아졌다. 그 바람에 상나라 병사들은 도저히 감당하지 못하고 많은 이들이 부상당했다.

문 태사가 중군에서 악전고투하고 있을 때 황비호는 영채의 왼쪽으로 들이닥쳤다. 그러자 등충과 도영이 고함을 질렀다.

"황비호, 멈춰라!"

황비호와 그의 병사들이 등충과 도영을 포위하자 등충은 온 힘을 다해 도끼를 휘둘렀고 도영은 두 자루 쇠몽둥이를 휘두르며 재간을 자랑했다.

한편 남궁괄이 영채의 오른쪽을 쳐들어가자 신환이 고함을 질렀다.

"남궁괄, 꼼짝 마라!"

강상, 문 태사의 진영을 습격하다.

그러면서 그가 날개를 펼치고 날아오자 서기의 장수들이 일제히 그를 막았다. 공 모양의 둥근 횃불이 사방을 대낮처럼 환히 비추었고 황혼 무렵부터 한밤중까지 이어지는 전투로 음산한 바람이 비통하게 몰아쳤으며 둥둥 북소리가 어지럽게 울려댔다. 한창 격전이 벌어지고 있을 때 강상이 타신편을 공중에 던지자 문 태사는 미간의 신령한 눈으로 그것을 간파하고 재빨리 피하려 했지만 어느새 왼쪽 어깨에 채찍을 맞고 말았다. 상나라 병사들은 용수호가 어지러이 던지는 돌멩이에 맞아 제자리를 지키지 못하고 혼란에 빠졌고 주나라 병사들은 함성을 지르며 사방에서 달려들었다. 이렇게 되자 문 태사도 도저히 감당하지 못할 지경이 되고 말았다.

황천상을 비롯한 황비호의 네 아들은 젊고 용맹하여 그 기세가 대단했다. 도영은 그들이 마치 용이 꼬리를 치듯이 창을 휘두르고 구렁이가 몸을 뒤틀듯이 어지럽게 공격하자 결국 피하지 못하고 창에 찔려 낙마하고 말았다. 그러자 등충도 어쩔 수 없이 퇴각하는 수밖에 없었고 주나라 병사들의 엄청난 기세에 전의를 상실한 신환의 눈에 뒤쪽에서 치솟는 불길이 비쳤다. 양전이 군량과 마초에 불을 지르는 바람에 상나라 병사들이 혼란에 빠져서 전세는 이미 돌이킬 수 없는 지경이 되어 있었다. 하늘로 치솟는 불길은 뱀처럼 꿈틀거리고 주나라 병사들의 징 소리와 북소리는 귀를 먹먹하게 울리면서 귀신이 통곡하는 듯한 살벌한 기운이 덮쳐왔다.

문 태사의 주력군이 패배하자 또다시 사방에서 주나라 병사들의 고함 소리가 들려왔다.

"주나라의 성스러운 군주는 천명을 받아 새로운 왕조를 열려 하시는데 무도한 주왕은 만백성을 해치기만 한다. 그런데 너희들은 왜 투항하여 태평성대를 즐기려 하지 않느냐? 무엇하러 굳이 그 독불장군을 위해 고생하며 멸망을 자초하느냐는 말이다!"

상나라 병사들은 기주에 오래 주둔해 있었고 또 팔백 명의 제후들 가운데 주나라에 귀순한 이들이 많은 것을 보았기 때문에 그 소리를 듣고 군기가 흐트러져 장수의 명령에도 아랑곳하지 않고 절반이나 도망쳐버렸다. 이렇게 되자 문 태사는 힘이 있어도 쓸 데가 없고 법이 있어도 시행할 데가 없는 지경이 되고 말았다. 병사들 가운데 항복한 이들은 흩어져 떠나고 그렇지 않은 이들은 계속 전투를 벌이면서 후퇴했다. 주나라 병사들은 상나라의 패잔병들을 거세게 추격하여 몰아쳤다.

장수를 쫓아가 옷이며 갑옷까지 벗겨버리고
기세를 타고 손에 잡히는 대로 창을 빼앗았지.
쇠몽둥이 맞아 코가 움푹 들어가고
쇠망치는 가슴을 친다.
쇠몽둥이에 맞아 코가 움푹 들어간 이는
고통에 차서 두 눈 부릅뜨고
쇠망치에 가슴 맞은 이는
가슴이 뚫려 간장과 폐부가 다 드러났다.
어깨부터 등짝까지 칼에 베이고
배가 갈라져 도끼질을 당한다.
사납게 몰아치는 쇠망치

무정하게 내지르는 창

화살에 맞은 이는 전포며 갑옷까지 뚫리고

유탄에 맞은 이는 코에 붉은 피 흘린다.

쇠스랑 맞은 이는 모두 혼백이 달아나고

채찍 맞은 이는 정수리가 부서진다.

시름겨운 구름 참담하게 하늘을 덮어 어둑하고

다급히 도망치는 병사는 살 길을 찾는다.

趕上將連衣剝甲　　逞着勢順手奪槍

鐧敲鼻凹　　錘打胸膛

鐧敲鼻凹的　　打的眉眼張開

錘打當胸前　　洞見心肝肺腑

連肩拽背着刀傷　　肚腹分崩遭斧刹

錘打的利害　　槍刺的無情

着箭的穿袍透鎧　　過彈子鼻門流紅

逢叉俱喪魄　　遇鞭碎天靈

愁雲慘慘黯天關　　急急逃兵尋活路

　　문 태사의 병력은 추격하는 주나라 군대와 격전을 벌이며 패주했
다. 신환은 공중에서 문 태사를 보호했고 등충은 후방에서 추격병
을 막았다. 그렇게 밤새 칠십 리 남짓 달아나서 기산 발치에 이르자
강상은 징을 울려 군사를 물렸다. 그야말로 이런 격이었다.

　　전군이 용맹 떨치고 환호성 지르나니

강상은 공을 세우고 개선가 부르며 돌아왔지.

三軍勇躍懽聲悅　姜相成功奏凱還

　　한편 문 태사는 기산에 이르러 패잔병을 수습하고 점검해보니 겨우 삼만 명 남짓밖에 되지 않았다. 게다가 도영까지 죽은 상황인지라 그는 마음이 너무 울적하여 아무 말도 하지 않았다. 그러자 등충이 말했다.
　　"태사님, 이제 어디로 회군해야 하옵니까?"
　　"이 길이 어디로 통하는가?"
　　이에 신환이 대답했다.
　　"이 길로 가면 가몽관이 나옵니다."
　　"그럼 거기로 가자."
　　문 태사가 병사들을 재촉하여 가몽관으로 향하는데 패전하여 많은 장수들까지 잃은 마당이라 모두들 사기가 꺾여서 길을 가는 동안 너나없이 한숨만 내쉬었다. 그때 문득 도화령 위에 노란 깃발이 하나 세워져 있고 그 아래에 도사가 한 명 있었으니 바로 광성자였다. 문 태사가 앞으로 나아가 물었다.
　　"광성자, 여긴 어인 일이오?"
　　"한참 동안이나 그대를 기다렸소이다. 그대가 천명을 거스르고 악인을 도와 어진 이를 없애려 하면서 많은 백성과 충성스럽고 어진 관리를 해쳤으니 이는 스스로 멸망을 자초한 것이오. 내 비록 그대와 원수진 일은 없지만 이 도화령을 지나게 해줄 수는 없으니 다른 곳으로 가시기 바라오."

"뭣이! 내가 오늘 불행히 패전했다고는 하지만 너무 무시하는 처사가 아닌가!"

그러면서 문 태사가 묵기린을 몰고 달려들어 채찍을 휘두르자 광성자도 걸음을 내디디며 보검을 들고 맞섰다. 둘이 서너 판 맞붙고 나서 광성자가 번천인을 공중에 던졌는데 문 태사는 그것이 무시무시한 물건임을 즉시 알아보고 얼른 묵기린을 돌려 서쪽으로 도망쳤다. 등충도 문 태사를 따라 후퇴했다. 그러자 신환이 말했다.

"태사님, 조금 전에는 무엇이 무서워서 후퇴하셨사옵니까?"

"광성자의 번천인은 우리가 막아낼 수 있는 것이 아니다. 그것에 맞으면 목숨을 부지할 수 없으니 어쩔 수 없지 않느냐, 일단 피하는 수밖에! 어쨌든 이 고개를 지날 수는 없으니 이제 어디로 가면 좋겠느냐?"

그러자 등충이 말했다.

"차라리 다섯째 관문으로 들어가서 연산으로 가시는 게 어떠하옵니까?"

이에 문 태사는 어쩔 수 없이 군사를 돌려 연산으로 향하는 큰길로 들어섰다. 새벽부터 길을 재촉해 밤이면 야영을 하니 여러 날이 지나서야 겨우 연산에 도착했다. 그런데 문득 고개를 들어 살펴보니 태화산 위에 노란 깃발이 하나 세워져 있고 그 아래에 적정자가 서 있었다. 문 태사가 묵기린을 몰고 앞으로 나아가자 적정자가 말했다.

"거기 오시는 분은 바로 문 태사이구려. 그대는 연산으로 가지 못하오. 여기는 그대가 지나갈 곳이 아니라는 말이오. 나는 그대가 다섯 관문으로 들어가지 못하게 하라는 연등도인의 명령을 받들어 이 곳을 막고 있소. 그러니 오셨던 곳으로 다시 돌아가시기 바라오."

문 태사는 삼시신이 날뛰고 칠공에서 연기가 날 정도로 화가 나서 버럭 고함을 질렀다.

"적정자, 나는 절교의 제자이니 그대와 마찬가지로 도교의 일원이 아닌가? 그런데 어찌 이리 무시할 수 있는가! 내 비록 패전했지만 목숨을 걸고 그대와 결판을 내고 말겠다. 절대 그냥 넘어갈 수 없어!"

그러면서 문 태사가 묵기린을 몰고 달려들어 황금 채찍을 휘두르니 신령한 빛이 찬란하게 피어났다. 이에 적정자는 삼실로 엮은 신을 탁 털더니 보검을 들고 맞섰다. 그들이 대여섯 판쯤 맞붙었을 때 적정자가 음양경을 꺼냈는데 문 태사의 목숨이 어찌 되는지는 다음 회를 보시라.

문 태사, 절룡령에서 죽다
絶龍嶺聞仲歸天

몇 번이나 승전하여 빼어난 공 세웠던가?

주왕은 황음하여 미녀만 좋아했지.

나라 안에 들어오니 이미 간언 올릴 길 막혔고

산에 이르면 응당 단풍 진 강가에서 눈물 흘리리라.

뜻밖에 꿈속의 혼령 전장에서 죽어

달 밝은 밤이면 애절한 원숭이 울음만 허공에 울리지.

일편단심 충정도 지난 일이 되어버려

해마다 두견새만 봄바람 보며 울어대지.

幾回奏捷建奇功	紂王荒淫幸女紅
入國已無封諫表	到山應有淚江楓
豈知魂夢烽煙絕	且聽哀猿夜月空
縱有丹心成往事	年年杜宇泣東風

그러니까 문 태사는 적정자가 음양경을 꺼내 드는 것을 보고 재빨리 묵기린을 몰아 사정권 밖으로 빠져나가 연산 아래로 후퇴했다. 적정자는 그를 쫓지 않았다. 문 태사는 화가 치밀어 안색이 누렇게 변해서 숨을 씩씩거릴 뿐 아무 말도 하지 않았다. 그러자 신환이 말했다.

"태사님, 두 쪽의 길이 모두 막혔으니 황화산으로 가서 청룡관을 통해 들어가는 수밖에 없겠사옵니다."

문 태사는 한참 동안 생각하다가 말했다.

"내가 조가로 돌아가서 천자를 알현하고 다시 대군을 일으켜 떨어진 명예를 회복하려면 어려운 일이 아니다. 하지만 인마가 이렇게 고생하고 있는데 어찌 이들을 버려두고 나 혼자 갈 수 있겠느냐?"

그는 어쩔 수 없이 병력을 돌려 청룡관으로 향하는 큰길에 올랐다. 그렇게 행군한 지 한나절이 채 못 되었는데 그들 앞쪽에 일단의 군사들이 길목을 가로막고 있었다. 이를 모른 채 문 태사는 영채를 차리라고 명령을 내렸고 영채를 차리기도 전에 뜻밖에 앞쪽에 매복해 있던 군사들이 포성을 울리면서 두 개의 붉은 깃발을 펄럭이며 공격을 퍼부었다. 풍화륜을 탄 나타가 화첨창을 들고 달려와 고함을 질렀다.

"문 태사, 돌아갈 것은 꿈도 꾸지 마라! 여기가 바로 네가 죽을 곳이니라!"

화가 머리끝까지 치민 문 태사는 세 개의 눈에서 금빛을 빛내며 꾸짖었다.

"강상, 나를 너무 무시하는구나! 이런 곳에 하찮은 것들을 매복시켜서 천자의 대신을 모욕하다니!"

그가 채찍을 들고 묵기린을 몰아 달려들자 나타도 황급히 화첨창을 들고 맞서며 한바탕 격전이 벌어졌다.

음산한 흙비 사방 들판에 자욱하고
싸늘한 기운 살을 파고든다.
이쪽에서는 오색 깃발 찬란히 빛나
해와 달마저 빛을 잃고
저쪽에서는 창이 빛을 뿌리니
젊은 병사들 간담이 서늘해진다.
황금 채찍 매섭게 위세를 드러내고
신령한 창 번뜩번뜩 오묘한 능력 선보인다.
충성스러운 태사 문중
일편단심의 셋째 태자
둘의 격전에 허공에는 지나가는 새조차 없고
산에서는 호랑이와 이리 치달렸지.
날리는 모래와 구르는 바위에 천지가 캄캄해지고
날리는 흙먼지에 우주가 어둑해졌지.

陰霾迷四野　冷氣逼三陽

這壁廂旌旗耀彩　反令日月無光

那壁廂戈戟騰輝　致使兒郎喪膽

金鞭叱咤閃威風　神槍出沒施妙用

聞太師忠心　三太子赤膽

只殺得空中無鳥過　山內虎狼奔

飛沙走石乾坤黑　播土揚塵宇宙昏

　문 태사와 등충, 신환, 길립, 여경이 나타를 에워싸고 공격을 퍼부었지만 나타는 전혀 두려워하지 않고 무시무시하게 창을 휘둘렀다.

이 창은 빈주의 쇠를

단단히 단련하여

솜씨 좋은 장인의 손에서

한 길 여덟 자로 만들어졌지.

호랑이를 찌르면 가슴을 뚫고 나무까지 쓰러뜨리고

마귀 굴복시키는 날카로운 날은 가을 서리처럼 매섭지.

대장군도 거기에 당하면 뒤집혀 낙마하고

영채를 쳐들어가면 적병은 모두 죽고 말지.

휘둘러 빛을 뿌리면 천지가 어둑해지고

차가운 안개 삼키고 뱉으면 태양도 빛을 잃지.

槍是邠州鐵　煉成一段鋼

落在能工手　造成丈八長

刺虎穿胸連樹倒　降魔鋒利似秋霜

大將逢之翻下馬　衝營躍陣士俱亡

展放光芒天地暗　吞吐寒霧日無光

　나타는 신위를 떨치며 적장 다섯 명과 격전을 벌이다가 버럭 고함을 지르고 길립을 찔러 말에서 떨어뜨렸다. 그리고 급히 풍화륜을 타고 사정권 밖으로 벗어나 건곤권을 공중에 던지니 거기에 어깨를 맞은 등충이 말에서 떨어지자 다시 창을 내질러 그의 목숨을 끝장내버렸다. 이렇게 두 명의 영혼이 모두 봉신대로 떠났고 그것을 본 문 태사는 너무 화가 치밀어 자기도 모르게 손발이 어지러워져 선의를 상실했다. 이에 나타는 길을 뚫고 탈출하는 문 태사의 뒤를 쳐서 병력의 절반가량을 해치우고 소리쳤다.

"투항하면 목숨은 살려주겠다!"

그러자 수많은 적병들이 일제히 하소연했다.

"현명한 군주께 귀의하고 싶습니다!"

이에 나타는 완벽한 승전을 거두고 서기로 돌아가 결과를 보고했다.

한편 문 태사는 정신없이 퇴각하다가 날이 저물어 남은 병사들을 점검해보니 일만 명도 채 되지 않았다. 중군 막사에 앉은 그는 너무 부끄러워서 몸 둘 바를 몰랐다.

'지금까지 정벌에 나서서 좌절을 겪어본 적이 없었지. 그런데 이제 서기를 정벌하러 왔다가 몰살당하는 치욕을 맛보는구나!'

그때 옆에 있던 신환이 말했다.

"태사님, 너무 상심하지 마시옵소서. 승패는 병가지상사라고 하지 않았사옵니까? 일단 조가로 돌아가서 병력을 다시 정비하여 복수를 기약해도 늦지 않을 것이옵니다. 그러니 무엇보다도 몸 생각을 하셔야 하지 않겠사옵니까?"

이튿날 문 태사는 병사들을 이끌고 황화산을 향해 출발했다. 부대가 행군하다가 사시巳時 무렵이 되었을 때 갑자기 앞쪽에 붉은 깃발이 펼쳐지면서 신호용 포성이 하늘을 울렸다. 그리고 황금 갑옷에 붉은 전포를 입고 옥기린을 탄 장수가 두 개의 은추를 휘두르며 달려들었다.

"승상의 명령을 받고 기다린 지 오래다! 이제 패전을 당해 병사와 장수를 다 잃었으니 혼자 힘으로는 버티기 어려울 게다. 하늘의 운수가 이미 정해져 있거늘 당장 항복하지 않고 무얼 하는 게냐!"

문 태사는 길을 막고 있는 황천화를 보고 버럭 화가 치밀어 욕을 퍼부었다.

"건방진 역적 놈, 감히 그런 말로 나를 멸시하다니!"

그가 즉시 묵기린을 몰고 나가 채찍을 휘두르자 황천화도 두 개의 추를 내지르며 맞섰다.

양쪽 진영에서 북소리 징 소리 울리고
전군이 함성 지르며 깃발 흔들어댄다.
붉은 깃발 펼쳐지니 하늘의 우레처럼 진동하고
화극의 끝에 달린 장식은 가볍게 펄럭인다.
이쪽은 필사적으로 싸워 사직 보우하려 하고
저쪽은 목숨 걸고 싸워 중원 평정하려 하지.
둘 중 하나가 죽지 않으면 끝내지 않으려 하니
격렬한 전투에 해와 달도 빛을 잃어 천지가 아득해졌지.

兩陣鳴鑼擊鼓　三軍吶喊搖旗

紅幡招展振天雷　畵戟輕翻豹尾
這一個捨命衝鋒扶社稷　那一個拚生慣戰定華夷
不是你生我死不相離　只殺得日月無光天地迷

　둘이 이삼십 판쯤 맞붙었을 때 분기탱천한 신환과 여경이 달려
들어 문 태사를 돕자 그것을 본 황천화가 재빨리 옥기린을 몰고 사
정권 밖으로 빠져나갔다. 여경이 앞뒤를 가리지 않고 뒤쫓자 황천
화는 두 개의 추를 안장에 걸어놓고 화룡표를 꺼내 돌아서며 내던
지니 거기에 맞아 낙마한 여경의 영혼은 그대로 봉신대로 떠나버렸
다. 그 모습을 본 신환이 버럭 고함을 질렀다.
　"내가 간다!"
　그는 날개를 펼치고 날아가서 황천화의 머리를 향해 추를 내리꽂
았는데 신환이 공중을 차지하고 있었던 데 비해 황천화의 추는 길
이가 짧은 무기였기 때문에 그 공격을 막아내기 곤란했다. 이에 황
천화는 재빨리 옥기린을 몰아 사정권 밖으로 빠져나갔다. 옥기린은
도덕진군이 타고 다니던 것인지라 발아래 바람과 구름을 피워내며
번개처럼 빨리 달릴 수 있었다. 기회를 놓친 신환이 다시 쫓아오자
황천화는 찬심정을 내던졌고 그것이 그대로 신환의 날개를 뚫어버
리자 그는 공중에서 떨어지고 말았다. 그것을 본 문 태사는 다급히
남은 병사들을 재촉하여 동남쪽으로 달아났다. 두 판을 승리로 장
식한 황천화는 문 태사를 쫓지 않고 그대로 병사들을 이끌고 서기
로 돌아가 결과를 보고했다.
　한편 추격병이 없는 것을 확인한 문 태사는 병사들의 행군 속도

문 태사, 절룡령에서 죽다.

를 늦추었다. 하지만 여경을 잃고 신환마저 부상당했는지라 마음이 몹시 불편했다. 이에 그는 가는 내내 전후 상황을 돌이키고 대책을 마련하기 위해 고심했다. 저녁 무렵이 되자 그들 일행은 어느 높은 산 앞에 이르렀는데 그 산의 풍경이 너무나 처량하여 문 태사는 자기도 모르게 가슴에 맺힌 것이 치밀어 올라 시를 읊조리며 탄식했다.°

청산을 돌아보니 두 줄기 눈물 흘러
병사들의 처참한 모습에 더욱 슬퍼지는구나.
처음에는 그저 개선하여 돌아갈 줄로만 알았는데
오늘에야 비로소 패잔병이 힘들다는 것을 알겠구나.
분하구나, 하늘의 운세 미리 헤아리기 어렵나니
인간 세상의 일은 결국 어찌 되겠는가!
눈앞의 곤란한 처지 흡사 꿈만 같지만
나라 위한 일편단심은 끝내 변하지 않으리라!

回首靑山兩淚垂　三軍慘慘更堪悲

當時只道旋師返　今日方知敗卒疲

可恨天時難預料　堪嗟人事竟何之

眼前顚倒渾如夢　爲國丹心總不移

이렇게 시를 읊고 나서도 문 태사는 줄곧 심기가 불편했다. 병사들은 밥을 지었고 신환은 이튿날 회군할 준비를 했다. 그런데 이경 무렵이 되어 날이 어두워지자 갑자기 산꼭대기에서 엄청난 소리와 함께 대포가 벼락처럼 쏟아졌다. 문 태사가 중군 막사에서 나와 살펴보니 산 위에서 강상이 무왕과 함께 말에 탄 채 술을 마시고 있었다. 그때 강상의 좌우에 있는 장수들이 일제히 손가락으로 산 밑을 가리키며 말했다.

"저 아래에 문 태사의 패잔병들이 있사옵니다."

그 소리를 들은 문 태사는 불같이 화가 치밀어 즉시 묵기린에 올라 채찍을 뽑아 들고 산 위로 달려갔다. 그런데 갑자기 천둥소리가 울리는가 싶더니 산 위에 있던 이들이 모조리 사라져버리는 것이었다. 문 태사는 신령한 눈을 뜨고 좌우를 살펴보았지만 도무지 그림자조차 보이지 않았다. 이에 그는 이를 갈며 생각에 잠겼다. 그 순간 갑자기 산 아래에서 포성이 울리는가 싶더니 구름같이 모여든 병력이 산 아래를 단단히 포위하고 함성을 질러댔다.

"문 태사를 놓치지 마라!"

분기탱천한 문 태사는 황급히 묵기린을 몰고 달려 내려가보니 그 많던 주나라 병사들이 하나도 보이지 않았다. 그가 씩씩거리면서 점을 쳐서 영문을 알아보려 하는데 또다시 산 위에서 포성이 울렸다. 그리고 강상과 무왕이 손뼉을 치며 껄껄 웃었다.

"문 태사, 오늘의 패전으로 인해 수 년 동안 쌓은 영웅의 명망을 죄다 잃게 되었으니 무슨 염치로 조가로 돌아갈 수 있겠소이까?"

"뭣이! 가소로운 희발, 네놈이 어찌 감히 이럴 수 있느냐!"

문 태사는 다시 묵기린을 몰아 산 위로 달려갔다. 그런데 그가 산 중턱의 움푹한 곳에 이르렀을 때 갑자기 뇌진자가 날아올라 사나운 기세로 덤벼들었다.

두 날개 펼쳐 날아올라 괴이한 바람 일으키는데

붉은 머리 푸르뎅뎅한 얼굴에 기세는 곰과 같구나.

종남산에서 신선의 술법 비밀리에 전수받아

주나라 왕실 보좌하여 큰 공을 세우려 했지.

兩翅飛騰起怪風　髮紅臉靛勢如熊

終南祕授神仙術　輔佐姬周立大功

문 태사는 산꼭대기만 보고 달려가다가 뇌진자가 갑자기 날아올라 몽둥이를 휘두르자 미처 방비하지 못했다. 그는 "이런!" 하고 소리치며 다급하게 공중으로 몸을 날려 피했지만 뇌진자의 황금 몽둥이는 그대로 묵기린의 뒤쪽 사타구니를 후려쳐 두 동강 내버렸다. 땅바닥에 떨어진 문 태사는 황급히 흙의 장막을 이용해 도망쳤는데 그때 신환이 뇌진자에게 버럭 고함을 질렀다.

"뇌진자, 꼼짝 마라! 내가 간다!"

그러고 나서 신환이 날개를 펼치고 날아올라 덤벼들자 뜻밖에 양전이 풀어놓은 효천견이 그의 허벅지를 덥석 물어버렸다. 곧이어 뇌진자의 몽둥이가 그의 정수리를 정확히 내리치니 비명에 죽은 신환의 영혼은 그대로 봉신대로 떠나버렸다. 공을 세운 뇌진자가 그대로 서기로 돌아간 것은 말할 필요도 없겠다.

한편 탈 것조차 잃은 문 태사는 착잡한 심정이었다.

'이대로 돌아가기도 곤란하구나. 삼십만 명의 병력을 이끌고 정벌에 나서 삼 년 넘게 싸웠거늘 뜻밖에 패배를 당하여 몇 천 명밖에 남지 않았구나. 이대로 돌아가면 전멸당했다는 비난을 면치 못하겠어. 심지어 타고 다니던 묵기린마저 잃고 제자와 장수들도 다 잃고 말았어!'

신환마저 잃고 혼자가 된 문 태사는 곧 흙의 장막에서 내려와 말없이 앉아 생각에 잠겼다. 한참을 그렇게 있던 그는 하늘을 우러르며 탄식했다.

"하늘이 성탕의 왕조를 멸하려 하는구나! 지금 천자가 정치를 그르쳐 천심이 따르지 않고 백성도 날마다 원망하고 있는지라 내가 부질없는 충정만 품고 있을 뿐 대세를 만에 하나라도 되돌릴 수 없는 것이 어찌 전투에 나서서 최선을 다하지 않았기 때문이겠는가!"

그렇게 날이 밝을 때까지 앉아 있던 문 태사는 자리에서 일어나 남은 병사들을 이끌고 구불구불 산길을 갔다. 군량도 마초도 떨어진 상태라서 병사들은 모두 허기와 피로에 지쳐 있었다. 그때 앞쪽에 마을이 나타나자 그대로 행군을 계속하기 어렵다고 판단한 문 태사는 병사들에게 분부했다.

"저기에 가서 밥이라도 얻어먹고 허기를 채우도록 하라!"

이에 병사들이 마을로 다가가 살펴보니 과연 살기 좋은 곳이었다.

촘촘한 대나무 울타리
겹겹이 늘어선 초가집
하늘을 찌르는 들판의 나무는 문을 마주하고
굽은 강물과 계곡의 다리는 창을 비춘다.

길가 버드나무 휘영청 푸르고

뜰 안에 핀 꽃은 향기 그윽하다.

석양이 서쪽에 기울면

숲 속 곳곳에서 새가 지저귀고

저녁밥 짓는 연기가 굴뚝에서 나오면

길마다 소와 양이 돌아온다.

그야말로 이런 격 배불리 먹은 닭과 돼지는 집 모퉁이에서 잠들고

거나하게 취한 이웃 노인은 노래 부르며 돌아온다.

竹籬密密　茅屋重重

參天野樹迎門　水曲溪橋映戶

道旁楊柳綠依依　園內花開香馥馥

夕照西沈　處處山林喧鳥雀

晚煙出竈　條條道徑轉牛羊

正是那　食飽雞豚眠屋角　醉酣鄰叟唱歌來

어쨌든 병사들이 마을로 가서 물었다.

"계십니까?"

그러자 노인 하나가 급히 나와서 패잔병들을 발견하고 물었다.

"이 마을에 무슨 공무가 있어서 오셨습니까?"

"저희는 다름 아니라 천자의 칙명을 받들어 주나라를 정벌하러 온 상나라 태사이신 문중 어르신 휘하의 병사들입니다. 문 태사께서 강상과의 전투에서 패전하고 돌아가는 중인데 여러분께 밥을 한 끼 얻어먹을 수 없을까요? 나중에 후하게 보답하겠습니다."

"어서 태사 나리를 모셔 오십시오."

이에 병사들이 돌아가서 문 태사에게 보고했다.

"어느 노인이 태사님을 모셔 오라고 하옵니다."

문 태사가 어쩔 수 없이 느린 걸음으로 걸어 마을로 가자 노인이 황급히 엎드려 절을 올렸다.

"태사님, 미처 영접하지 못했사오니 부디 용서해주시옵소서."

문 태사도 정중하게 답례하자 노인은 서둘러 그를 안으로 모시고 자리를 권했다. 문 태사가 자리에 앉자 노인은 급히 상을 차려 내왔다. 이에 문 태사는 밥을 먹고 병사들에게도 밥을 나눠준 후 그곳에서 하룻밤을 묵었다.

이튿날 문 태사가 노인에게 작별하며 물었다.

"그대는 성씨가 어떻게 되시오? 어제 폐를 끼쳤으니 나중에 사례하고 싶소이다."

"저는 이길李吉이라고 하옵니다."

문 태사는 수하에게 그 이름을 적어두라고 분부했다. 그리고 곧 그 마을을 떠나 병사들과 함께 청룡관으로 향하는 큰길을 따라 행군했는데 가다 보니 그만 길을 잃고 말았다. 문 태사는 행군을 멈추게 하고 사방을 살펴보다가 갑자기 숲 속에서 나무하는 소리가 들려오자 나무꾼에게 길을 물어보게 했다. 병졸이 나무꾼에게 다가가서 말을 건넸다.

"여보시오, 말씀 좀 여쭙겠소이다."

그러자 나무꾼이 도끼를 땅에 내려놓고 허리를 숙여 절했다.

"무슨 일이십니까?"

"우리는 천자의 어명을 받고 서쪽 땅을 정벌하러 왔는데 이제 청룡관으로 가려는 참이오. 혹시 거기로 가는 빠른 길이 어디인지 아십니까?"

그러자 나무꾼이 손가락으로 가리키며 말했다.

"서남쪽으로 가면 십오 리도 되지 않습니다. 백학돈白鶴墩만 지나면 바로 청룡관으로 가는 큰길이 나옵니다."

병졸이 감사 인사를 하고 돌아가서 보고하자 문 태사가 병력을 서남쪽으로 행군하게 했다. 그런데 사실 그 나무꾼은 양전이 변신한 것으로 문 태사의 행로를 절룡령으로 유도한 것이었다. 그 사실을 모르는 문 태사는 이십 리쯤 행군해서 절룡령에 도착했는데 그곳은 정말 엄청나게 험준한 곳이었다.°

까마득히 험준한 고개
험하고 가파른 봉우리
계곡은 깊고 험하여
돌다리도 너무나 험악하구나!
깎아지른 벽 같은 높은 벼랑
호랑이 머리 같은 바위가 웅장하게 솟아 있고
기괴한 소나무와 잣나무는 똬리 튼 용을 닮았으며
단풍 위로 푸른 하늘이 양산처럼 덮여 있구나.
구름과 안개에 자욱하게 덮여
산봉우리는 아홉 겹 하늘로 반듯이 치솟았고
쏟아져 치달리는 폭포는

졸졸 천 리 만 리 흘러간다.

그야말로 새도 날아서 넘기 어려우니

행인이야 발길 피하는 것이 당연하지.

안개 머금은 산 기운이 눈을 가리니

약초 캐는 선동도 무서워하고

가시덤불이 들을 메우니

나무꾼도 다니기 어려워하지.

북방의 양과 야생마는 베틀 북처럼 빨리 오가고

토끼와 들소는 진세를 펼친 듯하구나.

그야말로 온 들에 풀이 무성하니 정령이 깃들어 있고

놀랍도록 험준하여 고약한 짐승도 많이 살지.

巍巍峻嶺　崒嵂峰巒

溪深澗陡　石梁橋天生險惡

壁峭崖懸　虎頭石長就雄威

奇松怪柏若龍蟠　碧落丹楓如翠蓋

雲迷霧障　山巔直透九重霄

瀑布奔流　潺湲一瀉千百里

眞個是鴉雀難飛　慢道是行人避跡

煙嵐障目　採藥仙童怕險

荊榛塞野　打柴樵子難行

胡羊野馬似穿梭　狡兔山牛如布陣

正是　草迷四野有精靈　奇險驚人多惡獸

어쨌든 문 태사는 고개로 들어가려다가 산세가 너무 험한지라 갑자기 의아한 생각이 들어 문득 고개를 들어보니 수합포를 입은 도사가 보였다. 그는 다름 아니라 종남산 옥주동의 운중자였다. 문 태사가 다급하게 앞으로 나아가서 물었다.

"도형, 여기서 뭐 하십니까?"

"연등 어르신의 명령을 받고 그대를 기다린 지 한참이나 되었소이다. 여기는 절룡령이라 그대는 죽을 곳에 이르렀는데 어째서 투항하지 않는 것이오?"

"하하! 운중자, 이 문중을 어린애 취급 하시는구려. 어째서 내가 죽을 곳에 이르렀다는 것이오? 그건 나를 너무 무시하는 말이 아니오? 그대나 나나 모두 오행의 술법을 익혔고 도에 대해서도 통달했소. 그런데 이렇게 나를 희롱하다니 대체 무슨 술법으로 나를 상대하겠다는 것이오?"

"이쪽으로 올 자신이 있소?"

문 태사가 즉시 다가가자 운중자는 손으로 우레를 일으켰다. 그러자 갑자기 땅바닥에서 여덟 개의 통천신화주通天神火柱가 솟아났는데 그 높이가 무려 세 길이 넘고 각기 건乾, 감坎, 간艮, 진震, 손巽, 이離, 곤坤, 태兌 팔괘의 방위에 맞춰져 있었다. 문 태사는 그 기둥에 둘러싸여 고함을 질렀다.

"그래, 이 기둥으로 나를 가둘 무슨 술법이라도 있소이까?"

운중자가 손으로 우레를 일으켜 기둥을 뒤흔들자 각 기둥 안에서 마흔아홉 마리씩 화룡이 나타나 불길이 치솟았다. 그것을 본 문 태사가 껄껄 웃었다.

"이궁의 정화는 누구나 피할 수 있고 불을 쓰는 술법도 다들 능숙하게 할 줄 아는데 이런 것으로 나를 어쩔 수 있겠소?"

그러면서 그는 손가락을 짚어 불을 피하는 결을 맺고 불길 가운데 섰다.

이 불은 예사로운 것이 아니라
삼교를 모아 만든 것
영웅이 홀로 이궁을 차지하고
아홉 바퀴를 도는 회오리바람처럼 움직여
통천신화주 단련하니
그 안에 수많은 신룡이 들어 있어
입에서 연기와 불길 토하고
발톱 스치는 곳마다 시뻘건 불길 일어나지.
고통의 바다는 좁아서 바닥이 드러나고
산에 닿으면 바위조차 녹아 없어지며
나무에 닿으면 즉시 재로 변하고
쇠에 닿으면 무지개처럼 늘어나지.
수인씨가 처음 나와서 자리를 정하니
나무 안에서 생겨난 이래로 종적이 사라졌지.
바위 속의 번갯불은 희귀한 보물이요
삼매의 황금빛은 아홉 겹 하늘도 꿰뚫지.
하늘에서는 해가 되어 현명한 제왕 비춰주고
땅에서는 연기 피워 백성을 살려주지.

인체의 오장 가운데 마음의 주인이 되고
불길 속의 현묘한 공부와도 전혀 다르지.
그대가 설령 신선의 몸이라 해도
이 불길 만나면 즉시 쓰러질 수밖에 없지!

此火非同凡體　三家會合成功

英雄獨占離地　運同九轉旋風

煉成通中火柱　内藏數條神龍

口内噴煙吐燄　爪牙動處通紅

苦海煮乾到底　逢山燒得石空

遇木卽成灰燼　逢金化作長虹

鑠人初出定位　木裏生來無蹤

石中雷火稀奇寶　三昧金光透九重

在天爲日通明帝　在地生煙活編詆

在人五藏爲心主　火内玄功大不同

饒君就是神仙體　遇我難逃眼下傾

　그러니까 문 태사는 불길을 피하는 결을 짚으며 그 속에 서서 소리쳤다.

　"운중자, 그대의 도술도 기껏 이 정도밖에 되지 않는구려. 여기에 오래 있고 싶지 않으니 나는 이만 가겠네!"

　그러면서 문 태사가 공중으로 뛰어올라 빛의 장막을 타고 도망치려 하자 그의 속셈을 미리 간파한 운중자가 연등도인의 자금 바리때를 엎어놓으니 그야말로 뚜껑이 단단히 덮인 것과 마찬가지였다.

그런 줄도 모르고 문 태사는 공중으로 풀쩍 뛰어오르니 바리때에 머리가 부딪혀 구운열염관九雲烈餤冠이 땅바닥에 떨어지고 푸른 실처럼 싱싱하던 머리카락이 모두 벗겨져버렸다. 이에 그는 "으악!" 하는 비명과 함께 비틀비틀 땅으로 떨어졌고 그 순간 운중자가 바깥에서 벼락을 일으키자 사방에서 천둥소리가 들리면서 불길이 더욱 사나워져 가련하게도 상나라의 수상은 나라를 위해 몸을 바치고 그 영혼이 그대로 봉신대로 떠나버렸다. 그러자 청복신이 백령번으로 그의 영혼을 인도해 들어갔다. 하지만 문 태사의 충심은 사라지지 않아서 한 점의 진정한 영혼이 바람을 빌려 타고 조가로 가서 주왕에게 그 상황을 하소연했다.

당시 녹대에서 달기와 함께 술을 마시고 있던 주왕은 자기도 모르게 잠에 빠져서 탁자에 엎드렸는데 그때 갑자기 문 태사가 옆에 나타나서 간언했다.

"제가 어명을 받들어 서쪽 땅을 정벌하러 갔으나 여러 차례 전투에서 패전하여 부질없이 고생만 하고 공을 세우지 못하다가 이제 그곳에서 죽었나이다. 폐하, 부디 근면하게 어진 정치를 베푸시고 어진 인재를 구해서 보좌하게 하시되 황음무도한 일을 자행하여 조정을 혼탁하게 어지럽히시거나 종묘사직을 가벼이 여기지 마시옵소서. 남의 말은 믿지 마시고 천명이라도 두려워하지 마시옵고 지난날의 과오를 반성하시는 데 힘쓰시면 형세를 만회할 수 있을 것이옵니다. 제 깊은 충정을 더 자세히 말씀드리고 싶지만 그러다가는 봉신대에 들어가기 어려울 것 같으니 이만 가봐야겠사옵니다."

그런 다음 문 태사의 영혼은 곧장 봉신대로 갔다. 백감은 그의 영혼을 안으로 인도하여 편히 안치했다.

주왕은 퍼뜩 잠에서 깨어나 중얼거렸다.

"괴이한 일이로구나! 정말 괴이해!"

그러자 달기가 물었다.

"폐하, 무슨 일이시옵니까?"

주왕이 꿈속의 일에 대해 들려주자 달기가 말했다.

"꿈은 마음에서 비롯되는 법이옵니다. 듣자 하니 폐하께서 늘 서쪽 땅을 정벌하러 간 문 태사를 걱정하신다고 했사온데 아마 그것 때문에 그런 이상한 꿈을 꾸셨나 봅니다. 문 태사께서 설마 패전하실 분이옵니까?"

"옳은 말씀이오."

주왕은 이내 마음을 놓았다.

한편 강상은 병사들을 거둬들였고 제자들이 와서 공적을 보고했다. 운중자도 통천신화주를 거둬들이고 연등도인과 함께 자기 거처로 돌아갔음은 말할 필요가 없겠다.

한편 신공표는 문 태사가 절룡령에서 죽었다는 사실을 알게 되고 강상에 대한 원한이 더욱 깊어져 삼산오악을 돌아다니며 서기를 정벌하여 문 태사의 복수를 해줄 신선을 찾아다녔다. 하루는 그가 하늘을 나는 호랑이를 타고 협룡산夾龍山 비룡동飛龍洞에 도착해 살펴보니 벼랑 위에서 어린 동자가 뛰어놀고 있었다. 그런데 어린 동자라고 생각했던 이는 신장이 넉 자밖에 되지 않고 얼굴빛이 흙빛인 난쟁이였다.

"여보게, 자네는 누구인가?"

그러자 토행손土行孫이 다가와 절을 올리며 물었다.

"어디서 오신 분이신지요?"

"바다의 섬에서 왔네."

"어르신께서는 절교 분인가요 아니면 천교 분인가요?"

"천교에 적을 두고 있네."

"그렇다면 제게는 사숙이 되시겠군요."

"자네 스승은 누구시고 자네 이름은 무엇인가?"

"저는 구류손 님의 제자인 토행손이라고 하옵니다."

"자네는 몇 년이나 도술을 배웠는가?"

"백 년 정도 배웠사옵니다."

그러자 신공표가 고개를 내저었다.

"보아하니 자네는 득도하여 신선이 되기는 어렵겠고 그저 인간 세상에서 부귀영화나 누리는 게 낫겠구먼."

"인간 세상의 부귀영화라니요?"

"내가 보기에 곤룡포에 옥 허리띠를 차고 군왕의 부귀를 누리는 게 낫겠다는 것일세."

"어떻게 하면 그것을 누릴 수 있사옵니까?"

"하산할 생각이면 내가 추천서를 써주겠네. 그러면 금방 성공할 걸세."

"어디로 가라는 말씀이신지요?"

"삼산관의 등구공에게 가면 큰일을 해낼 수 있을 걸세."

"감사합니다, 조금이라도 성공하게 되면 이 은혜를 잊지 않겠습니다."

"그런데 자네는 어떤 능력을 가지고 있는가?"

"저는 지행천리地行千里를 잘합니다."

"어디 한번 보여주게."

토행손이 몸을 한 번 비트는가 싶더니 순식간에 눈앞에서 사라지자 신공표가 무척 기뻐했다. 그때 토행손이 흙 속에서 불쑥 나타나자 신공표가 또 이렇게 말했다.

"자네 스승에게 신선을 묶는 포승줄인 곤선승이 있으니 그것을 두 개쯤 가져가면 더 좋을 걸세."

"알겠사옵니다."

토행손은 구류손의 곤선승과 옥 호리병에 든 단약을 훔쳐서 곧장 삼산관으로 갔다. 자, 이제 승부가 어찌 되는지는 다음 회를 보시라.

등구공, 어명을 받고 서기를 정벌하다
鄧九公奉敕西征

위수는 도도히 밤낮으로 흐르는데
서기의 전쟁은 언제나 끝날까?
호랑이와 표범이 금방 굴을 떠났다고 하지 마라
비휴가 또 적루°를 세우고 있으니.
덕을 닦아도 언제나 백골 문드러질까 걱정하거늘
황음무도한 이가 오히려 튼튼한 국토를 자찬하는구나.
어찌 알랴, 하늘의 뜻은 뒤집어지는 경우가 많아
전쟁이 차례로 일어나 끊이지 않음을?

渭水滔滔日夜流　西岐征戰幾時休
漫言虎豹纔離穴　又見貔貅樹敵樓
修德每愁糜白骨　荒淫反自詠金甌
豈知天意多顚倒　取次干戈不斷頭

그러니까 신공표는 토행손을 설득하여 하산시키고 또 각처를 찾아갔다.

한편 그날 절룡령에서 도망쳐 돌아온 병사들은 사수관으로 들어가서 한영에게 문 태사가 죽었다는 소식을 알렸고 곧 한영이 문서를 보내 조정에 보고했다. 그 문서를 본 미자가 황급히 편전으로 달려가 주왕을 알현하고 설을 올렸다.

"부르지도 않았는데 무슨 상소하실 일이 있습니까?"

미자가 문 태사의 일을 아뢰자 주왕이 깜짝 놀랐다.

"며칠 전에 짐이 어렴풋한 꿈속에서 문 태사를 본 적이 있소이다. 녹대로 짐을 찾아와 간언하면서 당시 절룡령에서 패전했다고 하더니 정말 그랬구려!"

주왕은 무척 상심하여 좌우의 문무백관들에게 물었다.

"문 태사가 죽었으니 새로 관리를 파견해서 반드시 강상을 사로잡아 조가로 압송해 복수를 해줘야 하지 않겠소?"

이에 여러 벼슬아치들의 논의가 분분했는데 개중에 상대부 김승金勝이 반열에서 나와 아뢰었다.

"삼산관의 사령관 등구공은 지난번에 이미 남백후 악순을 대파하여 여러 차례 큰 공을 세운 바 있으니 서기를 평정하려면 이 사람이 아니면 안 될 것이옵니다."

"속히 그에게 백모白旄와 황월黃鉞을 하사하여 정벌의 권한을 갖게 하라. 전령은 밤낮을 쉬지 말고 즉시 달려가 전하도록 하라!"

명령을 받은 왕정王貞은 천자의 어명이 담긴 조서를 들고 화살처럼 말을 몰아 삼산관으로 달려갔는데 마음 같아서는 날아가고 싶

을 정도였다. 어쨌든 마침 가을 날씨가 온화하여 길을 가기에 적당
했다.

온 산에 물이 줄고 억새꽃 날리는데

몇몇 나무에 바람 불어 붉은 낙엽 취한 듯 떨어진다.

안개비 내리는 길에 아는 이는 드물고

노란 국화 향기롭고 산색도 아름답다.

차가운 물에 연꽃 시들고 사람도 초췌해지는데

하얀 개구리밥 붉은 여뀌 강물도 모두 말랐구나.

지는 노을에 외로운 오리 먼 하늘에서 떨어지고

드문드문 어둑한 구름 들판 위를 날아간다.

제비는 떠나고

기러기 손님 찾아와

끼룩끼룩 울어대며 단잠을 깨운다.

千山水落蘆花碎　　幾樹風揚紅葉醉

路途煙雨故人稀　　黃菊芬菲山色麗

水寒荷破人憔悴　　白蘋紅蓼滿江乾

落霞孤鶩長空墜　　依稀暗淡野雲飛

玄鳥去　賓鴻至　　嘹喨嚦嚦驚人寐

　왕정은 여러 날에 걸쳐 여러 지방을 지나 드디어 삼산관의 역관
에 도착하여 하루를 쉬고 다음 날 등구공의 사령부를 찾아갔다. 등
구공은 여러 장수들과 함께 향을 사르고 어명을 받았다.

천자가 정벌하는 것은 본디 역적을 처벌하고 백성을 구제하려는 것이니 대장은 왕궁 밖에서 맡은 바 임무를 전담하여 천자를 대신해서 도탄에 빠진 백성을 구제할 권한을 행사하는 것이다. 그대 등구공은 삼산관에서 많은 공을 세웠도다. 관문의 출입을 엄격히 방비하고 변방의 전란을 종식시켰으며 악순의 반란을 신속하게 평정하여 승전보를 올렸으니 그 공적이 대단히 크도다. 이제 희발이 도리를 어기고 도망친 역적을 받아들여 그 처사가 방자하기 그지없도다. 짐이 누차 그 죄를 문책하기 위해 군대를 파견했으나 저들이 반항하여 군사를 일으켜 대적함으로써 천자의 군대에게 많은 치욕을 주고 나라의 위신을 크게 손상시켰으니 그 불법적인 행위가 극심하여 짐이 무척 증오하는 바이다. 이에 그대를 파견하고자 하니 신중하게 준비하여 적절한 때에 적의 소굴로 들어가 수괴와 역적을 사로잡아 국법을 바로 세우도록 하라. 공을 세우게 되면 짐은 아낌없이 봉토를 하사하고 작위를 봉하여 상을 내리겠노라. 성실히 어명을 받들어 짐이 그대에게 중임을 맡긴 뜻을 저버리지 않도록 하라.

이와 같이 명하노라!

조서를 읽고 난 등구공은 왕정 등을 접대하고 나서 관문의 수비를 교대할 장수를 기다렸다. 그러자 왕정이 말했다.

"새로운 사령관 공선孔宣이 곧 도착할 것이옵니다."

그로부터 하루도 지나지 않아서 공선이 도착하자 등구공은 인수

인계를 마치고 장수들을 점검했다. 그리고 깃발을 놓고 제사를 올린 뒤 이튿날 출병했다. 그때 갑자기 수하가 보고했다.

"어느 난쟁이가 와서 서신을 바쳤사옵니다."

"들여보내라."

잠시 후 신장이 겨우 네다섯 자쯤 되는 이가 들어와 처마 아래에서 절하고 서신을 바쳤다. 등구공이 받아 펼쳐보니 토행손을 휘하에 두고 부리라는 신공표의 추천장이었다. 하지만 등구공은 토행손의 생김새가 마음에 들지 않았다.

'거둬들이지 않으면 신 도우가 서운해할 테고 기용하자니 도무지 모양새가 나지 않는구먼.'

그는 한참 고민하다가 이내 결정을 내렸다.

'어쩔 수 없지, 군량 조달이나 맡기도록 하자.'

그가 토행손에게 말했다.

"신 도형이 너를 추천했으니 감히 거절하지 못하겠구나. 후방 병력의 군량과 마초가 부족하니 너를 오군독량사五軍督糧使로 삼겠다."

그리고 그는 태란太鸞을 선봉장으로 하고 자신의 아들 등수鄧秀를 부장으로, 조승趙昇과 손염홍孫焰紅을 지원대의 대장인 구응사救應使로 임명한 뒤 자신의 딸 등선옥을 데리고 정벌에 나섰다.

등구공이 병력을 지휘하여 삼산관을 나서서 서쪽으로 진격하니 가는 길 내내 깃발이 무성하게 펄럭이고 살기가 뭉게뭉게 피어났다.

전군이 도약하니
장수와 병사는 곰처럼 용감하다.

전장의 구름과 살기가 피어나고

창칼과 깃발이 햇빛 아래 번쩍인다.

사람은 맹호처럼 용감하고

말은 나는 용처럼 치달린다.

은하수의 달처럼 굽은 활

호랑이 송곳니처럼 날카로운 화살

전포와 갑옷은 수놓은 듯 선명하고

함성은 산을 무너뜨릴 듯 크게 울린다.

채찍 끝으로 호령을 전하니

흡사 삼월의 복사꽃이 피어나는 듯하고

말이 방울 반짝이며 흔드니

마치 한가을 황금 국화가 흔들리며 피어나는 듯하다.

위세도 살벌하여

모두들 이를 악물고

살기가 일어나니

모두들 눈썹 아래 눈을 부릅떴다.

그야말로 숲을 나온 맹호인 듯

궁궐을 나선 천왕인 듯!

三軍踊躍　將士熊羆

征雲并殺氣相浮　劍戟共旗幡耀日

人雄如猛虎　馬驟似飛龍

弓彎銀漢月　箭穿虎狼牙

袍鎧鮮明如繡簇　喊聲大振若山崩

鞭梢施號令　渾如開放三月桃花

馬擺閃鸞鈴　恍似搖綻九秋金菊

威風凜凜　人人咬碎口中牙

殺氣騰騰　個個睜圖眉下眼

眞如猛虎出山林　恰似天王離北闕

　등구공이 이끄는 병력은 한 달 정도 행군하여 마침내 서기에 도착했다. 이에 정찰병이 보고했다.

　"사령관님, 서기성 동쪽 성문 앞에 도착했사오니 분부를 내려주시옵소서."

　"여기에 영채를 차리도록 하라!"

팔괘의 원리에 따라 영채 차리고

다섯 방위에 깃발 늘여 세웠다.

좌우로 빽빽이 병력을 배치하고

앞뒤로 겹겹이 장수와 장교를 안배했다.

정찰병은 사슴뿔처럼 바짝 붙어 있고

연주포는 중군을 단단히 호위하지.

그야말로 창칼이 스스로 삼동의 눈처럼 빛나고

포성은 이월 우렛소리처럼 높이 울린다.

營按八卦　幡列五方

左右擺攢攢簇簇軍兵　前後排密密層層將佐

拐子馬繫挨鹿角　連珠炮密護中軍

正是　刀槍自映三冬雪　砲響聲高二月雷

등구공은 영채를 차리고 나서 포를 쏘고 함성을 지르게 했다.

한편 강상이 태사 문중을 격파한 뒤로 천하의 제후들이 모두 호응했다. 그러던 차에 정찰병이 강상의 거처로 달려와서 보고했다.

"삼산관의 등구공이 병력을 이끌고 와서 동쪽 성문 앞에 영채를 차렸사옵니다."

강상이 장수들에게 물었다.

"등구공은 어떤 사람이오?"

그러자 황비호가 옆에서 보고했다.

"뛰어난 장수의 재목입니다."

"하하! 장수라면 물리치기 쉽겠구려. 좌도방문이라면 좀 곤란하겠지만."

이튿날 등구공이 군령을 내렸다.

"첫 번째 전투에 나설 장수는 누구인가?"

그러자 선봉장 태란이 즉시 나섰다. 그는 자기 휘하의 분대를 이끌고 나가 진세를 펼치고 창을 비스듬히 든 채 안장에 앉아 큰 소리로 싸움을 걸었다. 정찰병의 보고를 받은 강상이 좌우의 장수들에게 물었다.

"누가 나서시겠소?"

"제가 나가겠습니다."

남궁괄이 칼을 들고 말에 오르자 병사들이 함성을 지르며 깃발을 흔들었다. 그가 그대로 성 밖으로 달려 나가 살펴보니 상대편에는 게처럼 생긴 얼굴에 누런 수염을 기른 장수가 오추마烏騅馬를 타고 있었다.

머리의 금관에는 한 쌍의 봉황 장식했고
보배로운 갑옷은 세 겹으로 단단히 엮었다.
허리띠는 한 떨기 꽃과 같고
들고 있는 칼에서는 차가운 빛이 피어난다.
비단 주머니에 칠성추 숨기고
안장에는 용천검을 세로로 걸었다.
대장군도 그것을 만나면 즉시 목숨 잃고
깃발 펼치면 제후들도 공손히 인사 올리지.
삼산관의 훌륭한 선봉장
천하가 그 이름만 들어도 간담이 덜컥 내려앉지.

頂上金冠飛雙鳳	連環寶甲三鎖控
腰纏玉帶如團花	手執鋼刀寒光迸
錦囊暗帶七星錘	鞍鞽又把龍泉縱
大將逢時命即傾	旗開拱手諸侯重
三山關内大先行	四海聞名心膽痛

그를 본 남궁괄이 고함을 질렀다.
"그대는 누구인가?"

"삼산관 총사령관 휘하의 선봉대장인 태란이다! 이제 어명을 받아 서쪽 땅의 역적을 토벌하려고 한다. 너희는 신하의 도리를 지키지 않고 역적을 받아들여 무단히 반란을 일으키고 무력을 믿고 포악한 짓을 자행하여 조정의 대신을 죽이고 천자의 사신을 내쳤으니 그 죄가 심히 패씸하다. 이에 천자께서 군대를 파견하여 역적의 소굴을 소탕하시려 하니 당장 말에서 내려 포박을 받아라. 조가로 압송하여 상나라의 국법에 따라 처리하면 무고한 백성은 재난을 당하지 않을 것이다. 어리석은 생각을 고집한다면 나중에 후회해도 늦을 것이다!"

"하하! 태란, 태사 문중과 마씨 가문의 네 장수, 장계방 등이 모두 목이 잘리고 전멸당했다는 소식도 듣지 못했느냐? 너희처럼 깨알 같은 진주가 빛을 내면 얼마나 내겠으며 파리가 날갯짓을 한들 얼마나 멀리 날아가겠느냐? 도륙당하는 신세를 면하고 싶거든 일찌감치 돌아가도록 해라."

이에 태란이 분기탱천하여 자줏빛 화류마驊騮馬°를 박차고 달려들어 칼을 휘두르자 남궁괄도 말을 몰고 나가 합선도合扇刀를 휘두르며 맞서 한바탕 격전이 벌어졌다. 그들이 왔다 갔다 맞부딪치자 앞뒤에서 북소리가 터질 듯이 울려댔고 화려한 깃발이 어지럽게 펄럭였다. 그렇게 서른 판쯤 맞붙었을 때 남궁괄이 위용을 드러내며 더욱 힘을 가해 칼을 휘두르자 화가 치민 태란이 두 눈을 부릅뜨고 합선도의 빈틈을 노려 "받아라!" 하고 칼을 내리쳤다. 그러자 상대를 우습게 여기고 방심한 남궁괄은 "이런!" 하면서 재빨리 피했지만 어깨를 보호하는 갑옷의 호랑이 머리 장식이 반쯤 잘리고 털실을 꼬아 만든 끈도 몇 치가 끊어져버렸다. 이에 혼비백산 놀란 남궁괄은 황급히 성 안으로 도주했고 태란은 주나라 병사들을 도륙하고 영채로 돌아가 등구공에게 보고했다.

"남궁괄과 맞붙어 어깨를 보호하는 갑옷의 장식을 쪼개버렸으나 목을 베지는 못했사오니 처분을 내려주시옵소서."

"첫 번째로 세운 공이니 의미가 크다. 남궁괄의 목을 베지는 못했지만 적의 사기를 꺾은 것으로 충분하다."

한편 패전하여 돌아온 남궁괄은 강상의 저택으로 갔다. 그러자 모두들 그가 패전하여 병사를 잃고 군령을 욕되게 했으니 처벌해야 한다고 주장했다. 그때 강상이 말했다.

"승패는 병가지상사라고 했으나 장수라면 마땅히 정세를 잘 살펴 나아가면 공을 세울 수 있어야 하고 물러나면 우환이 없도록 수비를 잘해야 하는 것이오. 이것이 바로 장수의 급선무인 것이오."

이튿날 등구공은 군사들에게 다섯 방위에 따라 대오를 갖추도록 명령하고 사기를 크게 진작시켰다. 그리고 우레와 같은 포성을 울리고 전군이 달려 나가 하늘을 뒤흔들 듯 함성을 내지르며 강상에게 나오라고 했다. 보고를 받은 강상이 신갑에게 분부했다.

"먼저 부대를 이끌고 성 밖으로 나가 있으라, 내가 직접 등구공과 만나겠다."

잠시 후 서기 진영에서 연주포連珠炮가 울리고 두 짝의 성문이 활짝 열리더니 일단의 인마가 몰려 나왔다. 등구공이 자세히 살펴보니 두 개의 붉은 깃발이 펄럭이면서 병력을 인도하고 나와 앞쪽에 섰는데 붉은 전포를 입은 장수가 진세를 지휘하고 있었다.

깃발이 이궁離宮을 차지하고 선봉에 도열하니

주작이 고개를 들어 만사가 흉험하다.

쇠 깃대 가로로 늘어서 돌격대를 이루니

과연 인마가 교룡처럼 용맹하구나.

> 旗分離位列前鋒　朱雀迎頭百事凶
>
> 鐵旗橫排衝陣將　果然人馬似蛟龍

이어서 두 번째 포성이 울리더니 두 개의 푸른 깃발이 펄럭이면서 나와 일단의 인마를 왼쪽으로 인도했는데 푸른 옷을 입은 장수가 진세를 지휘하고 있었다.

청룡기 펼쳐져 진궁震宮을 맴도니

단검과 긴 창이 차례로 앞에 나오는구나.

더욱이 공격용 대포가 있으니

바람을 쫓아 틀림없이 화공火攻을 펼치겠구나.

> 青龍旗展震宮旋　短劍長矛次第先
>
> 更有衝鋒窩裏炮　追風須用火攻前

세 번째 포성이 울리더니 두 개의 하얀 깃발이 펄럭이면서 나와 일단의 인마를 오른쪽으로 인도했는데 하얀 옷을 입은 장수가 진세를 지휘하고 있었다.

깃발이 태궁兌宮을 차지하고 호랑이 머리를 이루니

창이 적루에 삼엄하게 늘어선다.

강한 쇠뇌와 활이 전투병을 엄호하는데

그 안에 귀신도 근심할 만한 기문둔갑이 숨겨져 있구나.

旗分兌位虎爲頭　戈戟森森列敵樓

硬弩強弓遮戰士　中藏遁甲鬼神愁

이에 등구공이 장수들에게 말했다.

"강상의 용병술은 정말 기율이 엄격하고 형세를 아주 잘 분배하고 있구나. 과연 장수의 자질을 갖추었어!"

그리고 다시 살펴보니 두 개의 검은 깃발이 펄럭이면서 나와 일단의 인마를 뒤쪽으로 인도했는데 검은 옷을 입은 장수가 진세를 지휘하고 있었다.

현무의 자리 감궁坎宮에 검은 깃발 펄럭이니

채찍과 쇠몽둥이, 갈퀴, 추가 쇠수레와 어울리는구나.

좌우의 지원을 가장 중시하여

징과 북 어느 때든 울릴 수 있겠구나.

坎宮玄武黑旗幡　鞭鐗瓜錘襯鐵䡄

左右救應爲第一　鳴金擊鼓任頻敲

또 중앙에는 행황기杏黃旗가 일단의 인마를 인도하고 나왔는데 오방팔괘五方八卦의 깃발이 빽빽이 늘어서고 많은 제자들이 쌍쌍이 짝을 이루어 기러기 날개 모양을 갖추고 있었다. 스물네 명의 장수

들은 모두 황금 투구와 황금 갑옷에 붉은 전포를 걸치고 화극을 든
채 말을 타고 좌우로 열두 명씩 나누어 서 있었다. 그 중간에는 강상
이 사불상에 단정히 앉아 있었는데 기개가 아주 헌앙했으며 병사들
의 위세도 대단히 엄숙했다.

중앙 무기戊己°는 중군이라 불리는데
꿩 깃털 장식한 보배로운 깃발 오색구름 피워낸다.
열두 개의 아문牙門°에 장수와 병사 배치되니
대원수가 중간을 나누고 있구나.

中央戊己號中軍　寶纛旗開五色雲
十二牙門排將士　元戎大帥此中分

강상이 이렇게 다섯 방위에 따라 병력을 배치하고 나오니 좌우를
보살피고 진퇴가 여유로우며 규율이 엄숙하여 아주 체계적이고 병
사들의 사기가 대단히 높았다. 그야말로 당당하기 그지없는 진세에
깃발도 질서정연했다. 그 모습을 본 등구공은 자기도 모르게 고개
를 끄덕이며 감탄했다.

"과연 명성이 헛되게 전해진 것이 아니었구나! 이러니 앞서 온 장
수들이 패전한 것도 이상할 게 없지. 참으로 강력한 적이로구나!"

그리고 그는 말을 몰아 앞으로 나아가 말을 건넸다.

"강상, 안녕하신가?"

강상도 허리를 숙여 답례했다.

"등 장군, 상황이 이러하니 온전히 예를 갖출 수 없겠소이다."

"무도한 희발이 방자하기 그지없이 행동하는데 곤륜산의 현명한 선비이신 그대는 어찌 신하의 도리를 모르는 것이오? 무력을 믿고 반란을 일으켜 국법을 무너뜨리고 도망친 역도를 불러들여 무리를 결성했으니 대체 법의 기강이 어디에 있는 것이오? 게다가 천자께서 진노하셔서 군대를 파견해 문책하시는데도 오히려 감히 하늘을 거스르며 대항하다니 틀림없이 패전하여 나라를 간수하지 못하고 스스로 살신의 고통만 입게 될 것이오. 이제 천자의 군대가 왔으니 속히 내려서 포박을 받아 성 안의 백성이 도탄에 빠지는 재앙을 당하지 않게 하시오. 내 말을 거역하면 성을 함락하고 그대들을 사로잡아 옥석을 가리지 않고 모조리 태워버릴 테니 그때는 후회해도 늦을 것이오!"

"하하! 등 장군, 그것은 정말 어리석은 이의 헛소리구려. 지금 온 천하가 주나라에 귀의하고 백성의 마음도 기울었소. 이전에 여러 차례 군대가 왔지만 모조리 궤멸당해서 살아 돌아간 이가 없소이다. 지금 장군께서는 겨우 열 명의 장수와 이십만 명도 안 되는 병력으로 쳐들어오셨으니 그야말로 양 떼가 호랑이에게 덤벼드는 격이요 계란으로 바위를 치는 것과 마찬가지가 아니겠소? 그러고도 패배하지 않은 경우는 없었지요. 제 생각에는 어서 회군하셔서 천자께 말씀드리는 게 좋겠구려, 우리 주나라는 절대 반역할 마음이 없다고 말이오. 그렇게 해서 각자 변방을 지키면 참으로 좋은 일이 아니겠소이까? 계속 깨닫지 못하고 어리석은 생각을 고집하시면 문태사의 전철을 밟게 될 테니 그때는 후회해도 늦을 것이외다!"

등구공은 버럭 화가 치밀어 장수들에게 말했다.

"국수나 팔던 이런 소인배가 감히 조정의 재상에게 대들다니! 이 촌놈을 쳐 죽이지 않으면 도저히 내 한을 풀 수 없겠구나!"

그가 즉시 말을 몰고 달려들어 칼을 휘두르자 강상의 좌측에서 무성왕 황비호가 오색신우를 몰고 나와 고함을 질렀다.

"등구공, 무례를 범하지 마라!"

"뭐라고? 이 역적 놈, 감히 무슨 낯짝으로 내 앞에 나섰느냐?"

그러면서 두 사람은 창칼을 휘두르며 싸웠는데 황비호는 용이 꿈틀거리듯 창을 놀렸고 등구공은 호랑이처럼 사납게 칼을 휘두르며 한바탕 격전을 벌였다.

두 장수의 기세 비할 데 없어

각자 명예를 지키려 능력을 자랑했지.

한쪽의 적동도는 사람의 혼을 빼고

한쪽의 은망창은 귀신도 놀라 달아나게 했지.

한쪽은 돌격하여 적장을 베니 그 기세 맞설 짝이 없고

한쪽은 호랑이와 용을 잡을 정도니 누가 감히 대적하랴?

타고난 한 쌍의 흉신악살들

서기에서 세상을 놓고 격전을 벌였지.

> 二將恃強無比賽　各守名利誇能會
> 一個赤銅刀舉蕩人魂　一個銀蟒槍飛驚鬼怪
> 一個衝營斬將勢無倫　一個捉虎擒龍誰敢對
> 生來一對惡凶神　大戰西岐爭世界

둘이 그렇게 맞서고 있을 때 주나라 좌측 부대의 나타가 참지 못하고 풍화륜을 몰고 달려 나가 화첨창을 휘두르며 황비호를 도왔다. 그러자 상나라 진영에서도 등구공의 큰아들 등수가 말을 달려 나왔고 이쪽에서는 황천화가 옥기린을 타고 나가 맞섰다. 또 태란이 칼을 휘두르며 달려들자 이쪽에서 무길이 창을 휘둘러 저지했고 조승이 방천극을 휘두르며 공격해 오자 이쪽에서는 태전이 나서서 막았다. 다시 상나라 진영의 손염홍이 달려 나오자 황천록이 나서서 상대했다. 이렇게 양쪽이 치열한 혼전을 벌이니 천지가 아득해지고 태양도 빛을 잃을 정도였다. 둥둥둥 북이 바삐 울리고 쟁쟁, 깡깡 양쪽의 무기가 맞부딪쳤으니 이를 묘사한 부가 있다.

　양측이 혼전 벌이니
　병사들도 바삐 치달린다.
　대오를 이루어 달려드니 그 기세 용과 같고
　깃발 잘라 쓰러뜨리니 용맹하기가 호랑이 같다.
　병사는 병사끼리
　장수는 장수끼리
　각기 우두머리 나누어 깊은 지모를 부리고
　창에는 창
　화살에는 화살로 맞서
　양측이 칼을 맞대고 상대의 방심을 노린다.
　네가 물러나면 내가 달려들어
　칼날 맞부딪치니 목숨이 경각에 달렸고

앞뒤를 살피는 데

조금만 실수하면 목숨 보전하기 어려웠지.

치열한 전투에 암담한 구름 피어나

양측의 장수들은 눈조차 제대로 뜨지 못하고

괴이한 안개 자욱하니 방향을 어찌 알랴?

군주의 은혜에 보답하려는 숱은 병사들은 대오조차 찾지 못했지.

그야말로 영웅들의 악전고투 예사롭지 않아

바둑판의 호적수 만난 것처럼 떨어지기 어려웠지.

二家混戰　士卒奔騰

衝開隊伍勢如龍　砍倒旗幡雄似虎

兵對兵　將對將　各分頭目使深機

槍迎槍　箭迎箭　兩下交鋒乘不意

你往我來　遭着兵刃命隨傾

顧後瞻前　錯了心神身不保

只殺得征雲黯淡　兩家將佐眼難明

那裏知怪霧彌漫　報效兒郎尋隊伍

正是　英雄惡戰不尋常　棋逢敵手難分解

　　나타는 화첨창을 휘둘러 황비호를 도왔고 등구공은 원래 전투에
능한 장수인지라 더욱 힘을 내서 커다란 칼을 휘둘렀다. 그것을 본
나타가 은밀히 건곤권을 꺼내 던지자 등구공의 왼팔에 정확히 맞아
갑옷을 묶은 띠가 끊어지고 살이 터져 하마터면 말에서 떨어질 뻔
했다. 그 모습을 본 주나라 병사들은 함성을 지르며 일제히 달려들

등구공, 어명을 받고 서기를 정벌하다.

었다. 한편 방심하고 있던 태전은 조승이 토해낸 몇 자나 되는 불길에 머리카락이며 눈썹까지 몽땅 타버려 간신히 낙마를 면했다. 양측은 이렇게 한바탕 혼전을 치르고 나서 각기 병력을 거둬들였는데 패전하여 영채로 돌아온 등구공은 밤낮으로 고통에 찬 비명을 지르며 고생했다. 그리고 강상은 태전이 부상당한 것을 보고 몸조리를 하라고 분부했다.

등구공의 딸 등선옥은 밤낮으로 고통에 시달리는 부친을 보자 마음이 몹시 괴로웠다. 이튿날 그녀가 부친에게 문안 인사를 했다.

"아버님, 잠시 몸조리하고 계십시오. 제가 복수해드리겠습니다."

"얘야, 조심해야 된다."

등선옥은 곧 병력을 점검하고 주나라 성 아래로 가서 싸움을 걸었다. 강상은 은안전에서 장수들과 함께 회의하다가 보고를 받고 한참 동안 아무 말 없이 생각에 잠겨 있었다. 그러자 곁에 있던 무성왕이 말했다.

"승상, 아무리 많은 격전을 치르면서도 걱정하거나 두려워하지 않으시더니 지금은 일개 여자 장수가 나왔다는 보고를 받으시고 그렇게 불편해하시는지요?"

"병력을 부리는 데에는 세 가지 금기 사항이 있소이다. 도사와 승려, 부녀자는 좌도방문이 아닐지라도 틀림없이 사악한 술법을 익히고 있을 테지요. 그러니 장수들이 미처 방비하지 못하고 부상이라도 입으면 무척 곤란하지 않겠소이까?"

그 말을 들은 나타가 나섰다.

"제가 나가겠사옵니다."

"조심해야 하네!"

"예!"

나타는 풍화륜을 타고 성 밖으로 나갔고 과연 여자 장수 하나가 말을 몰고 달려들었다.

봉황같이 틀어 올린 머리 붉은 비단으로 감싸고
수놓은 허리띠 곱게 맸구나.
붉은 연꽃 같은 발로 보배로운 등자 밟으니
조그마한 발이 더욱 예뻐 보이는구나.
둥근 두 눈썹으로 추파 던지니
옥의 물길 더욱 깊이 흐르는 듯했지.
아름답고 나긋나긋한 자태
바느질은 귀찮고 칼 휘두르기만 좋아하니
파처럼 하얀 손
화장은 싫어하고 드센 말을 탔구나.
복사꽃처럼 빨간 얼굴로
통성명할 때도 부끄러워하고
옥 같은 이 살짝 드러내고
겁 많은 듯하면서도 명리를 다투지.
미인 가운데 사나운 이 많다고 하지 말지니
아비와 오라비 때문에 영채를 나섰다네.

紅羅包鳳髻　繡帶扣瀟湘

一瓣紅蓮挑寶鐙　更現得金蓮窄窄

雨彎翠黛拂秋波　越覺得玉溜沈沈
嬌姿裊娜　慵拈針指好輪刀
玉手菁蔥　懶傍妝臺騎劣馬
桃臉通紅　羞答答通名問姓
玉粳微狠　嬌怯怯奪利爭名
漫道佳人多猛烈　只因父子出營來

이를 묘사한 시가 있다.

갑옷 입은 미녀 비할 데 없이 뛰어나서
수줍게 교태를 부리니 더욱 아름답구나.
다만 속세에 잘못 떨어져
선봉장과 결혼하게 되었구나.

甲冑無雙貌出奇　嬌羞裊娜更多姿
只因誤落凡塵裏　至使先行得結褵

나타가 그녀를 보고 소리쳤다.

"멈추시오!"

"그대는 누구인가요?"

"승상 휘하의 나타라고 하오. 오체五體도 온전하지 않은 여인이
어찌 전장에서 위세를 부리는 것이오? 게다가 규방의 여린 몸이 규
수의 도리를 지키지 않고 부끄러운 줄도 모르고 그렇게 얼굴을 내
놓고 있구려. 전투가 벌어지면 내 손에서 벗어나기 어려울 테니 어

서 돌아가 다른 장수를 내보내도록 하시오."

"뭐라고? 너는 내 아버님께 부상을 입힌 원수이니 이제 내 칼을 받아라!"

그녀가 새빨갛게 달아오른 얼굴로 이를 악물고 말을 몰아 달려들어 칼을 휘두르자 나타도 황급히 화첨창을 들고 막았다. 둘이 몇 판 맞붙고 나서 등선옥이 생각했다.

'내가 먼저 손을 쓰는 게 좋겠구나.'

그녀는 재빨리 말을 돌려 달아나며 소리쳤다.

"너한테는 못 당하겠구나!"

나타가 고개를 끄덕이며 탄식했다.

"과연 여자라서 큰 전투는 감당하지 못하는구나."

그러면서 그가 즉시 추격해 화살 서너 개가 닿을 정도까지 쫓아가자 등선옥이 칼을 안장에 걸어놓고 오광석五光石을 꺼내 들더니 고개를 돌려 정확히 나타의 얼굴을 향해 내던졌다. 그야말로 이런 격이었다.

손안의 오광석 내던지니
신선이든 인간이든 눈살 찌푸릴 수밖에!

發手五光出掌内　縱是仙凡也皺眉

얼떨결에 얼굴에 돌을 맞은 나타는 울긋불긋 푸르뎅뎅한 분을 바른 듯 멍이 들고 콧대가 내려앉아 납작해져 패주했다. 강상이 그것을 보고 이유를 묻자 나타가 대답했다.

"그 등선옥이라는 여자 장수와 몇 판 맞붙었는데 그 못된 것이 도망치기에 사로잡아 공을 세우려고 쫓아갔사옵니다. 그런데 미처 방비하지 못한 사이에 고개를 돌려 무슨 빛을 번쩍 내쏘았는데 알고 보니 돌멩이였사옵니다. 거기에 얼굴을 정통으로 맞아서 이렇게 낭패를 당했사옵니다."

"추격할 때는 조심했어야지!"

그러자 옆에 있던 황천화가 말했다.

"장수는 전장에 나가면 눈으로 사방을 살피고 귀로 주변의 모든 소리를 들어야 하네. 그런데 돌멩이 하나를 막아내지 못하고 부상을 입었다는 말인가? 코가 부러져서 관상을 버려놓았으니 평생 운수가 좋지 않겠구먼."

그 말에 나타는 하늘을 찌를 듯이 화가 치밀었다.

'기회를 놓쳐 부상당하고 또 황천화에게 놀림까지 당했구나!'

한편 등선옥이 영채로 돌아가 부친에게 전과를 보고하자 등구공이 무척 기뻐했다. 그러나 그는 여전히 고통을 참을 수 없었다.

이튿날 등선옥이 다시 나가서 싸움을 걸자 이를 보고를 받은 강상이 물었다.

"이번에는 누가 다녀오겠소?"

그러자 황천화가 나섰다.

"제가 다녀오겠사옵니다."

"조심해야 하네."

"예!"

황천화가 옥기린을 타고 성 밖으로 나가 진세를 펼치자 등선옥이 나는 듯이 말을 달려 다가와서 물었다.

"그대는 누구인가요?"

"개국무성왕의 장남 황천화다. 이 천한 것! 감히 어제 돌멩이로 내 사형 나타에게 상처를 입힌 것이 너였더냐? 꼼짝 마라!"

황천화가 추를 휘두르며 공격하자 등선옥도 쌍칼을 들고 맞섰다. 둘이 몇 판 맞붙고 나서 등선옥이 다시 고삐를 돌려 도망치며 소리쳤다.

"황천화, 감히 나를 쫓아올 수 있겠느냐?"

그것을 보고 황천화가 생각했다.

'쫓아가지 않으면 나타가 나를 비웃을 거야.'

그가 어쩔 수 없이 옥기린을 몰고 쫓아가자 등선옥이 쌍칼을 안장에 걸어놓고 다시 오광석을 꺼내 던졌는데 황천화는 황급히 피하려 했지만 어느새 그도 얼굴에 돌을 맞아서 나타보다 훨씬 심한 상처를 입고 말았다. 이에 그는 얼굴을 가리고 도망쳐 강상의 저택으로 들어갔다. 강상이 그를 보고 물었다.

"왜 방비를 하지 않았는가?"

"그 천한 것이 고삐를 돌리자마자 돌을 던지는 바람에 이리 됐사옵니다."

"일단 상처를 치유하게."

그때 뒤쪽에 있던 나타가 앞으로 나와서 말했다.

"장수는 전장에 나가면 눈으로 사방을 살피고 귀로 주변의 모든 소리를 들어야 한다더니 어떻게 자네도 실수를 했는가? 콧대가 부러졌으니 평생 불길하겠구먼!"

"뭐라고? 이런 식으로 앙갚음을 하다니! 나야 무심코 한 말인데 그런 하찮은 원한을 가슴에 새겨두고 있었구먼!"

"그러니까 어제 왜 나를 모욕했나?"

둘이 그렇게 다투자 강상이 호통쳤다.

"둘 다 나라를 위해 애쓰다가 그리 되었거늘 이게 무슨 짓인가!"

이에 둘은 부끄러운 마음을 안고 각자의 거처로 돌아갔다.

한편 승전을 거두고 영채로 돌아간 등선옥은 부친에게 말했다.

"황천화도 격퇴시켜서 성으로 패주했어요."

하지만 등구공은 딸이 연일 승전을 거두어도 팔의 통증 때문에 하루가 일 년 같았다.

이튿날 등선옥이 다시 성 아래로 가서 싸움을 걸자 보고를 받은 강상이 물었다.

"이번에는 누가 다녀오겠는가?"

그러자 옆에 있던 양전이 용수호에게 말했다.

"이 계집이 돌을 던지니 사형께서 다녀오시지요. 제가 옆에서 지원하겠습니다."

강상이 허락하자 둘은 곧 성 밖으로 나갔다. 등선옥은 성에서 여태 보지 못한 괴상한 존재가 뛰어 나오자 어리둥절했다.

나는 듯이 돌 던지는 것은 정말 자랑할 만하지만

용의 자식 가운데 하나로 신령한 싹이 태어났지.

운명에 따라 도사가 되었다가 주나라 군주에게 귀의하여
기이한 모습으로 단련하여 강상을 도왔지.
손은 새매 같고 발은 호랑이를 닮았으며
몸뚱이는 물고기 같고 살쩍은 새우 수염 같지.
봉신방에 그 이름 오르지 않았으니
부질없이 천자의 가문 위해 큰 공을 세워주었지.

발석여비실가과 용생일종산영아
운성운수귀주주 연출기형조자아
수사응준족사호 신여어활빈여하
봉신방상무명성 도건기공여제가

發石如飛實可誇　龍生一種産靈芽
運成雲水歸周主　煉出奇形助子牙
手似鷹隼足似虎　身如魚滑鬢如蝦
封神榜上無名姓　徒建奇功與帝家

등선옥은 그 괴상망측한 모습에 혼비백산 놀랐다.
"너는 정체가 무엇이냐?"
"천한 것! 나는 바로 강 승상의 제자인 용수호다."
"무엇하러 나왔느냐?"
"사부님의 분부를 받들어 너를 잡으러 왔다."
등선옥은 용수호가 돌을 던질 줄 안다는 것을 몰랐는데 갑자기
그가 손을 휘두르며 공격하자 두 손에서 맷돌만 한 바위가 일제히
쏟아져 마치 날개 달린 벌레처럼 날아와 천지에 흙먼지가 일어나고
벼락 치는 듯한 소리가 울렸다. 그것을 보고 그녀가 생각했다.
'정말 무시무시한 돌이로구나! 조심하지 않으면 말이 다치겠어!'
등선옥은 재빨리 고삐를 돌려 달아나다가 용수호가 쫓아오는 것
을 보고 오광석을 날렸다. 그것을 본 용수호는 고개를 아래로 숙이

고 긴 목을 둥글게 구부렸는데 그 돌이 하필 그의 목울대를 정확히 맞히고 말았다. 그 바람에 용수호는 머리를 삐딱하게 기울인 채 달리는 꼴이 되었고 그때 등선옥이 다시 오광석을 던지자 외발로 서 있기 힘들었던 용수호는 그대로 자빠지고 말았다. 이에 등선옥이 고삐를 돌려 돌아와 용수호의 수급을 베려 했으니 이제 그의 목숨이 어찌 되는지는 다음 회를 보시라.

토행손, 공을 세우고 출세하다
土行孫立功顯耀

기주 정벌에 나선 장수 빼어난 재주 있어
축지법 쓰며 흐린 흙 속으로 달릴 수 있었지.
진영 공격하고 탐문하기를 번개처럼 하고
문서 전달하는 것도 벼락 치듯이 해치웠지.
강상의 저택에 가려고 욕심내다가 죽을 뻔해서
하마터면 장가 갈 좋은 때를 놓칠 뻔했지.
어쨌든 하늘이 현명한 군주를 사랑하여
빼어난 계책과 전략도 모두 재가 되고 말았지.

征西將士有奇才　縮地能令濁土開
劫寨偸營如掣電　飛書走檄若轟雷
貪趨相府幾亡命　恐失佳期被所媒
總是君明天自愛　英謀奇略盡成灰

그러니까 양전은 등선옥이 고삐를 돌려 용수호를 해치려는 것을 보고 버럭 고함을 질렀다.

"멈춰라!"

등선옥은 양전이 나는 듯이 달려와 창을 휘두르자 몇 번 막아내지 못하고 곧 달아났다. 그녀는 양전이 쫓아오자 오광석을 던져 얼굴을 맞혔는데 양전은 얼굴에 불꽃이 번쩍이는데도 더욱 가까이 쫓아오는 것이었다. 양전에게 위기를 모면하는 무한한 변신술이 있음을 몰랐던 그녀는 사태가 다급해지자 얼른 오광석을 던졌고 그것은 또다시 양전의 얼굴에 맞았지만 그는 여전히 아랑곳하지 않고 쫓아왔다. 그녀가 당황하여 어쩔 줄 몰라 할 때 양전이 효천견을 풀어놓으니 그놈은 그대로 등선옥의 목을 덥석 물어 살갗과 살덩이가 한입 뭉텅 떨어져나갔다. 그녀는 너무 아파서 하마터면 말에서 떨어질 뻔했지만 겨우 추슬러 비명을 지르며 간신히 영채로 도주했다. 딸이 부상을 입은 모습을 본 등구공은 너무나 가슴이 아파서 막사 안에서 이를 갈며 나타를 증오했다. 한편 강상은 비록 양전이 효천견을 풀어 등선옥에게 부상을 입혔으나 상처를 입고 돌아온 용수호를 보고는 마음이 편치 않았다.

등구공 부녀가 부상을 입어 밤낮으로 고통에 시달리자 휘하의 네 장수가 상의했다.

"지금 사령관께서 부상을 입어 전투를 해도 승리를 바랄 수 없게 되었으니 이를 어쩌지요?"

그때 수하가 보고했다.

"독량관 토행손이 대기하고 있사옵니다."

"들여보내라!"

안으로 들어온 토행손은 등구공이 보이지 않자 어찌 된 일인지 물었다. 태란이 사정을 자세히 설명하자 토행손이 막사 안으로 들어가 등구공을 병문안했다. 등구공이 말했다.

"나타에게 팔을 다쳐서 힘줄이 끊어지고 뼈가 부러졌는데 완치가 힘들 것 같구먼. 어명을 받아 이곳을 정벌하러 와서 이런 꼴이 될 줄이야!"

"그 정도 상처는 아무것도 아닙니다. 저에게 좋은 약이 있습니다."

토행손은 곧 호리병에서 금색 단약을 한 알 꺼내 물에 개더니 기러기 깃털을 이용해 등구공의 상처에 발라주었다. 그러자 마치 감로가 가슴을 적시듯 즉시 통증이 멈추었다. 그때 뒤쪽에서 여자의 비명 소리가 들려왔다.

"안에 누가 있습니까?"

"내 딸 선옥인데 그 아이도 부상을 입었네."

토행손은 다시 금색 단약 하나를 꺼내 조금 전과 마찬가지로 물에 개어 등선옥의 상처에 발라주었다. 그러자 금방 통증이 멈추었다. 등구공은 무척 기뻐하며 밤이 되자 막사 안에 잔치를 열어 토행손을 대접하고 여러 장수들과 함께 술을 마셨다. 토행손이 강상과 몇 차례 전투를 벌였는지 묻자 등구공이 대답했다.

"여러 차례 맞붙었지만 승리를 거두지 못했네."

"하하! 저를 제대로 등용하셨더라면 한참 전에 서기를 평정하셨을 겁니다."

그 말을 듣고 등구공이 생각했다.

'이 사람은 분명 무슨 재간을 가진 게 틀림없어. 도술을 부리지 못한다면 신공표가 절대 추천하지 않았을 거야. 그래, 차라리 이 사람을 선봉장으로 삼는 게 낫겠다.'

그리고 잠시 후 술자리를 파했다.

이튿날 중군 막사에 나간 등구공이 태란에게 말했다.

"자네의 선봉장 자리를 토행손에게 넘기도록 하세. 그 사람이 조금이라도 일찍 공을 세워야 개선해서 함께 천자의 녹을 누릴 수 있지 않겠는가? 괜히 세월만 허비하고 있어서는 곤란하지 않은가?"

"사령관님 분부를 제가 어찌 감히 거역할 수 있겠습니까? 게다가 토행손이 공을 세울 수만 있다면 좋은 일이 아니겠습니까? 제가 선봉장 직위를 양보하겠습니다."

그리고 태란은 즉시 선봉장의 직인을 토행손에게 건네주었다. 토행손은 선봉장의 직인을 걸고 부대 병력을 사열한 후 곧장 병사들을 이끌고 서기성 아래로 가서 매섭게 소리쳤다.

"나타에게 나오라고 해라!"

장수들과 회의하고 있던 강상은 보고를 받고 즉시 나타에게 출전을 지시했다. 나타가 풍화륜을 타고 앞으로 나가 살펴보니 장수는 보이지 않고 상대편 영채만 보였다. 토행손은 신장이 넉 자 남짓밖에 되지 않아서 나타의 눈에 띄지 않았던 것이다. 그때 토행손이 소리쳤다.

"너는 누구냐?"

나타는 그제야 아래를 내려다보니 신장이 넉 자밖에 안 되는 난쟁이가 쇠몽둥이를 들고 있었다. 이에 그가 물었다.

"너는 누구인데 감히 여기에 와서 큰소리를 치느냐?"

"나는 등 사령관 휘하의 선봉장 토행손이다."

"여긴 왜 왔느냐?"

"군령을 받들어 너를 사로잡으러 왔다."

나타가 껄껄 웃으며 창을 아래로 내리찍자 토행손도 쇠몽둥이를 들어 맞섰다. 그런데 풍화륜을 타고 있는 나타는 창을 제대로 휘두를 수 없고 토행손이 앞뒤로 이리저리 뛰어다니는 바람에 온몸이 땀으로 흠뻑 젖고 말았다.

한참 싸움을 벌이던 토행손은 재빨리 사정권 밖으로 벗어나 고함을 질렀다.

"나타, 너는 키가 크고 나는 작으니 서로 손을 쓰기가 불편하구나 그 수레바퀴에서 내려와 승부를 결판내자!"

그 말을 들은 나타가 생각했다.

'이놈의 난쟁이가 죽음을 자초하는구나!'

그는 얼른 풍화륜에서 내려와 창을 휘둘렀고 키가 작은 토행손은 그 틈을 파고들어 쇠몽둥이로 나타의 다리를 후려쳤다. 깜짝 놀란 나타가 몸을 돌리자 토행손은 다시 뒤쪽으로 돌아가 나타의 사타구니에 몽둥이질을 두 방 날렸다. 다급해진 나타는 막 건곤권을 던지려 했는데 토행손이 그보다 먼저 곤선승을 던졌고 그러자 그 오랏줄이 '휙!' 하는 소리와 함께 나타를 낚아채더니 꽁꽁 묶어 그대로 상나라 영채의 원문 아래에 팽개쳐버렸다. 결국 나타는 꼼짝 없이 재앙을 당하게 되었으니 그야말로 이런 격이었다.

비운동에서 나온 신선의 오랏줄 신묘하여

연꽃의 화신도 무서워하지 않지.

飛雲洞裏仙繩妙　不怕蓮花變化身

토행손이 영채로 돌아가 나타를 사로잡았다고 보고하자 등구공이 수하에게 명령했다.

"그놈을 끌고 와라!"

잠시 후 병사들이 나타를 끌고 와서 섬돌 아래에 내려놓자 등구공이 토행손에게 물었다.

"어떻게 사로잡았는가?"

"저마다 나름대로 비법이 있지요."

등구공은 나타의 목을 베려다가 다시 생각을 바꾸었다.

'어명을 받들어 정벌하러 와서 이제 장수를 사로잡았으니 조가로 압송하여 폐하께서 처결하시도록 해서 그분의 위신을 높여주고 또 변방을 정벌한 우리의 용맹을 자랑하는 게 좋겠구나.'

이에 그가 수하에게 분부했다.

"이놈을 뒤쪽 영채에 가둬라!"

그리고 군정사의 관리에게 토행손의 공적을 기록하게 하고 영채 안에서 잔치를 열어 축하해주었다.

한편 강상은 정찰병에게서 나타가 사로잡혔다는 소식을 듣고 깜짝 놀랐다.

"어떻게 잡혀갔던가?"

나타를 지원하러 나간 장수가 대답했다.

"한 줄기 금빛이 번쩍하는가 싶더니 그대로 잡혀가버렸사옵
니다."

그 말에 강상은 말없이 생각에 잠겼다.

'어떤 이인異人이라도 온 것인가?'

그날 그는 줄곧 기분이 우울했다.

이튿날 토행손이 다시 싸움을 걸어오자 이번에는 황천화가 출전
하겠다고 나섰다. 강상의 허락을 받은 그는 옥기린을 타고 성 밖으
로 나가서 토행손을 향해 호통쳤다.

"너 이 못된 난쟁이 놈! 감히 내 도형을 해치다니!"

그러면서 그가 들고 있던 추를 토행손의 정수리를 향해 내리치자
토행손도 빈철鑌鐵로 만든 몽둥이를 휘두르며 맞섰다. 추와 몽둥이
가 맞부딪치니 한기가 풀풀 일어나고 살기가 뭉실뭉실 피어나기 시
작했다. 몇 판 맞붙고 나서 토행손이 사부 구류손에게서 훔쳐 온 곤
선승을 던져 나타와 마찬가지로 황천화도 사로잡아 뒤쪽 영채에 가
둬버렸다. 황천화는 나타를 보자 삼시신이 날뛸 정도로 화가 치밀
어 고함을 질렀다.

"불행히도 우리가 또 이런 곤경에 처했구먼!"

"사형, 고정하시오. 죽을 운명이라면 조급하게 마음을 졸여봐야
아무 소용이 없고 살 운명이라면 잠시 편안히 참고 기다리는 수밖
에 없지 않겠소?"

그 무렵 황천화마저 잡혀갔다는 소식을 들은 강상은 깜짝 놀라서
마음이 몹시 불편했다. 그의 저택에 모인 많은 이들 사이에도 분분

한 의견이 오갔다.

　한편 등구공은 토행손이 두 번의 공을 세우자 술상을 차리게 해서 축하해주었다. 이경 무렵까지 술을 마시다가 문득 토행손은 술김에 자신의 도술을 과장하여 허풍을 떨었다.

　"사령관님, 진즉 저를 등용하셨더라면 벌써 강상과 무왕을 사로잡아 한참 전에 공을 세웠을 게 아닙니까!"

　하지만 그가 이미 연달아 두 번이나 승전한 것을 본 등구공은 그 말을 단단히 믿었다. 삼경이 되어 장수들은 각자 침소로 돌아갔고 토행손만 혼자 남아 술을 마셨다. 그때 등구공이 그만 실언을 하고 말았다.

　"토 장군, 자네가 하루빨리 서기를 평정하면 내 사위로 삼겠네."

　그 말을 들은 토행손은 너무나 기뻐서 밤새 잠을 제대로 이루지 못했다.

　이튿날 등구공은 토행손에게 재촉했다.

　"어서 공을 세우고 개선해 천자를 알현하여 높은 작록爵祿을 함께 누리세."

　이에 토행손은 곧장 성 아래로 가서 진세를 펼치고 강상에게 나오라고 소리쳤다. 보고를 받은 강상은 즉시 양쪽으로 장수를 거느리고 성 밖으로 나갔다. 그러자 그를 본 토행손이 달려와서 고함을 질렀다.

　"강상, 네가 바로 곤륜산 출신이더냐? 내 특별히 너를 잡으러 왔으니 귀찮게 내가 손을 쓰기 전에 일찌감치 내려와 포박을 받아라!"

그 말에 그를 안중에도 두고 있지 않던 서기의 장수들은 일제히 껄껄 웃음을 터뜨렸다. 강상이 말했다.

"네 꼴을 보아하니 내세울 만한 벼슬아치도 아닌 것 같은데 대체 무슨 재간이 있다고 감히 나를 잡으러 왔느냐?"

그 말에 토행손이 다짜고짜 달려들어 쇠몽둥이를 휘두르자 강상도 칼을 들어 막았지만 그를 사로잡을 수는 없었다. 그렇게 서너 판 치고받고 나서 토행손이 곤선승을 던지자 강상은 꼼짝없이 사로잡히고 말았고 토행손의 부하들이 달려들자 서기의 장수들이 일제히 용맹을 발휘하여 힘겹게 강상을 구해 성으로 돌아갔다. 당시 양전은 혼자 뒤쪽에 있었는데 금빛이 번쩍이는 것을 보고 그것이 사악한 것이 아니라 올바로 단련된 보물이라는 것을 알아챘다.

'허! 그것 참 괴이한 일이로구나.'

한편 강상의 저택으로 돌아온 장수들은 강상을 묶은 오랏줄을 풀려고 했지만 도저히 풀 수 없었다. 칼로 자르려고 하면 할수록 점점 더 살 속으로 파고들었다. 그러자 강상이 말했다.

"칼로는 안 되겠구먼."

그 소식을 들은 무왕은 깜짝 놀라서 몸소 강상의 저택으로 달려왔다. 그는 강상의 모습을 보더니 눈물을 흘리며 말했다.

"짐이 무슨 죄를 지었기에 천자께서 이렇게 여러 해 동안 정벌을 해서 편안할 날이 없게 만드시는지 모르겠습니다. 백성은 곤경에 처하고 군사들은 살육당하고 장수들은 함정에 빠지게 되니 이를 어쩌면 좋습니까? 이제 상보께서 또 이런 고초를 겪고 계시니 짐은 밤낮으로 너무나 두렵고 불안하기만 합니다."

한편 곁에 있던 양전은 그 오랏줄을 자세히 살펴보니 아무래도 곤선승 같았다.

'틀림없이 그것이야!'

그가 생각에 잠겨 있는데 갑자기 한 도동이 찾아와 강상을 만나고 싶다고 했다. 강상이 안으로 데려오라고 해서 보니 그는 다름 아닌 백학동자였다. 백학동자는 대전으로 들어와 강상을 보고 이렇게 말했다.

"사숙, 교주님의 분부를 받들어 이 오랏줄을 풀 수 있는 부적을 가져왔사옵니다."

백학동자가 부적을 들고 오랏줄을 가리키자 그것은 즉시 풀려서 바닥으로 떨어졌다. 강상은 황급히 곤륜산을 향해 고개를 숙이고 절을 올려 스승의 자상한 은혜에 감사했다. 백학동자는 곧 옥허궁으로 돌아갔다.

잠시 후 양전이 강상에게 말했다.

"이것은 곤선승이옵니다."

"그럴 리가? 설마 구류손이 나를 해치려 들겠는가? 그것은 절대 말이 안 되지!"

그렇게 의혹은 풀리지 않았다. 이튿날 토행손이 다시 찾아와서 싸움을 걸자 양전이 나섰다.

"제가 나가겠사옵니다."

"조심하게."

"예!"

양전이 말에 올라 창을 들고 성 밖으로 나가자 토행손이 말했다.

土行孫立功昱糧

토행손, 공을 세우고 출세하다.

"너는 누구냐?"

"네 이놈, 무슨 수작으로 우리 사숙을 오랏줄에 묶었느냐? 꼼짝 마라!"

양전은 창을 들고 내질렀고 토행손도 쇠몽둥이로 맞섰다. 처음에 양전은 조심스럽게 상대했는데 대여섯 판쯤 맞붙었을 때 토행손이 곤선승을 꺼내 던지자 눈부신 빛이 번쩍이는가 싶더니 양전은 그대로 묶이고 말았다. 토행손이 수하를 시켜 그를 원문 앞까지 옮기자 '팟!' 하는 소리와 함께 양전의 몸이 땅으로 떨어졌다. 그런데 자세히 살펴보니 그것은 커다란 돌멩이였다. 이에 모두들 깜짝 놀랐고 토행손도 직접 와서 살펴보고는 속으로 무척 놀랐는데 그가 말없이 생각에 잠겨 있자 양전이 고함을 질렀다.

"가소로운 놈! 감히 이따위 술법으로 나를 현혹하려고?"

양전은 창을 휘두르며 달려들었고 토행손도 어쩔 수 없이 돌아서서 맞서야 했다. 하지만 신장이 다른 둘의 싸움은 여러모로 곤란했다. 그때 양전이 급히 효천견을 풀어놓자 토행손은 그것을 보고 재빨리 몸을 움찔하며 그 모습이 사라져버렸다. 양전은 깜짝 놀랐다.

'상나라 진영에 이런 자가 있으니 서기가 승리하기 힘들겠구나.'

양전은 근심 어린 표정으로 잠시 생각에 잠겨 있다가 성으로 돌아가 강상을 만났다. 강상은 그의 표정을 보고 이유를 물었다. 양전이 대답했다.

"걱정거리가 또 하나 늘었사옵니다. 토행손이 지행술地行術까지 뛰어나니 이를 어쩌면 좋겠습니까! 미리 방비해야겠지만 이것은 막을 수도 없지 않사옵니까? 그자가 몰래 성으로 잠입한다면 어찌

막을 수 있겠사옵니까!"

"그렇단 말이지?"

"저번에 그자가 사숙을 잡아가려고 했을 때 사용한 것은 제가 보기에 분명 곤선승이었사옵니다. 오늘 저도 그것에 당할 뻔했는데 틀림없는 곤선승이더군요. 아무래도 제가 협룡산 비룡동으로 가서 알아보고 와야 할 것 같은데 어떻게 생각하시는지요?"

"그것은 너무 과한 생각인 것 같구면. 일단은 당장 그자가 성에 잠입할 것에 대비하는 게 급선무일세."

이렇게 되자 양전도 더 이상 말을 꺼내지 못했다.

한편 등구공은 영채로 돌아온 토행손에게 물었다.

"오늘은 누구를 물리쳤는가?"

토행손이 양전을 사로잡으려다가 실패한 이야기를 들려주자 등구공이 말했다.

"그저 하루빨리 서기를 격파하고 개선해야 자네가 이렇게 큰 공을 세운 보람이 있을 텐데……."

그 말을 들은 토행손은 속으로 작심했다.

'오늘 밤에 성에 잠입해서 무왕을 죽이고 강상을 처형하면 금방 공을 세울 수 있겠지? 그렇게 되면 결혼도 좀 더 일찍 할 수 있을 테니 정말 좋지 않겠어?'

그가 등구공에게 말했다.

"걱정 마십시오, 오늘 밤에 성에 잠입해서 무왕과 강상을 죽이고 둘의 수급을 가지고 조가로 돌아가 보고하도록 하겠습니다. 우두머리를 잃으면 서기는 자연히 와해되지 않겠습니까?"

"어떻게 잠입한다는 말씀이신가?"

"저는 예전에 사부님께 지행술을 전수받아서 땅속으로 천 리를 갈 수 있습니다. 그러니 성에 잠입하는 것쯤이야 어려울 게 어디 있겠습니까?"

그 말을 들은 등구공은 무척 기뻐하며 술상을 차리게 해서 그의 공적을 미리 축하했다.

그 무렵 강상은 토행손 때문에 걱정하고 있었는데 그때 갑자기 괴이한 바람이 무시무시하게 불어닥쳤다.

쌩쌩 쉭쉭
휘휘 휭휭
쌩쌩 쉭쉭 낙엽 날리고
휘휘 휭휭 구름 말려 올라간다.
소나무 잣나무도 부러지고
파도는 모조리 뒤집힌다.
산속의 새가 둥지에서 쉬지 못하고
바다의 물고기는 거꾸로 뒤집힌다.
동서로 늘어선 전각은
문짝과 창문이 떨어져나가고
앞뒤로 늘어선 건물은
지게문과 창이 기울어진다.

그야말로 종적도 없이 사람의 간담 놀라게 하고
요괴가 동굴 문 나오도록 도와주지.

淅淅蕭蕭　飄飄蕩蕩

淅淅蕭蕭飛落葉　飄飄蕩蕩捲浮雲

松柏遭摧折　波濤盡攪渾

山鳥難棲　海魚顛倒

東西鋪閣　離保門窓脫落

前後屋舍　怎分戶牖傾欹

眞是　無蹤無跡驚人膽　助怪藏妖出洞門

　　강상이 은안전에서 그 거센 바람을 보고 있노라니 갑자기 '땅!' 하는 소리와 함께 꿩 깃털을 장식한 보독번을 세운 깃대가 두 동강 나서 부러져버렸다. 그는 깜짝 놀라서 황급히 제사상을 꺼내고 향로에 향을 살라 팔괘점으로 길흉을 점쳤다. 동전을 던져 내막을 알게 된 강상은 깜짝 놀라서 손으로 탁자를 내리쳤다.
　　"여봐라, 속히 무왕 전하를 이곳으로 모셔 오너라!"
　　제자들이 당황하여 그 이유를 묻자 강상이 말했다.
　　"양전의 말이 맞구나! 조금 전에 아주 불길한 바람이 불었는데 토행손이 오늘 밤 성에 잠입해 암살을 자행할 징조가 틀림없다."
　　그리고 곧 수하에게 분부했다.
　　"대문에 세 개의 거울을, 대전에는 다섯 개의 거울을 걸어놓아라. 오늘 밤 장수들은 귀가하지 말고 모두 이곳에서 철저하게 경비하도록 하라. 활에는 화살을 재어놓고 칼은 칼집에서 빼어 들고 불의의 사태에 대비하라!"

모든 장수들은 즉시 중무장하고 대전으로 들어갔다. 잠시 후 문
지기로부터 무왕의 행차가 도착했다는 보고가 들어오자 강상은 황
급히 장수들을 이끌고 나가 무왕을 맞이하여 대전으로 안내하고 절
을 올렸다. 그러자 무왕이 물었다.

"상보, 무슨 일로 짐을 부르셨습니까?"

"오늘 장수들에게 병법을 훈련시켰기에 전하를 모시고 잔치를
열까 하옵니다."

"하하! 상보께서 이렇게 노고가 많으시니 정말 감격스럽습니다.
그나저나 어서 전쟁이 끝나서 상보와 함께 평안한 나날을 누리고
싶을 뿐입니다."

강상은 서둘러 수하에게 잔치를 준비하게 해서 무왕을 모시고 나
랏일과 군사 업무에 관해 담소를 나누었다. 하지만 토행손의 일에
대해서는 감히 언급하지 못했다.

한편 등구공과 함께 술을 마시던 토행손은 초경이 되자 작별 인
사를 하고 나와서 서기성에 잠입할 준비를 했다. 등구공과 장수들
이 자리에서 일어나 살펴보는 가운데 토행손은 몸을 한 번 움찔하
는가 싶더니 순식간에 종적이 묘연해졌다. 그러자 등구공이 손뼉을
치며 껄껄 웃었다.

"폐하께서 크나큰 복을 타고나셔서 저런 훌륭한 인재가 나라를
보우하니 어떤 반란인들 평정하지 못하겠는가!"

이때 이미 성으로 잠입한 토행손은 여기저기 탐문하다가 강상의

저택에 도착했다. 그런데 수많은 장수들이 활에 화살을 재고 칼을 뽑아 든 채 양쪽에 시립하고 있으니 그는 땅속에서 잠입할 기회가 생기기를 기다리는 수밖에 없었다.

그 무렵 양전은 대전으로 들어가 강상에게 귓속말로 몇 마디 청했고 강상은 그렇게 하라고 허락했다. 강상은 우선 무왕을 밀실로 모시고 네 명의 장수로 하여금 호위하게 한 다음 대전에 앉아 원신을 운용하여 자신의 몸을 보호했다.

그렇게 되자 한참 동안 땅속에서 기다려도 손쓸 기회를 찾지 못하게 된 토행손은 점점 초조해졌다.

'하는 수 없지! 일단 왕궁으로 가서 무왕부터 죽이고 나서 다시 강상을 죽이러 와야겠군.'

그는 곧 그곳을 떠나 왕궁으로 갔는데 몇 걸음 옮기자 갑자기 생황 소리가 들려와서 언뜻 고개를 들어보니 어느새 궁 안에 도착해 있었다. 알고 보니 무왕이 비빈들과 잔치를 즐기고 있는지라 그는 무척 기뻤다. 그야말로 이런 격이었다.

쇠 신이 닳도록 돌아다녀도 찾을 수 없더니
전혀 수고하지 않아도 저절로 찾아왔구나.

踏破鐵鞋無覓處　得來全不費功夫

토행손은 너무나 기뻐하며 가만히 땅속에서 기다렸다. 그때 무왕이 말했다.

"잠시 풍악을 멈추어라. 지금은 정벌군이 성 아래에 와 있어서 백성과 병사들이 혼란에 빠져 있지 않느냐? 잔치를 거두고 이만 침소로 돌아가겠노라."

이에 환관과 궁녀들이 양쪽에서 무왕을 모시고 침소로 들어가자 무왕은 그들을 보내고 왕비와 함께 옷을 벗고 잠자리에 들었다. 토행손은 어느새 코 고는 소리가 들려오자 땅속에서 쑥 나와 살펴보니 등불을 끄지 않아서 방 안이 환했다. 그는 칼을 들고 침대로 다가가 휘장을 젖혀놓고 단잠에 빠진 무왕의 목을 단칼에 베어 침대 아래로 던졌다. 그러고는 아직 잠에 빠져 있는 왕비의 복사꽃 같은 얼굴을 보고 기이한 향기까지 풍기는 그녀의 모습에 자기도 모르게 음란한 마음이 일어 갑자기 호통쳤다.

"너는 누구인데 아직 자고 있는 게냐?"

그러자 왕비가 깨어나서 깜짝 놀라 물었다.

"너는 누구인데 이 깊은 밤중에 여기에 왔느냐?"

"나는 상나라 진영의 선봉장 토행손이다. 무왕은 이미 내 손에 죽었는데 너는 살고 싶으냐 아니면 죽고 싶으냐?"

"여자인 저를 해쳐서 무슨 이로울 게 있겠습니까? 불쌍히 여기시어 살려만 주신다면 그 은혜를 잊지 않겠습니다. 제 용모가 추하다고 여기지 않으신다면 하녀나 첩으로 거둬주십시오. 조신하게 모시면서 살려주신 은혜를 잊지 않겠습니다."

토행손은 신령한 존재이기는 하나 애욕을 잊지 않았기 때문에 속으로 무척 기뻤다.

"좋다, 네가 진심으로 바란다면 잠시 나와 운우지락을 즐기도록 하자. 그러면 살려주겠다."

그러자 왕비는 함박웃음을 지으며 어떤 요구도 따르겠다고 했다. 이에 토행손은 자기도 모르게 욕정이 치밀어 옷을 벗고 이불 속으로 파고들었다. 그리고 황홀한 기분으로 왕비를 껴안으려고 하는데 갑자기 왕비가 두 팔로 그를 꽉 끌어안아 숨조차 쉬기 어려워졌다.

"자기, 조금만 살살 안아줘."

그러자 왕비가 호통쳤다.

"가소로운 놈! 내가 누구라고 생각하느냐? 여봐라, 토행손을 포박해라!"

그러자 병사들이 함성을 지르며 일제히 징과 북을 울렸다. 알고 보니 왕비라고 생각한 이는 양전이었던 것이다. 토행손은 발가벗은 몸이라 변변히 저항조차 못하고 양전에게 사로잡히고 말았다. 양전은 토행손이 땅바닥에 닿지 않도록 옆구리에 끼고 걸었는데 그의 발이 땅에 닿으면 바로 도망쳐버릴 것이었기 때문이다. 토행손은 자신의 꼴이 사나운지라 그저 눈을 꼭 감고 끌려갈 수밖에 없었다.

한편 은안전에 있던 강상은 땅을 뒤흔드는 징 소리와 북소리, 병사들의 함성을 듣고 수하에게 물었다.

"이것이 어디서 나는 소리이냐?"

잠시 후 문지기가 들어와서 보고했다.

"아뢰옵나이다, 양전이 지모를 써서 토행손을 사로잡았다고 하옵니다."

강상은 무척 기뻐했다. 그때 마침 양전이 토행손을 옆구리에 끼고 강상의 저택에 도착했다.

"들라 하라!"

양전이 벌거벗은 토행손을 옆구리에 끼고 처마 아래에 오자 강상이 물었다.

"성공했구먼. 그런데 이것이 어찌 된 상황인가?"

"이놈은 지행술에 뛰어나니 내려놓으면 땅속으로 도망쳐버릴 것이옵니다."

"끌고 나가 목을 쳐라!"

"예!"

강상은 양전이 저택 밖으로 나가자 곧 형을 집행하라는 영전을 내렸다. 이에 양전이 칼을 뽑으려고 손을 바꿔 잡으려는 찰나 토행손이 재빨리 몸을 비틀어 양전의 품을 빠져나가버렸다. 양전은 다급히 토행손을 잡으려고 했지만 이미 그는 땅속으로 도망쳐버린 뒤였으니 머쓱해진 양전이 돌아가 보고하자 강상은 아무 말도 하지 않았다. 이렇게 해서 강상의 저택에서는 밤새 소란이 일었다.

한편 간신히 목숨을 건져 영채로 돌아온 토행손은 살그머니 옷을 챙겨 입고 중군 막사를 찾아갔다.

"들라 하라!"

토행손이 들어오자 등구공이 물었다.

"간밤에 성에 들어가서 공을 세우셨는가?"

"강상이 단단히 방비하고 있어서 전혀 손쓸 틈이 없었습니다. 그래서 날이 샐 때까지 기회를 노리다가 결국 빈손으로 돌아오고 말았습니다."

사정을 모르는 등구공은 그저 그러려니 했다.

그 무렵 양전은 강상이 있는 은안전으로 갔다.

"제가 신선들의 거처로 찾아가 토행손의 내력과 곤선승의 행방을 알아보고 오겠사옵니다."

"자네가 없는 동안 토행손이 또 암살하러 올지 모르니 늦지 않도록 속히 다녀오게. 일이 아주 급박하네!"

"예, 알겠습니다."

이렇게 해서 양전이 서기성을 떠나 협룡산으로 갔으니 뒷일이 어찌 되는지는 다음 회를 보시라.

제55회

토행손, 주나라에 귀의하다
土行孫歸服西岐

몸을 숨기고 다니는 이는 결국 불량하니

물이 흐르면 도랑이 되는 것을 왜 바빠하는가?

천성을 저버리고 애욕을 탐하며

스승의 가르침 거슬러 전장을 쫓아다녔지.

온갖 수작 다 부려도 결국 정의로 귀결되나니

일흔두 가지 현묘한 공부 저절로 빼어나게 되었지.

두 나라가 결국 훌륭하게 합치게 된 것은

월하노인이 부부의 인연 정해놓았기 때문이지.

藏身匿影總無良　水到渠成爲甚忙

背却天眞貪愛慾　有違師訓逐疆場

百千伎倆終歸正　八九玄功自異常

兩國始終成好合　認由月老定鸞凰

그러니까 양전은 흙의 장막을 이용해 협룡산으로 갔다. 그런데 한참 가다가 바람소리와 함께 안개가 피어나기에 자기도 모르게 표연히 내려가보니 아름다운 산이 하나 나타났다.°

까마득한 산꼭대기 하늘에 닿을 듯하고
나무 꼭대기는 구름에 닿을 듯하다.
파리한 안개 속에서
이따금 골짝의 원숭이 울음소리 들려오고
어지러운 녹음 속에서
언제나 소나무 사이의 학 울음소리 들려온다.
휘파람 부는 산도깨비는
계곡가에 서서 나무꾼 희롱하고
정령이 된 여우는
벼랑 언저리에 앉아 사냥꾼 놀라게 한다.
팔방으로 벼랑 아득하고
사방은 험준하기만 하다.
괴이한 모습의 아름드리 소나무 푸른 고개에 자리 잡았고
까마득히 솟은 고목에는 등나무 덩굴 걸려 있다.
푸른 물 맑게 흐르고
기이한 향기 진하게 풍겨 기분도 상쾌한데
아름다운 봉우리에서는
흰 구름 표연히 떠가며 숨었다 나타난다.
이따금 커다란 벌레 오가고

산새 울음소리 항상 들려온다.

노루 사슴 무리 지어

가시덤불 사이로 왔다 갔다 뛰어다니고

검은 원숭이 드나들며

계곡가에서 과일 따고 복숭아나무에 올라간다.

풀인덕에 우두커니 서니

아무리 둘러봐도 오가는 사람 하나 없고

깊은 골짝 찾아오는 이는

모두 약초 캐는 선동뿐이지.

이곳은 속세의 행락지가 아니니

봉래산보다 훌륭한 최고의 산이로다!

山頂嵯峨摩斗柄　樹梢彷彿接雲霄

青煙堆裏　時聞谷口猿啼

亂翠陰中　每聽松間鶴唳

嘯風山魅　立溪邊戲弄樵夫

成器狐狸　坐崖畔驚張獵戶

八面崔嵬　四圍險峻

古怪喬松盤翠嶺　嵯岈老樹掛藤蘿

綠水清流　陣陣異香忉馥郁

巓峰彩色　飄飄隱現白雲飛

時見大蟲來往　每聞山鳥聲鳴

麋鹿成群　穿荊棘往來跳躍

玄猿出入　盤溪澗摘菓攀桃

236

佇立草坡　一望并無人走

行來深四　俱是採藥仙童

不是凡塵行樂地　賽過蓬萊第一峰

그곳은 정말 보기 드문 명산이었다. 앞으로 다가가 살펴보니 양편으로는 모두 오래된 나무와 아름드리 소나무가 들어차 있고 오솔길도 깊이 묻혀서 길을 찾기 어려웠다. 수십 걸음을 걸어가보니 다리가 하나 나타났는데 그 다리를 건너자 푸른 기와를 얹은 아름다운 처마와 황금 못을 박은 화려한 집이 나타났다. 그 위에는 청란두궐青鸞斗闕이라고 적힌 현판이 걸려 있었다. 너무나 맑고 그윽한 경치에 취한 양전은 자기도 모르게 소나무 그늘 아래에 서서 한참 동안 경치를 감상했다.

그때 주홍색 대문이 열리며 난새와 학이 우는 소리가 들리는가 싶더니 몇 쌍의 선동이 깃발과 깃털 부채를 들고 나타났다. 그들 중간에는 백학 무늬가 수놓인 붉은 비단옷을 입은 여도사가 천천히 걸어왔는데 그녀의 좌우에 여덟 명의 여동女童이 따르고 있어서 황홀한 향기와 오색의 상서로운 기운이 하늘하늘 퍼졌다.

어미금관에 노을빛 날리고
백학 수놓인 붉은 비단옷 입었구나.
신선 나라에서 태어나 자라다가
어려서부터 요지에서 내단을 수련했지.
단지 반도회에서 술을 권하다가

하늘의 법도를 어겨 깊은 산으로 쫓겨났지.

임시로 청란두궐에서 섭생하며 수련하지만

다시 영소보전으로 올라가 옛 집의 대문 열리라.

魚尾金冠霞彩飛　身穿白鶴絳綃衣

蕊宮玉闕曾生長　自幼瑤池養息機

只因勸酒蟠桃會　誤犯天條謫翠微

青鸞斗闕權修攝　再上靈霄啓故扉

소나무 숲에 숨어 있던 양전은 밖으로 나가기도 곤란해서 그들이 지나간 뒤에 일어날 수밖에 없었다. 그런데 그때 그 여도사가 좌우의 여동에게 말했다.

"어디서 온 보잘것없는 자가 숲에 숨어 있지? 가서 보고 오너라."

여동 하나가 숲으로 다가오자 양전이 앞으로 나가며 말했다.

"도형, 실수로 이 산에 들어왔습니다. 저는 옥천산 금하동에 계신 옥정진인의 제자 양전이라고 합니다. 강상 승상의 분부를 받들어 기밀 사항을 알아보기 위해 협룡산으로 가던 길인데 뜻밖에 흙의 장막을 타고 가다가 실수로 이곳에 내려오게 되었으니 부디 선녀님께 말씀을 전해주십시오. 제가 직접 나서서 사죄하기는 좀 곤란하지 않겠소이까?"

이에 여동이 숲에서 나와 여도사에게 그 말을 전했다.

"옥정진인의 제자라면 이리 데려오너라."

양전이 어쩔 수 없이 앞으로 나가 절을 올리자 여도사가 물었다.

"어디를 가는 길인데 이곳에 오게 되었는가?"

"토행손이 등구공과 함께 서기를 정벌하고 있는데 그자가 지행술을 익혔는지라 하마터면 무왕과 강상을 해칠 뻔했습니다. 그래서 그자의 출신 내력과 행적을 알아내 사로잡을 방도를 마련할 생각인데 뜻밖에 실수로 이 산에 내려오는 바람에 행차를 피하지 못했습니다."

"토행손은 구류손의 제자이니 그에게 하산해달라고 청하면 만사가 해결될 게야. 서기에 돌아가거든 강상에게 안부를 전해주게. 어서 가보게."

양전이 허리를 숙여 예를 표하며 물었다.

"선녀님의 존함을 여쭤봐도 되겠습니까? 그래야 돌아가서 말씀드리기 편하지 않겠습니까?"

"나는 호천상제昊天上帝와 요지금모瑤池金母 사이에서 태어난 딸로 저번 반도회에서 술을 올려야 하는데 법규를 어기는 바람에 봉황산鳳凰山 청란두궐로 쫓겨나 귀양살이를 하고 있네. 내가 바로 용길공주龍吉公主일세."

양전은 그녀에게 허리를 숙여 작별 인사를 하고 나서 다시 흙의 장막을 이용해 길을 떠났는데 차를 반 잔 정도 마실 시간이 되기도 전에 어느 연못가로 내려갔다. 그는 왜 또 그곳으로 내려갔을까? 그때 갑자기 연못 안에서 바람이 일기 시작했다.°

거센 바람 일어나

숲이 쓰러지고 나무가 꺾인다.

산더미 같은 흐린 물결 솟구치고

만 겹의 파도가 밀어닥친다.

천지는 캄캄해지고

해와 달도 어두워진다.

소나무 숲은 호랑이처럼 휘파람 불고

갑자기 포효하는 나무는 용이 우는 것 같다.

모든 것이 성나서 소리치니 하늘도 숨이 막히고

모래와 바위 날고 굴러 어지러이 사람을 다치게 한다.

揚罷狂風　倒樹摧林

濁浪如山聳　渾波萬疊侵

乾坤昏慘慘　日月暗沉沉

一陣搖松如虎嘯　忽然吼樹似龍吟

萬竅怒號天噎氣　飛沙走石亂傷人

이렇게 거센 바람이 불고 하늘도 시름겨울 만큼 어두운 안개가
덮이더니 연못에서 물기둥이 빙글빙글 돌며 두세 길이나 높이 솟구
쳤다. 그리고 갑자기 물기둥이 열리면서 피를 칠한 듯 주둥이가 시
뻘겋고 강철 같은 송곳니를 가진 괴물이 나타나 고함을 질렀다.

"어디서 살아 있는 인간의 냄새가 나지?"

그 괴물이 물가로 뛰쳐나와 쇠스랑 같은 두 손으로 움켜쥐려고
하자 양전이 코웃음을 치며 말했다.

"못된 놈! 감히 이런 짓을 하다니!"

그가 창을 휘두르며 달려들어 몇 판을 맞붙고 나서 손으로 오뢰
결五雷訣을 짚으니 '우르릉! 쾅!' 하고 벼락이 내리쳤고 괴물은 얼른

몸을 피해 달아났다. 양전이 뒤쫓아 한참 달려가다 보니 어느 산발치에 이르렀는데 거기에는 뒷박 열 개만 한 크기의 바위 동굴이 있었다. 괴물이 그 속으로 쑥 들어가자 양전이 코웃음을 쳤다.

"다른 사람이라면 몰라도 나를 만났으니 네놈 소굴이 아무리 크다 한들 내가 들어가지 못할 줄 알았더냐? 찻!"

그러면서 그가 동굴 안으로 들어가니 그 안은 무척 어두컴컴했다. 하지만 양전이 삼매화안三昧火眼을 빌려 빛을 내뿜자 곧 대낮처럼 환해졌다. 알고 보니 동굴 안은 그다지 크지 않아서 금방 끝이 보였다. 그런데 좌우를 살펴봐도 아무것도 보이지 않고 그저 번쩍번쩍 빛나는 삼첨양인도三尖兩刃刀° 하나와 보따리 하나가 위쪽에 놓여 있는 것었다. 양전은 칼과 함께 그 보따리를 가지고 밖으로 나와 펼쳐보았다. 그것은 담황색 도포였다.

옅은 노란색에

동전만큼 두껍고

튀어나온 구름무늬

노을빛 피어난다.

무기의 토土에 속해

중앙에 안배된

노란색의

꽃무늬 도포

전체에서 위아래로 금빛이 비친다.

淡鵝黃　銅錢厚

骨突雲　霞光透
屬戊己　按中央
黃鄧鄧　大花袍
渾身上下金光照

　　양전이 도포를 털어 몸에 걸쳐보니 길지가 짧지도 않고 딱 맞았
다. 그가 칼과 창을 한곳에 끼우고 노란 도포를 수습하여 막 일어서
려 하는데 갑자기 뒤쪽에서 고함 소리가 들렸다.
　　"도포 도둑놈을 잡아라!"
　　양전이 돌아보니 두 명의 아이가 쫓아오고 있었다.
　　"누가 도포를 훔쳤다는 말이냐?"
　　"너지!"
　　"뭣이! 내가 너희 도포를 훔쳤다고? 이 못된 놈들, 오랫동안 도를
닦은 이 몸이 어찌 도둑질을 할 수 있겠느냐?"
　　"그럼, 당신은 누구세요?"
　　"옥천산 금하동에 계신 옥정진인의 제자 양전이라고 한다."
　　그러자 두 아이가 넙죽 엎드려 절을 올렸다.
　　"사부님, 오신 줄 몰라서 미처 영접하지 못했사옵니다."
　　"너희는 누구냐?"
　　"저희는 오이산의 금모동자金毛童子이옵니다."
　　"너희가 나를 사부로 모셨으니 먼저 기주로 가서 강 승상을 뵙고
나는 협룡산으로 갔다고 말씀드려라."
　　"승상께서 받아들여주시지 않으면 어떡하지요?"

"이 창과 칼, 도포까지 함께 가져가면 자연히 아무 일 없을 것이다."

두 동자는 양전에게 작별 인사를 하고 물의 장막을 이용해 서기성으로 갔다. 그야말로 이런 격이었다.

도가에는 자연히 신선의 비결 있나니
바람과 우레 타고 지척처럼 갈 수 있지.

玄門自有神仙訣　　脚踏風雷咫尺來

금모동자는 서기에 도착하자 승상의 저택으로 찾아가서 문지기에게 말했다.

"승상님께 저희 둘이 뵙고 싶어 한다고 전해주셔요."

문지기의 보고를 받은 강상이 들여보내라고 하자 두 동자가 들어가 엎드려 절을 올렸다.

"저희는 양전님의 제자인 금모동자이옵니다. 사부님께서는 도중에 저희와 만나셨는데 칼과 도포를 얻으셔서 먼저 저희를 보내시고 협룡산으로 가셨사옵니다. 그래서 이렇게 나리를 알현하려고 왔사옵니다."

"양전도 제자를 거둬들였으니 무척 경사로구나."

그러면서 그는 금모동자에게 저택에 남아서 일을 도우라고 했다.

한편 양전은 흙의 장막을 이용해 협룡산 비룡동에 도착하자 곧장 안으로 들어가 구류손에게 절을 올렸다.

"사백, 안녕하십니까?"

구류손이 답례하고 물었다.

"무슨 일로 오셨는가?"

"혹시 곤선승이 없어지지 않았습니까?"

그러자 구류손이 벌떡 일어나 물었다.

"그것을 자네가 어찌 아는가?"

"토행손이라는 자가 등구공과 함께 서기를 공격하면서 강상 사숙의 제자들을 잡아다가 상나라 영채에 가두었습니다. 저는 그자가 사용한 것이 곤선승이라는 것을 알아보았기에 이렇게 사백을 모시러 왔습니다."

"뭣이! 이런 못된 놈, 감히 멋대로 하산하여 내 보물까지 훔쳐 내게 막대한 해를 끼치다니! 자네는 먼저 돌아가시게, 내 금방 따라가겠네."

양전은 곧 그곳을 떠나 서기로 돌아와서 강상을 만났다.

"그래, 정말 곤선승이던가?"

양전이 금모동자를 거둬들인 일과 실수로 청란두궐에 간 일, 구류손을 만난 일을 죽 들려주자 강상이 말했다.

"제자들을 거둔 것을 축하하네!"

"정해진 인연이 있었기 때문이겠지요. 이제 칼과 도포를 얻었으니 모두 사숙의 크나큰 덕과 주상 전하의 한없는 복 덕분입니다."

한편 구류손은 동자를 불러 분부했다.

"동부를 잘 지키고 있어라, 내 잠시 서기에 좀 다녀오마."

"예!"

구류손은 즉시 종지금광법을 써서 서기로 갔다. 수하의 보고를 받은 강상은 밖으로 나가 그를 맞이하여 대전 안으로 들어와 인사를 나누고 자리에 앉았다.

"제자분에 의해 여러 차례 우리 군사가 격파당했는데 저도 모르고 있다가 나중에야 양전이 간파하여 어쩔 수 없이 도형을 모셨습니다. 이참에 한 번만 더 신경을 써주셔서 저번에 연등 도형을 도와주셨던 일을 마무리 지어주시면 감사하겠습니다."

"열 개의 진을 깨고 돌아간 뒤로 이 보물에 대해 신경을 쓰지 않았는데 뜻밖에 저 못된 놈이 훔쳐 가서 여기서 고약한 짓을 벌였소이다. 걱정 마시구려, 여차여차하면 금방 그놈을 사로잡을 수 있을 것이외다."

그 말을 들은 강상은 무척 기뻐했다.

이튿날 강상은 혼자 사불상을 타고 상나라 영채의 원문 앞으로 가서 등구공의 영채를 탐문하는 것처럼 쳐다보았다. 그러자 순찰병의 보고를 받은 등구공이 말했다.

"강상은 공격과 수비에 모두 뛰어나고 병력을 움직이는 기회를 잘 파악하니 단단히 방비하지 않으면 안 된다."

그때 곁에 있던 토행손이 무척 기뻐하며 말했다.

"사령관님, 걱정 마십시오. 제가 가서 그자를 붙잡아 공을 세우겠습니다."

그리고 토행손은 암암리에 원문 밖으로 나가서 고함을 질렀다.

"강상, 네가 우리 영채를 염탐하러 온 것은 그야말로 죽음을 자초하는 짓이 아니냐? 도망치지 마라!"

그러면서 그가 쇠몽둥이를 휘두르며 달려들자 강상도 들고 있던 칼로 맞섰다. 그런데 세 판도 지나지 않았을 때 강상이 사불상의 고삐를 돌려 달아나니 토행손이 쫓아가서 다시 곤선승을 던지며 사로잡으려고 했다. 토행손은 구류손이 종지금광법을 써서 공중에 숨어 있는 줄 모르고 오로지 강상을 사로잡아 조정에 공적을 보고하고 등선옥과 결혼하려는 생각뿐이었으니 애욕에 눈이 멀어 천성이 저절로 흐려진 경우였다. 그는 앞뒤 가리지 않고 곤선승을 던졌는데 어찌 된 일인지 그것이 공중에서 떨어져 내리지 않았다. 토행손은 그 사실조차 눈치채지 못하고 계속 강상을 뒤쫓다가 일 리도 채 가지 못해서 가지고 있던 곤선승을 다 쓰고 말았다. 손으로 더듬어보니 잡히는 게 하나도 없자 그는 비로소 깜짝 놀라며 상황이 여의치 않게 되었다는 것을 알고 추격을 멈추었다. 그때 강상이 사불상을 멈추고 소리쳤다.

"토행손, 이리 와서 서너 판 더 맞붙어볼 용기가 있느냐?"

그 말에 분기탱천한 토행손이 쇠몽둥이를 끌고 쫓아갔는데 성 모퉁이를 돌았을 때 갑자기 구류손이 나타났다.

"토행손, 어디를 가느냐?"

고개를 들어 사부를 발견한 토행손은 재빨리 흙속으로 파고들려고 했다. 하지만 구류손이 "어딜!" 하면서 손가락으로 가리키자 그 흙이 쇠보다 더 단단해져서 도저히 파고들 수 없었다. 그 틈에 구류손이 재빨리 쫓아가 단번에 토행손의 정수리를 움켜쥐더니 곤선승으로 그의 팔다리를 꽁꽁 묶어 서기성으로 끌고 갔다. 이에 주나라 장수들은 토행손을 사로잡았다는 소식을 듣고 일제히 몰려왔다. 구

土行孫將伏西岐

토행손, 주나라에 귀의하다.

류손이 토행손을 땅에 내려놓자 양전이 말했다.

"사백, 조심하십시오. 또 도망칠까 염려스럽습니다."

"내가 여기에 있으니 괜찮네."

그리고 구류손은 토행손에게 말했다.

"네 이 못된 놈! 내가 열 개의 진을 깨고 돌아간 뒤로 줄곧 이 곤선 승에 신경을 쓰지 않았는데 뜻밖에 네놈이 훔쳐 갈 줄이야! 솔직히 말해라, 누가 너를 사주했더냐?"

"사부님께서 열 개의 진을 깨신 뒤에 제가 산에서 놀고 있는데 어떤 도사가 호랑이를 타고 와서 제 이름을 묻기에 사실대로 이야기했사옵니다. 그리고 저도 그분 성함을 여쭈니 천교의 제자인 신공표라고 했사옵니다. 그러면서 저는 득도해서 신선이 될 팔자가 아니니 인간 세상의 부귀영화나 누리는 게 낫겠다고 하시면서 저더러 문 태사의 영채로 가서 공을 세우라고 했사옵니다. 제가 싫다고 하자 그분이 삼산관의 등구공께 저를 추천해주시며 공을 세우라고 했사옵니다. 사부님, 제가 잠시 미혹에 빠지기는 했지만 부귀영화는 누구나 바라는 것이며 가난하고 천하게 사는 것은 누구나 싫어하는 일이 아니겠사옵니까? 그래서 제가 어리석은 탐욕이 생겨서 사부님의 곤선승과 단약이 든 호리병 두 개를 훔쳐서 속세로 도망쳤사옵니다. 부디 어디에나 자비를 베푸시는 도인의 마음으로 제자의 죄를 용서해주시옵소서!"

그러자 강상이 옆에서 끼어들었다.

"도형, 이런 못된 놈은 우리 도교를 망칠 화근이니 당장 목을 쳐버려야 합니다!"

"무지하여 죄를 저지른 것을 놓고 보면 당연히 목을 베야겠지요. 하지만 그대가 나중에 이놈을 잘 써서 주나라에 작은 힘이라도 될 수 있게 해줄 수도 있지 않겠소이까?"

"도형께서 저놈에게 지행술을 전수해주셨는데 저놈은 마음이 악독하여 이 성에 잠입해 무왕 전하와 저를 암살하려 했소이다. 다행히 하늘이 도와준 덕분에 깃대가 부러진 것을 보고 점을 쳐서 단단히 방비함으로써 무사할 수 있었지만 조금만 늦었더라면 도형께서도 죄에 연루되는 일을 피할 수 없었을 것이외다. 당시에도 양전이 계책을 써서 저놈을 사로잡았으나 금세 교활한 수작을 부려 도망쳐 버렸으니 이런 물건을 어디에 쓴단 말입니까!"

그 말을 들은 구류손은 깜짝 놀라서 황급히 대전을 내려와 토행손에게 호통쳤다.

"이런 못된 놈! 네가 무왕과 네 사숙을 암살하려고 했단 말이냐? 다행히 그때는 아무 일이 없었지만 조금이라도 대비가 늦었다면 나까지 죄에 연루될 뻔하지 않았느냐!"

"사부님, 솔직히 말씀드리자면 제가 등구공을 따라 정벌에 나서서 처음에는 곤선승으로 나타를 사로잡고 다음으로 황천화를, 세 번째는 사숙을 사로잡았사옵니다. 그런데 등구공이 제 공적을 축하해주면서 제가 누차 저명한 이들을 잡아 오는 것을 보고 저를 사위로 삼겠다고 했사옵니다. 그렇게 저를 재촉하니 저도 어쩔 수 없이 지행술을 써서 그런 일을 한 것이옵니다. 제가 어찌 감히 사부님 앞에서 거짓말을 하겠사옵니까!"

구류손은 고개를 숙이고 곰곰이 생각하며 점을 쳐보고는 자기도 모르게 한숨을 내쉬었다. 그것을 보고 강상이 물었다.

"도형, 왜 한숨을 쉬십니까?"

"조금 전에 점을 쳐보니 이 못된 놈과 그 여자가 부부의 인연으로 맺어져야 하는 운명이었소이다. 전생에 맺어진 인연이니 이런 일이 생긴 것이 우연이 아니지요. 마땅한 중매쟁이가 있다면 일이 원만하게 해결될 수 있을 것 같구려. 만약 그 여자가 오게 되면 그 아비도 머지않아 주나라의 신하가 될 것이외다."

"나와 등구공은 적국의 원수 사이인데 어떻게 이 일을 성사시킬 수 있겠소이까?"

"무왕은 크나큰 복을 타고나셨고 제왕의 도리를 갖추신 분이십니다. 하늘이 이미 운수를 정해놓았으니 성사되지 않을까 염려할 필요는 없지요. 다만 언변이 좋은 사람을 상나라 영채로 보내서 설득해야만 가능합니다."

이에 강상이 한참 동안 고개를 숙이고 생각하더니 이렇게 말했다.

"그렇다면 산의생을 보내는 수밖에 없겠군요."

"그럼 어서 서두르시지요."

이에 강상이 수하에게 분부했다.

"가서 상대부 산의생을 모셔 오너라. 그리고 토행손은 풀어주도록 해라."

잠시 후 상대부 산의생이 와서 서로 인사를 나누고 나자 강상이 말했다.

"등구공에게 등선옥이라는 딸이 있는데 원래 등구공이 토행손과 결혼시켜주겠다고 이야기한 모양이외다. 그래서 대부께 상나라 영채로 가서서 중매를 서주시라고 부탁드릴까 합니다. 부디 상황을 잘 살피고 적절하게 응대하셔서 반드시 성사시켜주시기 바랍니다. 여차여차하시면 될 것이외다."

"예, 알겠습니다."

한편 등구공은 토행손이 돌아오기만을 목이 빠지게 기다리고 있었다. 하지만 도무지 그림자도 보이지 않자 정찰병을 보내 탐문하게 했는데 한참 뒤에야 보고가 올라왔다.

"선봉장께서 강상에게 사로잡혀 성 안으로 끌려가셨다 하옵니다."

"뭐라고! 이 사람이 잡혀갔으니 서기를 어찌 정벌한단 말인가!"

이처럼 그가 몹시 울적해할 때 마침 산의생이 중매를 하러 왔으니 이 일의 결과가 어찌 되는지는 다음 회를 보시라.

강상, 계책을 써서 등구공을 거둬들이다

子牙設計收九公

부부의 인연 전생에 정해져서 과연 하늘의 뜻대로 되었나니

부부의 발은 붉은 실로 묶여 있음을 믿어야 하리라.

적국이라 한들 혼사 성사시키는 데는 문제가 없고

원수지간이라도 응당 저절로 나란히 지내게 되지.

강상의 오묘한 계책 정말 따라잡기 어려웠으니

태란의 빼어난 계략도 부질없었지.

결국 하늘의 뜻은 미리 헤아리기 어렵나니

주왕은 천하를 다스릴 복이 없었구나!

姻緣前定果天然　須信紅絲足下牽

敵國不妨成好合　仇讎應自得翩聯

子牙妙計眞難及　鷙使奇謀枉用偏

總是天機難預料　紂王無福鎭乾坤

그러니까 산의생은 상나라 영채로 가서 수문장에게 말했다.

"여보시오, 등구공께 전해주시구려. 주나라에서 파견된 상대부 산의생이 뵙고 드릴 말씀이 있다고 말이오."

보고를 받은 등구공이 말했다.

"우리는 적대 관계인데 무슨 일로 사람을 보냈다는 말이냐? 틀림없이 번지레한 말을 늘어놓을 텐데 그자를 영채로 들어오게 하면 병사들의 마음을 현혹시키지 않겠느냐? 가서 전해라, 두 나라가 전쟁 중이니 만나기 껄끄럽다고 말이다."

장수가 나와서 그 말을 전하자 산의생이 말했다.

"전쟁 중이라 할지라도 사신이 오가는 것을 막지는 않는 법인데 만나는 것이 무슨 문제가 된다는 것이오? 나는 승상의 명령을 받들어 왔는데 직접 만나서 해결해야 할 일이라 다른 사람을 통해 이야기할 수 없소이다. 미안하지만 다시 한 번 말씀을 올려주시구려."

그 장수가 다시 들어와 산의생의 말을 전하자 등구공은 말없이 생각에 잠겼다. 그때 태란이 앞으로 나와서 말했다.

"사령관님, 이 기회를 역이용하도록 하시지요. 들어오라고 해서 이야기하는 것을 보고 적절하게 대응하며 우리에게 유리한 정보를 얻으면 되지 않겠습니까?"

"그것도 일리 있는 말이구먼. 여봐라, 들여보내라."

이에 전령이 나가서 산의생에게 말했다.

"모셔 오라고 하십니다."

산의생은 말에서 내려 원문으로 들어가 세 겹의 방어 설비를 지나서 처마 앞으로 갔다. 등구공이 내려와 맞이하자 산의생이 허리를 숙여 절했다.

"사령관님, 안녕하십니까?"

"미리 영접하지 못해서 죄송하구려."

이렇게 둘은 서로 공손하게 인사를 나누었으니 후세 사람들이 강상의 오묘한 계책을 칭송한 시가 있다.

강상의 오묘한 계책은 세상에 짝이 없어
하늘과 인간 세계 관통한 학문 귀신도 울게 할 정도였지.
설사 등구공이 적국의 인물이라 해도
헤어진 남녀를 저절로 결혼하게 만들었지.

子牙妙算世無倫　學貫天人泣鬼神

縱使九公稱敵國　藍橋也自結姻親

어쨌든 두 사람이 중군 막사로 들어가 주인과 손님의 자리에 나누어 앉자 등구공이 말했다.

"대부, 우리는 적대 관계로 아직 자웅을 결판내지 못했고 각자 모시는 군주가 다른데 어떻게 함부로 사적인 논의를 할 수 있겠소이까? 그러니 공적인 말씀은 공식적으로 하시고 사적인 이야기라면 사적으로 하시구려. 괜히 합의할 수 없는 논쟁만 해서 쓸데없이 헛걸음 하시게 되는 일은 없어야 할 것이외다. 내 마음은 철석같으니 죽는 한이 있더라도 절대 공허한 말에 흔들리지 않을 것이오!"

"하하! 우리가 적대 관계인 것은 사실인데 어찌 감히 함부로 뵙자고 청했겠습니까? 다만 한 가지 중요한 일이 있어서 분명한 의사를 여쭈려고 하는 것이지 다른 뜻은 없습니다. 어제 저희가 장수 한 명을 사로잡았는데 알고 보니 사령관님의 사위분이시더군요. 문초를 하다가 이 사실을 알게 되어 우리 승상께서 차마 극형을 내려 부부간의 사랑을 끊어버릴 수는 없다고 여기셨습니다. 그래서 저더러 직접 이곳을 찾아와 뜻을 여쭤보라고 하셨습니다."

그 말에 등구공은 자기도 모르게 깜짝 놀랐다.

"누가 내 사위고, 강 승상에게 사로잡혔다는 것이오?"

"일부러 모르는 체하실 필요 없습니다. 토행손이 바로 사령관님의 사위가 아닙니까?"

그 말에 등구공은 얼굴이 시뻘겋게 달아올라 버럭 소리쳤다.

"대부, 그게 무슨 말씀이시오! 나한테는 어려서 어미를 잃은 선옥이라는 딸이 하나 있을 뿐이오. 내가 그 아이를 손바닥의 진주처럼 아끼는데 어떻게 함부로 아무에게나 시집보낼 수 있겠소이까? 이제 성년이 되었으니 당연히 청혼하는 이들이 많지만 모두 내 눈에 차지 않았소이다. 그런데 토행손이 어떤 자이기에 함부로 그따위 소리를 한단 말이오!"

"잠시 고정하시고 제 말씀 좀 들어보십시오. 옛 사람들은 사위를 고를 때 가문만 보지 않았습니다. 그리고 토행손도 이름 없는 하찮은 인물이 아니라 협룡산 비룡동에 계신 구류손의 제자입니다. 신공표가 강 승상과 사이가 나빠서 그를 설득해 하산하여 사령관님을 도와 서기를 정벌하라고 한 것입니다. 어제 그 사람의 사부가 하산해서 붙잡아 추궁하니 그 사람 이야기가 신공표의 말에 미혹당하기도 했지만 사령관께서 따님을 주신다고 하셨기 때문에 사령관님을 위해 전심을 다하려고 성에 잠입하여 암살을 시도했다고 하더군요. 하루빨리 공을 세워서 혼사를 이루고 싶었을 테니 이해할 만한 일이지요. 어제 사로잡혀서 죄를 시인했지만 강 승상과 자기 사부에게 재삼 애원했습니다. '이 결혼 때문에 죽어도 눈을 감지 못하겠습니다!' 이렇게 말이지요. 당시 승상과 그 사람의 사부는 모두 용서하려 하지 않았지만 제가 옆에서 설득했습니다. 어찌 한순간의 잘못 때문에 인륜지대사人倫之大事를 끊어버려서야 되겠느냐고 말이지요. 그래서 승상께서도 잠시 그 사람에 대한 처형을 미루어놓았고 저도 이렇게 사령관님께 어려운 걸음을 했습니다. 그러니 부디 이 혼사를 허락하셔서 젊은 아이들의 사랑이 결실을 맺을 수 있게 해주십시오. 이 또한 부모의 도리가 아니겠습니까? 그래서 저도 죽음을 무릅쓰고 이렇게 찾아와서 말씀드리는 것입니다. 사령관께서 허락하신다면 승상께서는 토행손을 사령관께 돌려보내고 혼사를 치른 뒤에 다시 자웅을 결판내겠다고 하셨습니다. 결코 다른 뜻은 없습니다."

"대부, 그것은 사정을 모르고 하시는 말씀이오. 토행손이 헛소리한 것뿐이라 이겁니다! 토행손은 신공표가 추천해서 내가 선봉장으로 삼았소이다. 그러니 기껏 내 휘하의 부장 가운데 하나일 뿐인데 어찌 그런 자에게 내 딸을 덜컥 줄 수 있겠소이까! 그자가 이것을 빌미로 목숨을 구걸하려고 내 딸을 모욕한 것이니 경솔하게 믿으시면 안 됩니다."

"그렇게 굳이 내치실 필요는 없을 것 같습니다. 뭔가 다른 사연이 있는 게 분명합니다. 설마 토행손이 아무 까닭 없이 그런 말을 했겠

습니까? 틀림없이 무슨 복잡한 이유가 있을 것입니다. 어쩌면 사령
관께서 그의 공적을 축하하는 술자리에서 그 재능을 아끼시는 마음
에, 또는 그 사람을 다독이려고 한번 해본 말인데 그 사람이 멋대로
진심이라고 여기고 그런 엉뚱한 상상을 하게 되었는지도 모를 일이
지요."

그 말에 등구공은 속이 뜨끔해서 자기도 모르게 이렇게 대답하고
말았다.

"참으로 적절한 말씀이오! 토행손이 신공표의 추천으로 내 휘하
에 들어왔을 당시에는 나도 그다지 중용하지 않고 선봉대의 독량사
로 삼았는데 나중에 태란이 패전하는 바람에 그의 능력을 인정하여
선봉장으로 삼았소이다. 첫 번째 전투에서 나타를, 두 번째는 황천
화를, 세 번째는 강상을 사로잡았는데 주나라 장수들이 구출해 갔
지요. 그렇게 여러 차례 승전을 거두자 내가 폐하께서 공신들에게
상을 내려 장려하시는 지극한 뜻을 받들어 술자리를 마련해 축하해
준 적이 있소이다. 그때 술을 마시다가 그 사람이 진즉에 자신을 선
봉장으로 기용했더라면 오래전에 서기를 평정했을 것이라고 하더
이다. 당시 내가 술김에 '만약 자네가 서기를 평정하면 우리 선옥이
를 주겠네' 하고 실언한 적이 있소. 그 사람을 격려해서 하루빨리 천
자의 어명을 완수할 생각이었지만 지금 그자는 이미 포로가 되었는
데 어떻게 그 말을 구실로 삼는 황당한 짓을 벌여 대부께서 이런 수
고를 하시게 만들었는지 모르겠구려."

"하하! 그것은 아닌 것 같습니다. 남아일언중천금이니 사나이가
한 번 뱉은 말을 다시 주워 담을 수 없는 일이 아니겠습니까? 게다

가 혼인은 인륜지대사인데 어떻게 그것을 농담으로 할 수 있겠습니까? 당시 사령관께서 그렇게 말씀하셨으니 토행손은 물론이고 천하 모두가 믿을 수밖에요. 심지어 중원 바깥의 오랑캐들이 들어도 다들 믿을 것입니다. 그러니 '길 가는 행인의 말이 모두 비석에 새겨진 글과 같다[路上行人口似碑]'라고 하는 것이지요. 모두들 그것을 사령관께서 그 사람을 사위로 삼겠다는 말씀으로 여기지 나라를 위한 충심에서 어쩔 수 없는 임시방편으로 하신 말씀이라고 여기겠습니까? 괜히 귀한 따님을 입에 담는 바람에 훌륭한 규수가 구설수에 오르게 되고 말았군요. 만일 이 일을 성사시키지 않으시면 부질없이 따님으로 하여금 버림받았다는 한탄만 하게 만들지 않겠습니까? 제가 생각해도 안타까운 일입니다! 지금 사령관께서는 상나라의 대신이라 천하의 삼척동자들도 모두 사령관의 명령을 받는데 하루아침에 이렇게 되면 저도 어떻게 해야 할지 모르겠습니다. 부디 잘 생각하셔서 결정해주십시오."

산의생이 이렇게 일장 연설을 하고 나자 등구공은 대답할 말을 잃고 그저 생각에 잠겨 있었다. 그때 태란이 그에게 다가가 귓속말로 이야기했다.

"이리이리하시는 게 상책인 듯합니다."

그 말에 화가 풀려 기분이 좋아진 등구공은 산의생에게 말했다.

"대부, 너무 일리 있는 말씀이라 저로서도 따를 수밖에 없겠소이다. 다만 딸아이가 일찍이 어미를 여의고 아비의 가르침 속에 자랐는데 제가 비록 대부의 말씀에 따른다 해도 딸아이가 말을 들을지 모르겠소이다. 그러니 일단 딸아이와 상의해본 다음에 성으로 답신을 보내겠소이다."

이렇게 되자 산의생도 어쩔 수 없이 작별 인사를 할 수밖에 없었다. 등구공은 산의생을 원문까지 전송해주었다. 성으로 돌아온 산의생이 등구공의 말을 자세히 전하자 강상이 껄껄 웃으며 말했다.

"등구공의 그런 계책으로 어찌 나를 속일 수 있겠는가!"

구류손도 웃으며 말했다.

"일단 뭐라고 대답하는지 두고 보십시다."

"어쨌든 대부께서 수고가 많으셨소이다. 이 일은 등구공의 답신이 오거든 다시 논의하도록 하십시다."

이에 산의생은 자기 거처로 물러갔다.

한편 등구공은 태란과 상의했다.

"조금 전에는 일단 그러자고 했지만 이 일을 어떻게 처리하면 좋겠는가?"

"내일 언변 좋은 사람을 보내서 이렇게 이야기하게 하십시오. '어제 딸아이와 상의해보니 그 아이도 그렇게 하겠다고 했소. 다만 양측이 적대지간인지라 신뢰를 확보하기 어려우니 반드시 강 승상이 직접 오셔서 납채를 바치셔야 딸아이도 온전히 믿겠다고 하더이다.' 그래서 강상이 안 오면 그만이니 다른 계책을 마련하면 될 것이고 만약 그가 직접 온다면 많은 호위병을 거느리고 오지는 않을 테니 아무나 나서도 그를 사로잡을 수 있을 것입니다. 그가 수하 장수를 거느리고 온다면 사령관께서 직접 원문으로 나가 맞이하시고 중군 막사에 술상을 차려 일행을 대접하십시오. 그리고 미리 날랜 장수들을 매복시켜 술자리에서 잔을 치는 것을 신호로 달려들어 사로 잡으면 주머니 속의 물건을 꺼내듯 손쉽게 해치울 수 있을 것입니다. 서기에 강상이 없으면 가만 내버려둬도 저절로 괴멸하지 않겠습니까?"

"정말 귀신도 탄복할 만한 묘안이구려! 그런데 언변 좋고 임기응변에 능한 사람을 보내야 하니 내 생각에는 그대가 가지 않으면 안 될 것 같소. 수고스럽겠지만 내일 그대가 직접 다녀오시구려. 그래야 대사를 성공할 수 있지 않겠소?"

"저를 그렇게 봐주시니 직접 주나라 진영에 가서 강상으로 하여금 우리 쪽으로 오도록 만들겠습니다. 그렇게만 되면 힘들게 전투를 하지 않아도 일찌감치 개선할 수 있을 것입니다."

그러자 등구공은 무척 기뻐했다. 그날 밤은 별일 없이 지나갔다.

이튿날 등구공이 중군 막사로 나가서 태란에게 주나라 진영에 다녀오라고 분부하자 태란은 곧 영채를 나와 서기성 아래로 가서 수문장에게 말했다.

"나는 상나라 선봉장 태란인데 등 사령관의 명령을 받들어 강 승상을 뵈러 왔소이다. 수고스럽지만 안에다 통보해주시오."

보고를 받은 강상이 구류손에게 말했다.

"일이 성사되겠습니다."

구류손도 속으로 기뻐했다. 그러자 강상이 수하에게 분부했다.

"어서 안으로 데려오너라!"

이에 수문장이 장수와 함께 성문을 열고 태란에게 말했다.

"승상께서 안으로 모시라고 하셨습니다."

태란은 서둘러 성으로 들어가 강상의 저택 앞에 이르러 말에서 내렸다. 보고를 받은 강상은 안으로 들여보내라고 분부하고 곧 구류손과 함께 대전의 계단 아래로 내려가 그를 맞이했다. 태란이 허리를 깊숙이 숙여 절하며 말했다.

"승상님, 저는 보잘것없는 장수에 지나지 않으니 마땅히 큰절을 올려야 하거늘 이렇게까지 맞아주시니 너무 과분합니다."

"똑같은 제후국에서 오신 손님이니 당연히 이렇게 해야지요. 장군, 너무 겸양하실 필요 없소이다."

태란은 재삼 겸양의 인사를 하고 나서야 자리에 앉았다. 서로 간에 의례적인 인사말이 오가고 나서 강상이 슬쩍 찔러보았다.

"저번에 구 도형 덕분에 귀측의 장수 토행손을 사로잡았는데 목을 베려 하자 그 사람이 등 사령관께서 자기에게 혼례를 약속했다고 하면서 처형을 잠시만 늦춰달라고 재삼 애원했소이다. 그래서 상대부 산의생을 귀측에 보내 확실한 사실인지 알아보게 했는데 만약 등 사령관께서 정말 그런 말씀을 하셨다면 당연히 토행손을 석방해서 돌려보내 남녀 간의 인간적인 사랑의 결실을 맺을 수 있도록 해드리겠소이다. 다행히 등 사령관께서 따님과 논의해보고 나서 결과를 알려주신다고 하셨는데 이제 장군께서 오셨으니 분명 사령관의 답변을 가지고 오셨겠지요?"

이에 태란이 허리를 숙여 예를 표하며 대답했다.

"마침 그 문제에 대해 물으시니 당연히 말씀드려야겠지요. 비록 서신을 쓸 여가는 없었지만 제가 사령관님의 인사를 전하겠습니다.

그 혼약은 사령관께서 술김에 잠시 실언하신 것인데 뜻밖에 토행손이 사로잡히면서 이 일을 제기한 것이라고 하더이다. 그러나 저희 사령관께서도 부인하지는 않으셨습니다. 다만 따님께서 어려서 모친을 여의고 사령관께서 보배처럼 아끼셨습니다. 게다가 이런 일은 예법에 따라야 하는지라 나중에 길일을 정해서 산 대부와 승상께서 직접 토행손을 데리고 저희 쪽으로 와서 성대하게 식을 치러야 사령관께서도 체면이 서실 것입니다. 군사적인 일은 그 이후에 논의해야겠지요. 승상께서는 어떻게 생각하시는지요?"

"등 사령관께서 충심 깊고 신용 있는 분이라는 점은 나도 아오. 하지만 천자께서 몇 차례나 이곳에 정벌군을 보내시면서 모두 어떤 사정도 설명하지 않고 대뜸 무력으로 밀어붙이셨소이다. 우리 주나라는 군주에게 충성하고 나라를 아끼는 마음을 간직하며 반역을 도모한 적이 결코 없는데도 천자 앞에서 해명할 기회조차 없으니 이것만 생각하면 눈물이 날 지경이외다. 그런데 이제 마침 하늘이 기회를 주셔서 이 혼사를 치르게 되었으니 우리의 이러한 마음이 천자께 전해지고 천하에 널리 알려지기만 바랄 뿐이외다. 나중에 내가 직접 토행손을 데리고 귀측 영채로 가서 경사스러운 잔치에 참석하겠소이다. 부디 장군께서 말씀 좀 잘 전해주시구려. 이 강상이 너무나 감격스러워한다고 말이오!"

태란이 겸양하자 강상은 그를 후하게 대접해서 돌려보냈다.

성을 나온 태란은 다시 영채로 돌아갔고 등구공이 물었다.

"갔던 일은 어찌 되었는가?"

태란은 강상이 허락하면서 나중에 직접 찾아와 심사를 하소연하겠다고 이야기한 사실을 자세히 들려주었다. 그러자 등구공이 손으로 이마를 짚으며 말했다.

"폐하께서 크나큰 복을 타고나셔서 그자가 제 발로 죽을 곳을 찾아오는구나!"

"대사가 이미 이루어졌지만 방비를 철저히 하지 않으면 안 됩니다."

"힘 좋은 병사 삼백 명을 뽑아서 각기 단도를 지니고 막사 밖에 매복해 있다가 잔을 치는 소리를 신호로 좌우에서 일제히 치고 들어오도록 하시게. 강상은 물론 수행한 장수까지 모조리 단칼에 다져서 젓갈을 담가버리겠소!"

장수들은 명령을 받고 물러났다. 조승은 일단의 군사를 이끌고 영채의 좌측에 매복해 있다가 중군에서 포성이 울리면 일제히 돌격하여 호응하고 손염홍은 일단의 군사를 데리고 영채의 우측에 매복해 있다가 같은 방식으로 실행하기로 했다. 또한 태란과 등수는 원문에서 적의 장수를 막고 뒤쪽 영채의 등선옥에게도 일단의 인마를 나누어 안배하여 삼로구응사三路救應使로서 세 방향의 응급한 상황을 지원하게 했다. 등구공은 그렇게 안배를 마치고 혼례식을 치를 날만 기다렸다.

한편 태란을 보내고 돌아온 강상은 구류손과 의논했다.

"여차여차하면 반드시 성공할 것입니다."

시간은 화살같이 흘러 어느새 셋째 날이 되었다. 하루 전날 강상이 양전에게 분부했다.

"변신술을 써서 은밀히 내 주변을 따르게."

"알겠습니다."

강상은 정예병 오십 명을 선발하여 예물을 운반하는 인부로 변장시키고 신갑과 신면, 태전, 굉요, 사현, 팔준 등은 모두 무기를 숨긴 채 좌우에서 지원하게 했다. 또 뇌진자에게 일단의 병력을 이끌고 적진의 좌측을 치고 들어가 중군과 호응하게 하고 남궁괄은 대대 병력을 이끌고 지원하여 중군과 호응하도록 했다. 강상의 명령을 받은 이들은 모두 은밀히 성 밖으로 나가 매복했다.

이날 상나라 진영에서 상서로운 잔치 열어

적장이 오기만을 기다렸지.

누가 알았으랴, 강상이 미리 계획하여

중군에 포성 울릴 때 미녀를 낚아채 갈 줄을?

商營此日瑞筵開　專等鷹揚大將來

孰意子牙籌畵定　中軍炮響搶嬌才

그날 등구공은 등선옥과 의논했다.

"오늘 강상이 식을 올리려고 토행손을 데려올 텐데 이것은 원래 강상을 성 밖으로 꾀어내 사로잡으려는 계략이다. 내가 장수들을 이미 안배해놓았으니 너는 호심갑護心甲을 단단히 차려입고 작전을 지원하도록 해라."

"예."

등구공은 중군 막사로 가서 융단을 깔고 오색 비단을 걸게 해놓은 다음 강상을 기다렸다.

그날 강상은 여러 장수들을 잘 분장시켜놓고 토행손을 불렀다.

"너는 함께 상나라 영채로 갔다가 우리 쪽 포성이 울리면 뒤쪽 영채로 가서 등선옥을 낚아채 오너라. 절대 실수하면 안 된다!"

"알겠습니다!"

정오가 되어 강상은 산의생을 앞세우고 성에서 나와 상나라 영채로 향했다. 산의생이 먼저 원문에 도착하니 태란이 맞이하고 등구공에게 보고했다. 이에 등구공이 원문까지 나와서 맞이하자 산의생이 말했다.

"저번에 승낙해주셔서 이제 강 승상께서 직접 혼례에 참석하시기 위해 사위분을 모시고 여기로 오실 것입니다. 그래서 저더러 먼저 와서 알려드리라고 하셨습니다."

"대부께서 양쪽을 오가느라 노고가 많소이다. 여기서 함께 기다릴까요?"

"수고스럽게 그럴 필요까지 있겠습니까?"

"괜찮소이다."

한참을 기다리자 멀리 사불상을 탄 강상이 오육십 명쯤 되어 보이는 짐꾼들을 거느리고 오는데 전혀 무장을 하고 있지 않았다. 그것을 본 등구공은 속으로 기뻐했다. 그때 마침 강상 일행이 원문에 도착했다.

강상은 등구공이 태란, 산의생과 함께 서서 기다리는 것을 발견하고 황급히 사불상에서 내렸다. 그러자 등구공이 다가와 허리를

강상, 계책을 써서 등구공을 거둬들이다.

숙여 인사했다.

"승상, 멀리 나가 영접하지 못해서 죄송하외다."

강상도 얼른 답례했다.

"사령관님의 성대한 덕망은 오래전부터 앙모하고 있었지만 여태 인연이 없어서 가르침을 받지 못했소이다. 다행히 이제 우여곡절 끝에 하늘의 인연이 닿았으니 너무나 감격스럽습니다."

잠시 후 구류손이 토행손과 함께 앞으로 나와서 등구공에게 인사했다. 그러자 등구공이 강상에게 물었다.

"이분은 누구신지요?"

"토행손의 사부이신 구류손입니다."

그러자 등구공이 황급히 인사했다.

"선인, 오래전부터 앙모해왔지만 인사를 올리지 못했습니다. 이제 이렇게 왕림해주셨으니 소원을 이루게 되었군요."

구류손도 답례하고 나서 서로 겸양하다가 원문 안으로 들어갔다. 강상이 살펴보니 잔칫상이 차려져 있고 오색 비단과 꽃이 걸려 있어서 아주 화려하기 그지없었다.

오색 비단과 꽃 걸어 분위기도 신선하고
두툼한 자리 위로 사향과 난초 향기 그윽하다.
공작 병풍 펼쳐 천년의 상서로움 피어나고
부용꽃처럼 빛나 온통 봄날 같구나.
양쪽의 징과 북에는 살기가 감춰져 있고
생황과 퉁소 소리 무성한 가시덤불에 울려 퍼진다.

누가 알았으랴, 하늘의 뜻이 주나라에 돌아가
수많은 맹수들 도깨비불로 변하게 될 줄을!

結彩懸花氣象新　麝蘭香靄襯重茵
屏開孔雀千年瑞　色映笑容萬谷春
金鼓兩旁藏殺氣　笙簫一派鬱荊榛
孰知天意歸周主　千萬貔貅化鬼燐

　　그러니까 강상이 잔칫상을 살펴보는데 갑자기 양쪽에서 살기가
치솟는지라 진즉 그 내막을 파악하고 얼른 토행손과 여러 장수들에
게 눈짓하자 모두들 그 의미를 눈치채고 함께 막사 안으로 들어갔
다. 등구공이 강상 일행과 정식으로 인사를 주고받고 나서 강상은
수하에게 예물을 가져오라고 분부했다. 등구공이 예물 목록을 받아
살펴보는데 신갑이 은밀히 신호용 향을 꺼내 상자 속에 있는 대포
에 불을 붙였다. 그 순간 '쾅!' 하며 산을 무너뜨릴 듯한 폭발음이 일
어나자 등구공이 깜짝 놀라 고개를 들었다. 그때 짐꾼들이 일제히
숨겨둔 무기를 꺼내 들고 달려들었고 등구공은 미처 맞설 겨를이
없어서 다급히 뒤쪽을 향해 내달렸다. 태란과 등수도 상황이 여의
치 않아서 뒤쪽으로 도주했다. 사방에 매복해 있던 병사들이 일제
히 나타나 천지를 뒤흔들 듯 함성을 질러댔고 그 틈에 토행손은 무
기를 던져버리고 등선옥을 낚아채러 뒤쪽 영채로 달려갔다. 강상과
일행이 각기 말을 빼앗아 타고 무기를 휘두르며 휩쓸어 가니 삼백
명의 매복병이 어찌 그들을 막아낼 수 있었겠는가? 등구공 등이 말
을 타고 달려왔을 때는 이미 영채가 혼란의 도가니였다.

조승과 손염홍은 포성을 듣고 좌우에서 지원하려고 달려왔지만 신갑과 신면 등에 가로막혀 부하들이 모조리 도륙당했다. 등선옥도 앞으로 달려 나와 지원하려고 했지만 토행손에게 가로막혀 혼전이 벌어졌다. 그 순간 뇌진자와 남궁괄이 좌우에서 급습하니 상나라 병사들은 오히려 가운데로 몰려 앞뒤에서 공격당하는 꼴이 되고 말았다. 게다가 뒤쪽에서는 금타와 목타 등이 대군을 이끌고 쳐들어왔다.

　전세가 불리해진 것을 깨달은 등구공은 퇴각할 수밖에 없었다. 병사들이 서로 엉키고 짓밟혀 전사자가 수를 헤아릴 수 없을 정도였다. 등선옥은 부친이 장수들과 함께 퇴각하는 것을 보고 칼을 휘두르는 척하다가 잽싸게 남쪽을 향해 도주했는데 그녀가 던지는 오광석의 무서움을 잘 아는 토행손은 얼른 곤선승을 던져 말에서 떨어진 그녀를 생포해 서기성으로 돌아갔다. 강상과 장수들은 등구공 일행을 오십 리 남짓 추격하여 도륙하고 나서야 징을 울려 병력을 거둬들이고 성으로 돌아왔다. 등구공과 등수, 태란, 조승 등은 기산 아래에 도착해 겨우 패잔병을 모아 점검했다. 그런데 등선옥의 모습이 보이지 않자 모두들 상심했다. 강상을 사로잡으려고 계책을 세웠건만 뜻밖에 역습당하고 말았으니 후회해도 때는 이미 늦었던 것이다. 그들은 어쩔 수 없이 그곳에 영채를 차렸다.

　한편 대승을 거두고 돌아온 강상은 구류손과 함께 은안전으로 들어가 자리에 앉았다. 장수들이 각자 공적을 보고하고 나서 강상이 구류손에게 말했다.

"오늘이 길일이니 토행손에게 등 소저와 혼례를 올리게 하는 것이 어떻습니까?"

"저도 같은 생각입니다. 미루어서 될 일이 아니니까요."

이에 강상이 토행손에게 분부했다.

"등선옥을 데리고 뒷방으로 가라. 오늘이 길일이니 부부의 연을 맺도록 해라. 그리고 내일 따로 분부할 일이 있다."

"알겠습니다."

강상이 다시 시녀들에게 분부했다.

"등 소저를 뒤쪽 신방으로 데려가 시중을 잘 들어주도록 해라."

등선옥은 너무나 부끄러워 말없이 눈물만 흘리며 시녀들에게 이끌려 뒤쪽으로 갔다. 강상은 곧 잔치를 열어 여러 장수들과 함께 축하주를 마셨다.

그 무렵 토행손은 등선옥이 시녀들에게 이끌려 신방으로 들어오자 그녀를 맞이했다. 등선옥은 얄밉게 웃는 토행손의 얼굴을 보자 아무 대책이 없어서 그저 말없이 눈물만 흘렸다. 토행손이 온갖 말로 위로하자 그녀는 자기도 모르게 화가 치밀어 욕을 퍼부었다.

"무식한 촌놈, 주인을 팔아 제 영화를 챙기려 하다니! 네까짓 게 뭐라고 감히 이런 고약한 짓을 저지르느냐?"

그러자 토행손이 웃는 얼굴로 말했다.

"당신도 천금처럼 귀한 규수지만 나 또한 무명소졸은 아니니 당신을 모욕하는 것이 아니오. 게다가 나는 당신의 상처를 치료해주는 은혜를 베푼 적이 있고 다들 알고 있듯이 장인어른께서도 내가 무왕을 암살하고 개선하면 사위로 삼겠노라고 말씀하시지 않았소? 게다가 저번에 상대부 산의생 어른이 그쪽 영채로 가서 직접 중매를 섰고 오늘 예물을 가지고 식을 올리러 간 게 아니오? 승상께서는 장인어른께서 마음이 변하실까 염려하시서 작은 계책을 써서 이 혼사를 성사시킨 것이오. 그런데 왜 그리 고집을 부리시오?"

"내 아버님께서 산의생의 부탁을 수락하신 것은 강상을 꾀어 사로잡으려는 계책이었는데 뜻밖에 역습을 당해 함정에 빠지고 말았구나. 이렇게 된 이상 내가 죽으면 그만이다!"

"허허! 그게 무슨 말씀이오? 다른 일이라면 몰라도 어떻게 혼사를 거짓 핑계로 내세울 수 있단 말이오? 옛 사람들도 말 한마디로 결정했거늘 하물며 우리는 모두 천교의 제자들인데 어찌 신용을 잃을 수 있겠소? 나는 신공표의 꾐에 넘어가 장인어른께 투신하여 공을 세우려다가 지난번에 사부님께 붙잡혀 왔소이다. 내가 성에 잠입하여 무왕과 강 승상을 암살하려 해서 천교를 모독하고 사부의 은혜를 저버리며 하늘을 거슬러 악당을 도왔다는 이유로 군법에 따라 처형당하려 할 때 사부님께 애원했소. 그런데도 승상께서 형을 집행하려 하시니 나도 어쩔 수 없이 나타와 황천화를 잡아갔을 때 장인어른께서 저녁에 술을 마시다가 당신을 내게 주겠다고 말씀하시는 바람에 조급한 마음에 서기성에 잠입할 수밖에 없었다고 말씀드렸던 것이오. 그 이야기를 들으신 사부님과 강 승상께서 점을 쳐보시고 우리 둘이 전생에 이미 부부로 맺어질 인연이 정해져 있고 나중에 모두 주나라의 신하가 될 것이라고 하셨소. 그래서 내 죄를 용서해주시고는 산 대부에게 중매를 서라고 분부하셨소이다. 생각해보시오, 하늘의 뜻이 아니라면 장인어른께서 왜 허락하셨으며 당신이 어떻게 여기에 올 수 있었겠소? 게다가 지금 주왕이 무도하여 천하가 그를 등지고 있는데도 여러 차례 주나라를 정벌했으나 마씨 가문의 네 장수와 태사 문중, 십주삼도十洲三島의 신선이 모두 자멸하여 뜻을 이루지 못하는 결과만 초래했소. 이것만 보아도 하늘의 뜻이 무엇이며 어느 쪽이 그에 따르고 어느 쪽이 거스르는지 알 수 있지 않소? 하물며 장인어른의 군대는 보잘것없는 일반 병력에 지나지 않으니 어찌 되겠소! '훌륭한 새는 나무를 가려서 둥지를 틀고 현명한 신하는 군주를 가려서 벼슬살이를 한다'라는 말도 있지 않소? 당신이 지금 괜히 고집을 부리지만 병사들은 모두 내가 결혼한 줄 알고 있소. 설령 당신이 얼음과 옥처럼 깨끗한 몸이라고 주장한들 누가 믿겠소? 그러니 제발 잘 생각해보시구려!"

이런 일장 연설을 들은 등선옥은 고개를 숙인 채 말이 없었다. 토행손은 그녀가 마음을 돌릴 기미가 보이자 더욱 가까이 다가가서 말했다.

"생각해보시오, 당신은 아름답기 그지없는 규수이고 나는 협룡산의 제자이니 둘의 신분이 별로 차이가 나지 않소. 어찌하면 오늘 당신과 합방하여 부부가 될 수 있겠소?"

그러면서 그가 억지로 옷을 벗기려 하자 등선옥은 자기도 모르게 얼굴이 빨갛게 달아올라 손으로 막으며 말했다.

"기왕 이리 되었다 해도 억지로 하면 되나요? 내일 제가 아버님께 말씀드려서 다시 혼례를 올려도 늦지 않을 거예요."

토행손은 이미 욕정을 억누를 수 없게 되었는지라 얼른 다가가 그녀를 꽉 끌어안았다. 그런데 등선옥이 필사적으로 저항하자 이렇게 말했다.

"오늘 같은 길일에 왜 굳이 거부하는 거요?"

그러면서 한 손으로 그녀의 옷을 벗기려 드니 등선옥이 두 손으로 그를 밀치는 바람에 둘은 한 덩어리가 되어 쓰러졌다. 등선옥은 결국 여자의 몸이니 어찌 그를 이길 수 있었겠는가? 얼마 지나지 않아서 그녀는 만면에 땀을 흘리고 숨을 헐떡이며 손발에 힘이 쭉 빠져버렸다. 토행손은 그 틈에 그녀의 옷 속으로 오른손을 쑥 집어넣었고 등선옥이 손으로 막으려고 했지만 허리띠가 뚝 끊어져버려 속옷을 붙잡은 두 손의 힘이 갈수록 약해졌다. 토행손이 그녀를 덥석 끌어안으니 따스한 향기를 풍기는 옥체가 품에 안기면서 향긋한 입술과 볼이 가볍게 눌렸다. 등선옥은 너무나 부끄러워서 얼굴을 이리저리 흔들다가 피할 수 없게 되자 눈물을 펑펑 흘리며 말했다.

"이렇게 억지로 덤비시면 죽어도 허락하지 않겠어요!"

하지만 토행손이 어디 놓아주려 했겠는가? 그는 그녀를 단단히 누르고 한참 동안 또 실랑이를 벌였다. 그래도 그녀가 끝내 고분고분해지지 않자 토행손이 말했다.

"정 이러면 나도 더 이상 강요하지 않겠소. 하지만 내일 당신 아버님을 뵙고 나서 혼사를 물리자고 하여 믿음을 잃지 않을까 걱정이오."

그러자 그녀가 다급히 말했다.

"저는 이미 당신의 몸인데 어찌 혼사를 물리시겠어요? 저를 아끼신다면 제발 제 아버님을 뵙고 허락받을 때까지 제 정절을 지킬 수

있게 해주셔요. 제가 변심한다면 틀림없이 비참한 죽음을 맞이하게
될 거예요."

"그러면 일어나시오."

토행손은 한 손으로 가볍게 그녀의 목을 안고 진심으로 놓아줄
것처럼 살며시 부축해 일으켰다. 그녀가 안심하고 일어나 한 손을
들어 그의 손을 치우려는 순간 토행손이 재빨리 그녀의 허리춤에
두 손을 집어넣고 꽉 끌어안아버렸다. 그러자 허리띠가 느슨해져
속옷이 아래로 흘러내려버렸는데 등선옥은 "아차!" 하면서 손을 내
려 막으려 했지만 이미 토행손의 두 어깨가 그녀의 겨드랑이를 막
고 있었다. 그녀는 발버둥을 치다가 이내 체념했다.

"너무하시는군요! 이미 부부 사이라고 인정했는데 왜 속이셨
어요?"

"이러지 않으면 당신이 계속 반항할 게 빤하잖소?"

등선옥은 부끄러운 표정으로 말없이 눈을 감은 채 그가 옷을 벗
기는 대로 맡겨두는 수밖에 없었다. 둘이 부둥켜안고 이불 속으로
들어가자 등선옥이 말했다.

"저는 규방에서만 자라서 운우지정에 대해서는 전혀 모르니 이
해하시고 살살 해주셔요."

"당신의 아름다운 모습을 오래전부터 연모해왔는데 어떻게 함부
로 다루겠소?"

그야말로 비취 이불 속에서 해당화 같은 앵혈鶯血을 시험하고 원
앙 베개 위에 계화桂花 꽃향기 가득 풍기는 격이었다. 그들은 서로
따스하고 부드럽게 배려하며 사랑하는 마음으로 인간 세상의 지극

한 쾌락을 즐겼다. 후세 사람이 그들 두 사람의 아름다운 혼인을 성사시킨 강상의 오묘한 계책을 노래한 시가 있다.

강상의 신기묘산
원대한 계획 틀림없구나.
평생의 아름다운 일 오늘에야 이루어졌으니
월하노인이 부부의 인연 정한다는 게 헛소리가 아니로다!

妙算神機説子牙　運籌帷幄更無差
百年好事今朝合　莫把紅絲孟浪誇

어쨌든 토행손과 등선옥이 부부가 되고 하룻밤이 지났다. 이튿날 두 사람이 일어나 세수를 마치고 나자 토행손이 말했다.

"함께 대전으로 가서 강 승상과 사부님께 감사의 절을 올립시다."

"당연히 그래야지요. 하지만 어제 패전하여 퇴각하신 제 아버님은 어디에 계실까요? 아비와 딸이 각기 다른 나라를 섬길 수는 없잖아요? 부디 승상께 이런 뜻을 잘 말씀드려서 부녀 모두가 온전해질 수 있도록 방도를 마련하게 해주셔요."

"옳은 말씀이오, 대전에 가면 꼭 그 말씀을 드리겠소."

그 말이 끝나기도 전에 강상이 대전에 나와 장수들로부터 인사를 받았다. 토행손은 등선옥과 함께 앞으로 나아가 감사의 인사를 올렸다. 그러자 강상이 말했다.

"등선옥, 그대는 이제 주나라의 신하가 되었다. 하지만 그대의 아비는 아직 굴복하지 않고 있으니 군대를 보내 소탕하고 싶은데 혈육으로서 그대는 어떻게 처리하면 좋겠다고 생각하는가?"

그러자 토행손이 앞으로 나와서 말했다.

"이 사람도 조금 전에 제게 그 이야기를 했사온데 부디 사숙께서 측은지심을 발휘하여 양쪽 모두에게 이로운 계책을 마련해주시옵소서. 이 은혜를 잊지 않겠사옵니다."

"그야 어렵지 않네, 자네 안사람이 진심으로 이 나라를 위한다면 아비를 설득하여 주나라에 귀의하도록 하면 될 테니 말일세. 그런데 자네 안사람이 나설 마음이 있는지 모르겠구먼."

그러자 등선옥이 나와서 무릎을 꿇고 말했다.

"승상, 저는 이미 주나라에 귀의했으니 어찌 감히 딴마음을 품겠사옵니까? 그렇지 않아도 제가 아침 일찍 아버님을 찾아가 투항하시라고 설득할 생각이었으나 승상께서 제 진심을 믿어주시지 않고 의심하실까 염려스러웠나이다. 승상께서 허락하신다면 수고스럽게 무기를 쓰지 않더라도 제 아버님은 자연히 주나라의 신하가 될 것이옵니다."

"나는 절대 자네가 변심하리라 의심하지 않네. 다만 자네 부친이 거부하여 문제가 생길까 걱정스러울 뿐일세. 어쨌든 자네가 다녀오겠다고 하니 내가 수행할 장교를 붙여주겠네."

이에 등선옥은 강상에게 절을 올리고 나서 병사를 이끌고 성을 나가 기산을 향했다.

한편 패잔병들을 수습해 영채를 차리고 하룻밤을 지낸 등구공은 이튿날 중군 막사에 나갔다. 그러자 그의 아들 등수와 태란, 조승,

손염홍이 시립했다.

"내가 병력을 지휘한 이래로 이처럼 큰 치욕을 당한 적은 없다. 게다가 딸마저 생사를 모르게 되었으니 울타리에 뿔이 걸린 양처럼 진퇴양난의 지경에 빠졌구나. 이를 어쩌면 좋을꼬?"

그러자 태란이 말했다.

"조정에 사람을 보내 급히 구원병을 보내달라고 하고 그사이에 아가씨의 행방을 찾아보시는 게 좋을 듯합니다."

등구공이 머뭇거리고 있을 때 수하의 보고가 올라왔다.

"아가씨께서 일단의 병력을 이끌고 주나라 깃발을 앞세운 채 원문 앞에 와 계시옵니다."

태란 등이 깜짝 놀라 어쩔 줄 몰라 하자 등구공이 말했다.

"이리 데려오너라."

수하들이 원문을 열어주자 등선옥은 말에서 내려 중군 막사로 들어가 무릎을 꿇었다. 등구공은 황급히 딸을 일으켜 세워 물었다.

"애야, 왜 이러느냐?"

그러자 등선옥이 눈물을 흘리며 말했다.

"차마 말씀드리기 어렵습니다."

"무슨 억울한 일이 있었는지 일어나서 이야기해봐라."

"규방의 어린 딸인 저는 아버님의 실언 때문에 신세를 망치고 말았습니다. 아버님께서 난데없이 저를 토행손에게 시집보내겠다고 강상을 끌어들이신 바람에 이런 일이 일어나고 말았습니다. 저는 억지로 끌려가서 혼인을 강요당했으니 이제는 후회해도 늦고 말았습니다!"

등구공은 그 말에 혼비백산 놀라서 한참 동안 아무 말도 못했다. 그러자 등선옥이 다시 말했다.

"저는 이미 토행손의 아내가 되었는데 아버님께 닥칠 재앙을 구하기 위해 말씀드리러 오지 않을 수 없었습니다. 지금 주왕이 무도하여 천하가 무너지고 천하의 삼분의 이가 주나라에 귀의했으니 하늘의 뜻과 백성의 마음은 점을 쳐보지 않아도 알 수 있습니다. 심지어 문 태사와 마씨 집안의 네 장수, 십주삼도의 신선들도 모두 죽었으니 어느 쪽이 하늘의 뜻을 따르고 어느 쪽이 거스르는지 자명합니다. 지금 제가 불효를 저질러 서기에 귀순했지만 아버님께 이해득실을 말씀드리지 않을 수 없습니다. 아버님께서 사랑하는 딸을 함부로 적국에게 시집보내기로 허락하셔서 강상이 직접 우리 영채로 와서 혼례를 치르려고 했습니다. 아버님께서는 그분을 꾀어내려는 계책이었다고 하시겠지만 그것을 누가 믿겠습니까! 게다가 아버님께서는 패전하여 나라를 욕되게 하셨으니 상나라로 돌아가시면 처형당하실 게 빤하지 않습니까? 저는 아버님의 분부대로 시집간 것이니 사적으로 눈이 맞아 일을 저지른 것이 아닌지라 아버님께서도 제 잘못을 나무라시지 못하실 겁니다. 제 말씀을 따라 주나라에 귀의하시면 사악한 것을 버리고 올바른 곳으로 귀의한 것이요, 현명한 군주를 골라 벼슬살이를 해야 한다는 도리에 맞는 일입니다. 그뿐 아니라 혈육이 모두 안전할 것이니 그야말로 어둠을 버리고 밝은 곳으로 가서 천리를 거스르는 폭군을 버리고 천명에 순응하는 현명한 군주를 모시는 일이 아니겠습니까? 그러면 세상 사람들 모두가 기뻐할 것입니다."

등구공은 딸의 말이 지극히 타당하다고 여기고 혼자 생각에 잠겼다.

'기를 쓰고 병력을 움직인들 중과부적이요 철군하여 돌아가자니 의심을 살 게 빤하지 않은가?'

한참 후에 그가 입을 열었다.

"얘야, 내가 사랑하는 딸을 어찌 버릴 수 있겠느냐? 다만 하늘의 뜻이 그러하다 해도 내가 서기성으로 가서 강상에게 무릎을 꿇는 것은 수치스러운 일이니 이를 어쩌면 좋겠느냐?"

"어려울 게 뭐가 있겠습니까? 강상은 아랫사람에게도 공손하며 절대 거만하게 굴지 않습니다. 아버님께서 정말 주나라에 투항하신다면 제가 미리 이야기해서 강상이 영접하게 해놓겠습니다."

이에 등구공은 그녀를 먼저 보내고 곧 장수들을 이끌고 주나라에 귀순하기 위해 출발했다.

그 무렵 강상은 등선옥이 돌아와 자초지종을 이야기하자 무척 기뻐하며 수하들에게 대오를 갖추어 성 밖으로 나가 등구공을 영접하라고 분부했다. 수하들이 의장을 갖추고 일 리 남짓한 곳까지 나가니 등구공이 이끄는 병력이 벌써 도착해 있었다. 이에 강상이 앞으로 나아가 인사했다.

"사령관, 어서 오십시오!"

등구공은 말에 탄 채 허리를 숙여 예를 표하며 말했다.

"재주도 모자라고 지혜도 천박한 제가 질책받는 것은 당연합니다. 이제 주나라에 투항하고자 하오니 부디 제 죄를 용서해주십시오."

이에 강상이 황급히 사불상을 몰고 앞으로 나아가 등구공의 손과 고삐를 한꺼번에 잡으며 말했다.

"이제 장군께서 하늘의 뜻을 제대로 아시고 어둠을 버리고 밝은 곳에 투신하셨으니 우리 모두 한 나라의 신하가 아닙니까? 그런데 어찌 피차를 나누겠습니까? 게다가 따님께서 저희 천교의 사질과 부부가 되었으니 제가 어찌 감히 장군을 기만하겠습니까?"

그 말에 등구공은 감격을 금치 못했다. 두 사람은 나란히 강상의 저택으로 가서 은안전에 융숭한 잔치를 열어 여러 장수들과 축하주를 마시고 침소로 들어가 쉬었다. 그리고 이튿날 함께 입궁하여 무왕을 알현했다.

한편 등구공이 주나라에 귀의하고 적국의 장수를 사위로 들였다는 소식을 들은 사수관의 사령관 한영은 황급히 조가로 전령을 보냈다. 전령의 보고를 받은 상대부 장겸張謙은 황급히 내궁으로 달려 들어가 적성루에 있는 주왕을 찾아갔고 수하의 보고를 받은 주왕은 그를 적성루 위로 불렀다. 그러자 장겸이 올라와 절을 올렸다.

"부르지도 않았는데 무슨 일이오? 상주하실 일이 있다면 여기서 결재하겠소이다."

장겸이 엎드려 아뢰었다.

"지금 사수관의 사령관 한영에게서 보고가 올라왔는데 감히 숨기지 못하겠나이다. 이에 황상의 노여움을 사서 목숨을 잃는 한이 있더라도 사실대로 아뢰고자 하옵니다."

"대체 한영이 무슨 보고를 올렸다는 것이오? 당장 가져오시오!"

장겸이 황급히 주왕 앞에 놓인 탁자에 문서를 펼쳐놓자 주왕은 그것을 다 읽기도 전에 버럭 고함을 질렀다.

"짐이 그렇게 많은 은혜를 베풀었건만 등구공이 주나라에 투항하다니 이런 고얀 경우가 있나! 여봐라, 당장 어전회의를 소집해라. 기필코 이 역적들을 붙잡아 한을 풀고 말겠다!"

장겸은 어쩔 수 없이 물러나서 천자가 대전에 나오기를 기다려야 했다. 잠시 후 아홉 칸 대전에서 종과 북이 울리자 문무백관들이 일제히 달려와 대기했고 곧이어 공작 병풍이 열리더니 주왕이 대전에 나와 용상에 앉아 어명을 내렸다.

"문무백관들을 들라 하라!"

이에 문무백관들이 어전으로 나아가 엎드리자 주왕이 말했다.

"등구공이 어명을 받고 서쪽 땅을 정벌하러 갔다가 역적을 토벌하지도 못했을 뿐만 아니라 오히려 제 딸년을 적국에 시집보내고 역적에게 투항했다고 하니 그 죄를 도저히 용서할 수 없노라. 그 역적의 가솔을 모조리 잡아들임은 물론 반드시 그놈을 잡아서 국법을 바로 세워야 할 것이다. 이를 이행할 좋은 방책은 무엇인가?"

그 말이 끝나기도 전에 간대부 비렴飛廉°이 반열에서 나와 아뢰었다.

"제가 보기에 서기가 예법을 어기고 저항하는 것은 결코 용서하지 못할 죄이옵니다. 하오나 그곳을 정벌하는 장수가 승리를 거두면 즉시 조정에 보고하겠지만 패전하게 되면 처벌이 두려워 주나라에 투항해버리니 승전보를 들을 날이 요원하옵니다. 제 생각에는 반드시 폐하의 가까운 혈육으로 하여금 정벌에 나서도록 해야만 그런 염려가 없을 것이옵니다. 그런 분이라면 나라와 운명을 함께할 것이니 당연히 승전보를 전해올 것이옵니다."

"군주와 신하는 아비와 자식과도 같은 관계인데 어찌 피차를 나눌 수 있다는 것이오?"

"제가 보증하옵건대 서기를 정벌하는 일은 반드시 기주후 소호에게 맡겨야 할 듯하옵니다. 그분은 폐하의 인척이시고 제후의 수장이시니 모든 일에 최선을 다하지 않겠사옵니까?"

그 말을 들은 주왕은 무척 기뻐했다.

"아주 지당하오!"

그리고 즉시 군정사의 관리로 하여금 황색 깃발 장식[黃旄]과 은 도끼[白鉞]를 준비하게 하고 사신을 통해 조서와 함께 그것을 가지고 기주로 출발하게 했다. 이제 승부가 어찌 되는지는 다음 회를 보시라.

기주후 소호, 서기를 정벌하다
冀州侯蘇護伐西岐

소호가 주나라에 귀의할 생각 품으니

주왕의 강산은 풍랑에 흔들리는 듯했지.

붉은 해는 이미 산 너머로 저물고

떨어진 꽃잎 부질없이 물길 따라 동으로 흘러갔지.

마음은 오래전부터 현명한 군주에게 투신하고 싶었지만

세상 형국 뒤집어져 험한 파도에 흔들리는 배와 같았지.

황실 인척과 가까운 신하 모두 흩어져도

외고집의 주왕은 여전히 화려한 누각에 누워 있었지.

蘇侯有意欲歸周　紂王江山似浪浮

紅日已隨山後卸　落花空逐水東流

人情久欲投明聖　世局翻爲急浪舟

貴戚親臣皆已散　獨夫猶自臥紅樓

그러니까 천자의 사신이 조가를 떠나 기주로 가는 데는 별다른 일이 없어서 이튿날 기주의 관역에 도착해 하룻밤을 묵었다. 다음 날 소호의 궁에 통보하자 소호는 즉시 관역으로 나와 어명을 받고 향을 살라 절을 올린 후 사신이 조서를 펼쳐 읽었으니 그 내용은 이러했다.

들자하니 토벌의 명령은 천자에게서 나오고 궁궐 바깥의 일은 실질적으로 사령관이 맡는다고 했노라. 공훈을 세워 천하를 안정시키는 일은 모두 신하로서 마땅히 해야 할 본분인 것이다. 지금 서기의 희발이 무도한 행위를 자행하며 천자의 군대에 대항하니 참으로 괘씸하도다! 이에 기주후 소호에게 명하노니 대군을 통솔하여 그곳을 정벌하고 반드시 수괴를 사로잡아 재앙을 없애주기 바라노라. 개선하여 승전보를 올리면 봉토를 아끼지 않고 하사하여 공적을 치하할 것이니 최선을 다하기 바라노라.

이와 같이 명하노라!

사자가 조서를 다 읽자 소호는 속으로 무척 기뻐하며 그를 후하게 접대하고 여비를 두둑이 주면서 전송했다. 그리고 그는 천지신명께 절을 올렸다.

"이제야 제 억울함을 씻고 천하에 사죄할 수 있게 되었나이다!"

그리고 서둘러 뒤채에 술상을 마련하여 아들 소전충 및 부인과 함께 술을 마셨다.

"내가 불행히도 달기를 낳아 조가에 바쳤는데 누가 상상이나 했겠소? 이 못된 것이 부모의 가르침을 죄다 저버리고 무단히 못된 짓을 일삼으며 주왕을 미혹하여 못하는 짓이 없어 천하의 제후들이 모두 나를 미워하게 만들 줄이야! 지금 무왕의 어진 덕은 소문이 널리 퍼져 천하의 삼분의 이가 주나라에 귀의했소. 뜻밖에 어리석은 군주가 오히려 나에게 정벌하라고 하여 내 평생의 소원을 이루게 해주는구려. 내일 온 가족을 데리고 서기로 가서 주나라에 투항하여 태평성대를 함께 누릴까 하오. 그런 다음 제후들을 회합하여 저 무도한 천자를 토벌함으로써 이 소호가 더 이상 제후들에게 비웃음 당하지 않고 후세의 비난을 받지 않게 만들겠소. 이 또한 대장부로서 해야 할 도리를 다하는 것이 아니겠소?"

그러자 부인이 무척 기뻐하며 거들었다.

"지당하신 말씀입니다. 저희 모자의 마음도 똑같습니다."

이튿날 대전에 북이 울리고 여러 장수들이 알현하자 소호가 말했다.

"천자께서 기주를 정벌하라는 칙령을 내리셨으니 모두 출정을 준비하라!"

"예!"

장수들은 십만 명의 병력을 선발하여 그날로 꿩 깃털을 장식한 보독번에 제사를 올리고 출정을 준비했다. 소호는 선봉장 조병과 손자우, 진광陳光, 오군구응사五軍救應使 정륜 등과 함께 그날 즉시 기주를 출발했으니 그 위용이 아주 엄청났다.

살기에 전장의 구름 피어나고

징과 꽹과리, 북이 또 울린다.

깃발은 상서로운 해를 가리고

창칼은 귀신도 놀라게 한다.

갑자기 오색 안개 일어나고

온 대지에 시름거운 구름 덮인다.

은빛 갑옷 비늘 반짝이고

화려하게 장식한 검은 활시위 맞춘다.

사람은 산을 떠난 호랑이 같고

말은 물에서 나온 용 같다.

투구는 찬란하게 빛나고

갑옷은 용의 비늘을 엮어놓은 듯하다.

기주의 경계 벗어나

서쪽 땅에 가서 영채를 차린다.

殺氣征雲起	金鑼鼓又鳴
幡幢遮瑞日	劍戟鬼神驚
平空生霧彩	遍地長愁雲
閃翻銀葉甲	撥轉皂雕弓
人似離山虎	馬如出水龍
頭盔生燦爛	鎧甲砌龍鱗
離了冀州界	西土去安營

소호의 군대가 여러 날을 행군하고 나서 정찰병이 보고했다.

"서기성 아래에 도착했사옵니다."

소호는 영채를 차리라고 명령하고 중군 막사에서 장수들의 알현을 받은 후 사령부의 깃발을 세웠다.

한편 자신의 저택에 있던 강상은 사방 제후들이 보낸 서찰을 받아보니 모두 무왕에게 주왕을 토벌하자고 청하는 내용이었다. 그때 갑자기 전령이 들어와서 보고했다.

"기주후 소호가 정벌군을 이끌고 왔사옵니다."

그러자 강상이 황비호에게 말했다.

"이 사람의 용병술이 뛰어나다는 것은 오래전부터 듣고 있었으니 황 장군도 분명 잘 아실 듯하오. 간단히 설명 좀 해주시구려."

"소호는 강직한 성격이라 아첨꾼에게 휘둘리는 줏대 없는 사람이 아니옵니다. 명분상으로야 황실의 인척이지만 주왕과 사이가 나빠서 그동안 줄곧 우리 주나라에 귀순하려 제게 자주 서신을 보내오곤 했사옵니다. 이 사람이 왔다면 틀림없이 귀순하러 온 것이니 더 이상 의심하실 필요는 없을 듯하옵니다."

그 말에 강상은 무척 기뻐했다. 과연 소호가 사흘 동안 싸움을 걸어오지 않자 황비호가 강상에게 말했다.

"소호가 병력을 주둔한 채 움직이지 않고 있으니 제가 나가서 상황을 알아보고 오겠사옵니다."

강상의 허락을 받은 황비호는 오색신우를 타고 병사들을 거느린 채 성 밖으로 나갔다. 그리고 한 발의 포성을 울리고 소호의 원문 앞으로 가서 소리쳤다.

"소후蘇侯, 드릴 말씀이 있소!"

정찰병의 보고를 받은 소호가 선봉장에게 나가서 일전을 벌여보라고 하자 조병이 말에 올라 방천극을 들고 달려 나갔다. 그는 황비호를 알아보고 말했다.

"황비호, 너는 황실 인척의 몸으로 나라의 은혜에 보답할 생각은 하지 않고 무단히 반역을 일으켜 재앙을 초래해 백성을 도탄에 빠뜨리고 여러 해 동안 정벌 전쟁이 끊이지 않게 만들었다. 이제 어명을 받들어 너를 잡으러 왔는데 당장 내려서 포박을 받지 않고 아직도 버티고 있느냐!"

그러면서 방천극을 휘두르자 황비호도 창을 들어 막으며 말했다.

"그냥 돌아가서 너희 사령관에게 나와보라고 해라. 내 나름대로 생각이 있다. 굳이 이렇게 힘자랑을 할 필요가 있느냐?"

"뭣이! 어명을 받고 나왔으니 너를 사로잡아 공을 세울 참인데 그따위 말로 버틸 수 있다고 생각하느냐?"

그러면서 다시 방천극을 내지르자 황비호가 버럭 화를 냈다.

"가소로운 놈, 간덩이가 부었구나! 감히 내게 두 번이나 창을 내지르다니!"

황비호는 오색신우를 몰고 달려들어 창을 휘둘렀고 둘 사이에 격전이 벌어졌다.

두 장수 진영 앞에서 비할 데 없이 위세 부리며
소와 말을 몰아 생사를 결정지으려 했지.
이쪽이 창 휘두르면 귀신도 시름에 잠기고

저쪽은 방천극 내질러 적아를 나누었지.

왔다 갔다 기세가 멈추지 않고

둘 중 하나가 죽지 않으면 그만두지 않을 듯했지.

예전부터 모진 전투 예사롭지 않아서

바다 뒤흔들고 강물 끊어져도 끝이 없었지.

二將陣前勢無比　撥開牛馬定生死

這一個鋼槍搖動神鬼愁　那一個畫戟展開分彼此

一來一往勢無休　你生我死誰能已

從來惡戰不尋常　攪海斷江無底止

황비호가 스무 판쯤 맞붙은 끝에 조병을 사로잡아 강상에게 끌고
갔다.

"조병을 사로잡았으니 처분을 내려주시옵소서."

그러자 강상이 그를 끌고 오라고 했다. 그런데 병사들에게 끌려
온 조병이 대전 앞에서도 무릎을 꿇지 않고 뻣뻣이 서 있자 강상이
물었다.

"포로가 되었는데도 예를 갖추지 않는 것인가?"

"어명을 받들어 정벌하러 나와서 공을 세우기를 바랐지만 불행
히 포로가 되었으니 그저 죽으면 그만이다. 굳이 여러 말이 필요하
겠느냐!"

"여봐라, 이자를 옥에 가둬두도록 하라!"

한편 조병이 사로잡혔다는 소식을 들은 소호는 고개를 숙이고 아

무 말이 없었다. 그러자 옆에 있던 정륜이 말했다.

"주군, 황비호가 제 무력을 믿고 날뛰니 내일은 제가 그자를 사로 잡아 조가로 압송하여 도탄에 빠진 백성을 구제해야겠습니다."

이튿날 정륜은 화안금정수를 타고 항마저를 든 채 서기성 아래로 가서 싸움을 걸었다. 그러자 보고를 받은 강상이 황비호에게 나가 보라고 했다. 이에 황비호가 성을 나가보니 상대편 장수는 얼굴이 대추처럼 자줏빛이 나고 용모가 몹시 추악하며 화안금정수를 타고 있었다. 이를 묘사한 시가 있다.

빼어난 도술에 차림새도 특이한데
보배로운 항마저는 세상에 짝이 없지.
충성스럽고 의로운 마음 칭송할 만하지만
어리석은 군주가 주색에 빠져 있으니 어찌하랴?

道術精奇別樣粧　降魔寶杵世無雙
忠肝義膽堪稱誦　無奈昏君酒色荒

황비호가 그를 보고 소리쳤다.

"그대는 누구인가?"

"기주후 소호 휘하의 정륜이다. 역적 황비호, 너 때문에 여러 해 동안 정벌이 벌어져 백성이 재앙에 빠져 있다. 이제 천자의 군대가 왔는데도 일찌감치 무기를 버리고 죗값을 치르지 않고 무얼 하겠다 는 것이냐?"

"정륜, 돌아가서 소후에게 내가 할 말이 있으니 좀 나와보라고 해

라. 상황 파악을 못하고 덤비다가는 조병과 같이 몸이 상하는 재앙을 당하게 될 것이다!"

분기탱천한 정륜이 항마저를 휘두르며 달려들자 황비호도 창을 들어 막았다. 둘이 서른 판쯤 맞붙었을 때 정륜이 항마저를 휙 뿌렸고 그와 동시에 삼천 명의 오아병이 장사진을 이루어 달려들었다. 그때 정륜이 콧구멍에서 '팽!' 하는 소리와 함께 두 줄기 하얀 빛을 내쏘니 황비호는 그야말로 이런 꼴이 되어버렸다.

하얀 빛을 보자마자 세 개의 혼이 흩어지고
콧소리를 듣자마자 안장에서 떨어져버렸지.

見白光三魂卽散　聽聲響撞下鞍鞴

이내 오아병들이 우르르 달려들어 황비호의 몸에 갈고리를 걸고 갑옷을 벗기더니 오랏줄로 꽁꽁 묶어버렸다. 그제야 눈을 뜬 황비호는 고개를 주억거리며 말했다.

"마치 무슨 꿈을 꾸듯이 사로잡혀버렸구나. 도저히 승복할 수 없어!"

정륜은 승전고를 울리며 돌아가 소호에게 보고했다.

"역적 황비호를 사로잡아 원문 앞에 두었사옵니다."

잠시 후 장교들에게 끌려 들어온 황비호가 말했다.

"오늘 요사한 술법에 걸려 포로가 되었으니 죽음으로 나라의 은혜에 보답하게 해주시오."

"목을 베어야 마땅하지만 일단 옥에 가둬두어라. 조가로 압송하

기주후 소호, 서기를 정벌하다.

여 천자께서 처결하시도록 하겠다."

이렇게 해서 황비호는 뒤쪽 영채에 가둬졌다.

한편 정찰병의 보고를 받은 강상은 깜짝 놀랐다.

"아니, 어떻게 사로잡혔더냐?"

황비호를 지원하러 나간 장수가 대답했다.

"저쪽의 정륜이라는 장수가 교전하다가 갑자기 코에서 하얀 빛을 내뿜자 황 장군께서 그대로 낙마하여 사로잡혀버렸사옵니다."

그 말을 들은 강상은 몹시 기분이 나빴다.

"또 그놈의 좌도방문의 술법이로구먼!"

옆에 있던 황천화는 부친이 사로잡혔다는 소식을 듣고 정륜을 씹어 삼키지 못하는 것을 한스러워했다. 하지만 그날 밤은 별일 없이 지나갔다.

이튿날 황천화는 대전에 나가 자신이 출전하여 부친의 소식을 알아보겠다고 자청했다. 강상의 허락을 받은 그는 옥기린을 타고 성을 나가서 싸움을 걸었다. 곧이어 정찰병의 보고를 받은 소호가 물었다.

"누가 다녀오겠는가?"

이에 정륜이 나섰다.

"제가 다녀오겠사옵니다."

정륜은 화안금정수에 올라 포성을 울리며 진영 앞으로 나갔다. 그러자 황천화가 물었다.

"네가 정륜이냐? 무성왕을 사로잡은 자가 너냐? 꼼짝 말고 내 추를 받아라!"

황천화가 날린 추가 번쩍이는 유성처럼 '휙!' 바람 소리를 내며 날아오자 정륜은 다급히 항마저를 들어 맞섰다. 둘이 열 판쯤 맞붙었을 때 정륜은 황천화가 허리에 맨 띠를 보고 그가 도사라는 것을 눈치챘다.

'선수를 쓰지 않으면 오히려 내가 당하겠구나!'

그러면서 그가 항마저로 허공을 긋자 오아병들이 일제히 장사진을 이루어 달려들었다. 그 틈에 정륜이 종소리처럼 커다랗게 '팽!' 하는 소리를 내며 콧구멍에서 하얀 빛을 내뿜자 황천화는 그대로 낙마해버렸다. 이에 오아병들이 달려들어 황비호와 마찬가지로 묶어버렸고 황천화가 급히 눈을 떠보니 어느새 오랏줄에 묶여 있었다. 정륜은 그를 끌고 영채로 돌아가 소호에게 보고했다.

"황천화를 사로잡았사옵니다."

잠시 후 안으로 끌려 들어온 황천화는 눈을 사납게 부릅뜨고 위세를 드러내며 속세를 초월한 모습으로 무릎도 꿇지 않고 당당하게 서 있었다. 소호는 그 역시 옥에 가두라고 분부했다. 옥으로 끌려간 황천화는 황비호를 보고 소리쳤다.

"아버님, 우리 부자가 이렇게 요사한 술법에 걸려들어 사로잡히다니 도저히 승복할 수 없습니다!"

"그렇긴 해도 마땅히 나라의 은혜에 보답할 생각을 해야 한다."

한편 황천화마저 잡혀갔다는 소식을 들은 강상은 깜짝 놀랐다.

"황 장군의 이야기로는 소호가 주나라에 귀순할 마음이 있다고 했거늘 그들 부자를 사로잡을 줄이야!"

어쨌든 주나라의 두 장수를 사로잡은 정륜은 기세등등하게 이튿날 또 싸움을 걸었다. 정찰병의 보고를 받은 강상이 물었다.

"이번에는 누가 나서겠는가?"

그 말이 끝나기도 전에 토행손이 대답했다.

"제가 주나라에 귀의하고 나서 아직 공을 세우지 못했으니 나가서 저놈의 약점을 찾아보겠사옵니다."

강상의 허락을 받은 토행손이 저택을 나가자 등선옥이 나서서 강상에게 말했다.

"저희 모녀가 주나라의 은혜를 입었으니 당연히 제가 나가서 지원하겠사옵니다."

강상은 그것도 허락했다. 잠시 후 정륜이 보니 포성이 울리면서 성문이 열리더니 펄럭이는 깃발과 함께 여자 장수 하나가 나는 듯이 달려 나왔다.

이 여인 아리따운 미모 타고나서
한 줌 허리에 몸매도 날씬했지.
기산 아래에서 현명한 군주에게 귀순하여
아름다운 이름 역사에 길이 남겼지.

　　　　　　　　此女生來錦織成　腰肢一搦體輕盈

　　　　　　　　西岐山下歸明主　留得芳名照汗青

앞을 바라보고 있던 정륜의 눈에는 등선옥의 모습만 보일 뿐 키가 작은 토행손은 보이지 않았다. 그때 토행손이 소리쳤다.

"어이, 가소로운 놈아! 어딜 보고 있는 게냐?"

정륜이 내려다보니 난쟁이 하나가 서 있는지라 코웃음을 치며 말했다.

"허, 난쟁이 놈아! 너는 뭐하러 여기에 왔느냐?"

"승상의 명령을 받들어 너를 사로잡으러 왔다!"

"하하! 젖비린내도 가시지 않은 어린애 같은 꼴로 감히 그런 큰소리를 치다니 죽음을 자초하는구나!"

상대가 자신을 깔보며 모욕하자 토행손이 고함을 질렀다.

"가소로운 놈, 감히 나를 모욕하다니!"

그는 곧장 쇠몽둥이를 휘두르며 미끄러지듯이 달려가 화안금정수의 발굽을 후려쳤다. 깜짝 놀란 정륜이 황급히 항마저를 휘두르며 막으려 했지만 닿지 않았다. 정륜이 타고 있는 것은 높은 반면에 상대의 신장은 작아서 아래쪽을 향해 공격해야 했기 때문이다. 그렇게 몇 판을 맞붙고 나자 정륜은 온몸이 땀으로 범벅되어 실력을 발휘하기가 곤란했다. 이에 그가 항마저를 허공에 뿌리자 오아병들이 일제히 달려들었는데 그럼에도 토행손은 신경도 쓰지 않았다. 그러자 정륜은 다시 '팽!' 하고 콧구멍에서 하얀 빛을 뿜어냈고 이번에는 토행손이 넋이 나가 땅바닥에 털썩 쓰러지자 오아병들이 우르르 달려들어 그를 오랏줄로 묶어버렸다. 토행손은 눈을 떠보고 자신이 묶인 것을 발견하고는 피식 웃었다.

"허, 이거 정말 웃기는군!"

그 모습을 본 등선옥은 말을 몰아 달려들며 소리쳤다.

"같잖은 놈이 어디서 힘자랑을 하느냐!"

그녀가 칼을 내리치자 정륜도 항마저를 들어 맞섰다. 몇 판 맞붙지 않아서 등선옥이 고삐를 돌려 달아났는데 정륜은 그녀를 뒤쫓지 않았다. 그러자 등선옥이 칼을 걸어놓고 오광석을 꺼내더니 안장에 비스듬히 앉아서 내던졌다. 그야말로 이런 격이었다.

예로부터 암기는 사람을 잘 해쳤으며
자고로 아낙이 더욱 지독하지!

從來暗器最傷人　自古婦人爲更毒

정륜은 "어이쿠!" 하는 비명과 함께 얼굴에 부상을 당해 영채로 달아났다. 그가 소호를 찾아가니 소호가 말했다.

"패전했구먼."

"난쟁이 하나를 잡아서 돌아오려는데 뜻밖에 어떤 여자 장수가 나타나서 싸움을 걸었사옵니다. 그런데 몇 판 맞붙지 않고 고삐를 돌려 달아나기에 저는 뒤쫓지 않았는데 그 여자가 돌을 던지기에 급히 피하려 했지만 얼굴에 부상을 당하고 말았사옵니다. 지금 그 난쟁이는 원문 앞에 끌어다놓았사옵니다."

잠시 후 병사들이 토행손을 끌고 들어오자 소호가 말했다.

"이런 장수는 뭐하러 잡아 왔는가? 끌고 나가서 목을 쳐버려라!"

그러자 토행손이 말했다.

"뭘 그리 서두르시오? 돌아가서 소식이라도 전해드리겠소이다."

"뭐라고? 허허, 이놈은 바보가 아닌가? 당장 끌고 나가서 목을 쳐버려라!"

"자꾸 이러시면 도망쳐버릴 거요!"

그러자 모두들 폭소를 터뜨렸으니 그야말로 이런 격이었다.

신선에게 전수받은 비결 참으로 오묘하여

바람 맞아 언뜻 몸 흔드니 어느새 종적이 사라졌지.

仙家祕授眞奇妙　迎風一晃影無蹤

모두들 그것을 보고 깜짝 놀라 황급히 막사로 가서 보고했다.

"나리, 조금 전에 그 난쟁이를 원문 밖으로 끌고 나갔는데 그자가 몸을 한번 꿈틀하는가 싶더니 어느새 사라져버렸사옵니다."

"허! 서기에는 빼어난 이들이 정말 많구나. 이러니 여러 차례 정벌하고도 전멸당하고 말았던 것이지."

소호가 연신 탄식하자 곁에 있던 정륜이 이를 갈며 스스로 단약을 갈아 상처에 붙이고 등선옥에게 복수할 기회가 오기만을 기다렸다.

이튿날 정륜이 다시 찾아와 싸움을 걸면서 어제의 그 여자 장수를 내보내라고 요구했다. 이에 등선옥이 출전하려 하자 강상이 만류했다.

"안 되네, 그자가 이번에는 틀림없이 무슨 속셈을 품고 있을 걸세."

그러자 나타가 나섰다.

"제가 나가보겠사옵니다."

강상이 허락하자 나타는 풍화륜을 타고 성 밖으로 나가 소리쳤다.

"네가 정륜이냐?"

"그렇다!"

그 말을 듣고 나타는 더 이상 말을 섞지 않고 다짜고짜 공격하기 시작했다. 정륜이 급히 항마저를 들어 맞서니 둘 사이에 엄청난 격전이 벌어졌다.

나타가 소를 삼킬 듯 화를 내니

정륜은 두 눈에 모진 성격 드러냈지.

화첨창은 구름과 안개를 뿌려대고

항마저는 빠르고 조밀하게 위력을 발휘했지.

이쪽은 온 마음을 다해 주나라 왕 보필하려 하고

저쪽은 주왕의 근심을 나눠 가지려 했지.

두 장수가 기주에서 격전을 벌이니

강이 들끓고 산이 뒤집어져 귀신도 시름에 잠겼지.

哪吒怒發氣吞牛　鄭倫惡性展雙眸

火尖槍擺噴雲霧　寶杵施開轉捷稠

這一個傾心輔佐周王駕　那一個有意能分紂王憂

二將大戰西岐地　江沸山翻神鬼愁

나타가 먼저 공격하자 화가 치민 정륜은 곧 항마저를 휘둘렀다. 그러자 갈고리와 오랏줄을 든 오아병들이 장사진을 이루었으니 그것을 본 나타는 속으로 무척 다급해했다. 이에 정륜이 그를 향해 '팽!' 하는 소리와 함께 콧구멍에서 하얀 빛을 번쩍 내쏘았는데 혼백이 없는 나타가 그것에 당할 리 없었다. 정륜은 술법이 먹히지 않자 깜짝 놀랐다.

'사부님이 전수해주신 이 비법은 언제나 틀림없었는데 오늘은 왜 먹히지 않지?'

정륜은 다시 콧구멍에서 하얀 빛을 번쩍 내쏘았다. 그러나 나타는 이미 한 번 겪어온 일이라 신경조차 쓰지 않았다. 다급해신 성륜이 세 번째 빛을 내쏘자 나타가 코웃음을 쳤다.

"흥! 가소로운 놈! 무슨 병에 걸렸기에 자꾸 그렇게 쿵쿵대는 것이냐?"

화가 머리끝까지 치민 정륜은 항마저를 정신없이 휘둘렀고 그렇게 다시 서른 판쯤 맞붙었을 때 나타가 건곤권을 공중에 던지자 그것은 그대로 정륜의 등짝을 후려쳐버렸다. 그 바람에 등뼈가 부러진 정륜은 낙마할 뻔한 위기를 간신히 넘기고 패주했다. 나타는 승리를 거두고 돌아가 강상에게 그를 물리친 과정을 자세히 설명했고 강상은 무척 기뻐하며 나타의 공적을 기록했다.

한편 패전하고 돌아온 정륜이 소호를 찾아가자 소호는 제대로 서 있지도 못하는 그를 위로했다.

"여보게, 이런 상황을 보아하니 천명이 어디에 있는지 알 만한데 왜 그리 억지를 부리는가! 듣자하니 천하의 제후들이 모두 주나라에 귀의하여 무도한 천자를 토벌하려고 한다더구먼. 문 태사가 하늘의 마음을 돌려보려다가 모두 도륙당하고 백성만 고생하게 만들었지. 지금은 내가 칙명을 받들어 정벌을 나왔지만 자네가 공을 세운 것도 잠깐의 요행에 지나지 않았네. 그런데 이제 이렇게 중상을 입은 자네 모습을 보니 내 마음이 너무나 안쓰럽구먼. 내 비록 사령관이고 자네는 부장이지만 사실 자네는 내 손발과 같다네. 지금 천하가 어지러워 전쟁이 끊이지 않으니 이는 바로 나라의 불길한 징조일세. 이러니 백성의 마음과 하늘의 뜻이 어디에 있는지 알 수 있지. 옛날에 요 임금이 붕어하시자 그분의 아들 단주가 못나서 천하는 그를 버리고 순 임금에게 귀의했고 또 순 임금의 아들 상균商均이 못나서 천하는 그를 버리고 우 임금에게 귀의했네. 지금 세상이 이렇게 어지러우니 어디가 참이고 어디가 거짓인지 알 수 있지 않은가? 예로부터 하늘의 운수는 순환하지 않은 적이 없네. 지금 천자가 덕을 잃어 포악한 짓을 일삼으며 윤리강상을 어지럽힘으로써 천하가 분열하고 무너져서 분위기가 암울해진 것도 모두 하늘의 뜻일세. 보아하니 자네가 이렇게 중상을 입은 것도 하늘이 우리를 경계하여 일깨우려는 뜻인 듯하네. '하늘을 따르면 창성하고 거역하면 망한다'라는 격언을 생각하니 차라리 주나라에 귀의하여 태평성대를 함께 누리며 무도한 천자를 토벌하는 것이 나을 듯하네. 이것이 바로 하늘과 백성의 뜻이라는 것은 점을 쳐보지 않더라도 알 수 있지 않은가? 자네 생각은 어떤가?"

그 말을 들은 정륜은 정색하며 소리쳤다.

"주군, 그것은 잘못된 말씀이옵니다! 천하의 제후들이 주나라에 귀의했다고는 하나 주군께서는 다른 제후들과 달리 황실의 인척이시니 흥망성쇠를 나라와 함께하셔야 하지 않겠사옵니까? 주군께서는 지금 주왕의 막대한 은혜를 입어 황후마마께서 폐하의 총애를 받고 계시온데 이렇게 하루아침에 나라를 등져버리는 것은 의롭지 못한 행위이옵니다. 또한 나라가 위기에 처한 지금 은혜에 보답할 생각은 하지 않고 역적에게 귀순하려 하시는 것은 어질지 못한 처사이옵니다. 저는 주군을 위해서라도 절대 그렇게 하지 못하겠나이다! 나라를 위해 목숨을 바쳐 군주에게 보답하는 길이라면 저는 이 한 몸 죽는다 한들 아깝지 않사옵니다. 오히려 이것이 군주에게 충성을 다하려는 제 소원을 이루는 길이니 다른 것을 저는 모르겠나이다!"

"옳은 말이긴 하네만 '훌륭한 새는 나무를 가려서 둥지를 틀고 현명한 신하는 군주를 골라서 벼슬살이를 한다'라는 옛말도 있지 않은가? 옛사람 가운데 그것을 행하고도 훌륭한 명성을 손상시키지 않은 이가 있으니 바로 이윤이 그런 분이 아닌가? 무성왕의 지위까지 오른 황비호도 지금의 천자가 덕을 잃고 하늘의 뜻을 어그러뜨려 민심이 이반되는 것을 보았기 때문에 주왕을 버리고 주나라에 귀의한 것이 아닌가? 또 등구공은 무왕과 강상이 어진 덕을 행하는 것을 보고 주나라가 반드시 창성할 것이고 그에 비해 무도한 주왕은 반드시 망하게 될 것임을 알았기에 역시 주왕을 버리고 주나라를 따른 것일세. 그러니 사람은 상황을 잘 살펴 시세에 따라야 현명한 것이네. 잘못된 생각에 집착하여 나중에 후회하는 일이 없도록 하게나."

"주군께서는 이미 마음을 굳히신 듯하온데 저는 절대 역적에게 순종하고 싶지 않사옵니다. 그러니 설령 귀순하시더라도 제가 죽고 난 다음에 하시옵소서. 제 충심은 절대 변하지 않을 것이옵니다. 설사 제 목이 잘리는 한이 있더라도 제 마음을 더럽힐 수 없사옵니다!"

그는 그대로 자기 막사로 돌아가서 상처를 치유했다.

중군 막사에서 돌아온 소호는 한참 생각하다가 소전충에게 뒤쪽 막사에 술상을 차리라고 분부하고 일경 무렵이 되자 뒤쪽 영채에 갇힌 황비호 부자를 석방해서 모셔 오라고 했다. 그리고 황비호가 도착하자 절을 올리며 사죄했다.

"저는 오래전부터 주나라에 귀의할 마음을 품고 있었습니다."

황비호는 황급히 답례했다.

"이렇게 다시 살 수 있도록 큰 은덕을 베풀어주셔서 감사합니다. 저도 소후께서 주나라에 귀의하시기를 간절히 바라고 있었기에 오셨다는 소식을 듣고 혹시나 하는 마음으로 사정을 알아보려고 했습니다. 그런데 뜻밖에 정륜에게 사로잡히는 바람에 주군의 명령을 욕되게 하고 말았습니다. 이제 이렇게 살 길을 열어주셨으니 못난 저희 부자는 무슨 분부든 목숨을 바쳐 따르겠습니다."

"저는 오래전부터 주나라에 귀의하고 싶었지만 마땅한 기회가 없었습니다. 그러다가 이제 마침 칙명을 받고 정벌을 나오게 된지라 이 기회에 귀순하고 싶었습니다. 하지만 제 부장인 정륜이 한사코 고집을 부리며 동조하지 않고 있습니다. 제가 고대의 역사를 들어 설득해보려 했지만 도무지 고집을 꺾지 않기에 이렇게 술자리를 마련하여 전하와 공자님을 모시고 제 심사를 말씀드리니 무례를 범한 죄를 씻고 싶습니다."

"귀순하실 생각이시면 속히 시행하십시오. 정륜이 계속 방해한다면 계책을 써서 그자를 제거하면 되지 않겠습니까? 대장부라면 마땅히 먼저 공을 세우고 현명한 군주를 함께 모셔 역사에 이름을 남겨야지 소인배들의 속 좁은 충성심이나 아량 따위에 연연해서야 되겠습니까?"

그렇게 술을 마시다가 삼경이 되자 소호가 자리에서 일어나며 말했다.

"전하, 공자님과 함께 뒤쪽 양곡이 드나드는 문으로 나가십시오. 그리고 돌아가서서 승상을 뵈면 저의 이런 마음을 그분께 꼭 선해 주십시오."

황비호 부자는 그의 전송을 받고 돌아가 성문을 두드렸다. 문지기는 비록 무성왕이라는 이야기를 들었지만 깊은 밤중이라 감히 함부로 문을 열지 못하고 강상에게 보고했다. 강상은 서둘러 성문을 열고 그를 들여보내라고 하고 잠시 후 황비호가 저택을 찾아오자 그에게 물었다.

"황 장군, 간악한 술법에 걸려 사로잡혔다고 들었는데 어떻게 이 깊은 밤중에 돌아오실 수 있었소이까?"

황비호는 소호와 있었던 일을 자세히 설명하며 이렇게 덧붙였다.

"정륜이 고집을 피우는 바람에 마음대로 하지 못하고 있다고 하는데 이틀 정도 지나면 그분이 알아서 방법을 마련할 것이옵니다."

한편 소호는 소전충과 주나라에 귀순할 방법을 의논했다. 소전충이 말했다.

"강상에게 서신을 보내 정륜이 부상당한 사실을 알리고 이 틈에 공격해서 그를 사로잡으라고 하시는 게 좋을 것 같습니다. 그가 귀

순을 하든 거부하든 간에 강 승상에게 알아서 처리하라고 하고 저
희 부자는 일찌감치 주나라에 귀순하는 것이 후환을 없애는 길이
아니겠습니까?"

"괜찮은 생각이기는 하다만 정륜은 훌륭한 사람이니 잘 보살펴
함께 귀순해야 하지 않겠느냐?"

"어쨌든 목숨을 잃지만 않게 해주면 되지 않겠습니까?"

"그게 좋겠구나, 내일 당장 시행하도록 하자."

그들 부자는 이렇게 결정하고 날이 밝기를 기다렸다.

소호는 주나라에 귀순할 마음 있었지만

부하 장수가 투항하려 하지 않으니 어쩌랴?

다만 강상이 이 재앙을 겪어야 할 운명이라

서기성에 끝없이 전염병이 나돌았지.

蘇侯有意欲歸周　怎奈門官不肯投

只是子牙該有厄　西岐傳染病無休

한편 나타에게 어깨와 등을 다친 정륜은 단약으로 치료해보았지
만 낫지 않자 밤새 비명을 지르며 고생하느라 심신이 불편했다.

'주군마저 주나라에 귀순할 마음을 품고 계시니 당장이라도 내
충심을 다해 나라의 은혜에 보답하지 못하는 것이 안타까울 뿐이구
나! 모든 일이 마음대로 되지 않으니 이를 어쩌면 좋을꼬!'

이튿날 소호가 중군 막사로 나가서 계책을 실행하려고 준비하는
데 갑자기 원문의 수문장이 들어와서 보고했다.

"눈이 세 개에 붉은 도포를 입은 웬 도사가 찾아왔사옵니다."

소호는 도교 출신이 아니어서 특별히 도사에 대한 존경심이 없었기에 건성으로 대답했다.

"안으로 들여라!"

수하가 나가서 도사를 데리고 들어가려고 하자 그 도사는 소호의 태도가 공손하지 못하다고 생각하고 기분이 불쾌해졌다. 하지만 들어가지 않으면 신공표의 분부를 어기는 죄를 저지르는 셈이라 고민스러웠다.

'일단 들어가서 어떻게 나오는지 보자.'

그가 어쩔 수 없이 화를 참으며 중군 막사로 들어가자 소호는 그가 무슨 일로 찾아왔는지 영문을 몰라 했다. 그때 도사가 머리를 조아려 절하며 말했다.

"처음 뵙겠소이다."

소호는 답례하며 물었다.

"도사님, 무슨 가르침을 주려고 오셨습니까?"

"장군께서 서기성을 함락하고 역적을 사로잡아 천자께 압송하는 일을 도와드리려고 왔소이다."

"어디서 오신 분인지요?"

"바다의 섬에서 왔는데 간단하게 시로 설명해드리겠소이다."

그러면서 그가 이렇게 읊조렸다.

약수를 건너올 때도 배가 필요 없고
천하를 두루 돌아다니니 오묘한 끝이 없다.

양신이 구멍을 빠져나오면 남들이 보기 어렵고
수호°를 끌고 오니 일이 더욱 현묘해진다.
구룡도에서 내단을 수련한 것은
절교 제자들 가운데 내가 제일 먼저 시작했지.
내 이름이 무엇이냐고?
여악呂嶽의 명성 천하에 퍼졌다네.

弱水行來不用船　週遊天下妙無端

陽神出竅人難見　水虎牽來事更玄

九龍島內經修煉　截敎門中我最先

若問衲子名和姓　呂嶽聲名四海傳

이어서 도사가 소호에게 말했다.

"저는 구룡도 성명산聲名山에서 수련한 여악이라고 하는데 신공표의 부탁을 받고 장군을 도우러 왔소이다. 그러니 의심하지 마시구려."

소호가 허리를 숙여 예를 표하며 자리를 권하자 여악은 사양하지 않고 앉았다. 그때 정륜의 비명 소리가 들려왔다.

"아이고, 너무 아프구나!"

그러자 여악이 물었다.

"누가 이렇게 비명을 지르는 것인지요?"

소호는 속으로 생각했다.

'정륜을 데리고 나와서 이 작자를 놀라게 해줘야겠구나.'

"오군대장군 정륜입니다. 서기의 장수에게 부상당해 저렇게 비명을 지르고 있지요."

"이리 좀 데리고 나오시구려. 제가 살펴보겠소이다."

수하들이 정륜을 부축해 나오자 여악이 살펴보더니 웃으며 말했다.

"건곤권에 맞은 상처로구먼. 걱정 마시게, 내가 치료해주겠네."

그는 표범 가죽 자루에서 호리병을 꺼내 단약 한 알을 쏟더니 물에 개어 상처에 발라주었다. 그러자 정륜의 상처는 마치 감로수가 가슴을 적시듯 시원하게 나았다. 그야말로 이런 격이었다.

맹호에게 또 날개가 생겼나니
교룡이 예전처럼 바다에서 나왔구나!

猛虎又生變脅翅　蛟龍依舊海中來

정륜은 상처가 말끔히 낫자 여악을 스승으로 모셨다. 그러자 여악이 말했다.

"네가 나를 스승으로 모셨으니 공을 세우도록 도와주마."

그리고 그들은 막사 안에서 서기성을 공격할 방안에 대해 논의했다. 그러자 소호가 탄식했다.

'막 계책을 시행하려던 참인데 또 도사가 나타나 방해하다니 정말 안타깝구나!'

한편 정륜은 여악이 출전하지 않자 앞으로 나아가 말했다.

"사부님, 기왕 상나라를 도와주시기로 하셨으니 저는 무엇이든 사부님 분부대로 따르겠습니다. 그나저나 이제 전장에서 강상을 만날 때가 되지 않았습니까?"

"아직 네 명의 제자가 오지 않았다. 그 아이들이 오면 틀림없이 네가 서기성을 함락하도록 도와줄 게야."

며칠 후 네 명의 도사가 원문을 찾아와서 물었다.

"여악이라는 도사님이 안에 계시는가? 제자들이 찾아왔다고 말씀 전해주시게."

보고를 받은 여악이 말했다.

"제자들이 왔구먼."

정륜은 그들을 데려오라는 분부를 받고 원문에 나가보니 얼굴색이 각기 파랗고, 노랗고, 빨갛고, 검은 네 사람이 서 있었다. 그들은 상투를 틀거나 도건道巾을 두른 채 승려의 차림새를 하고 각기 파랗고, 노랗고, 빨갛고, 검은 옷을 입고 있었다. 신장은 모두 한 길 예닐곱 자쯤 되며 행동거지가 호랑이나 승냥이 같고 눈빛이 이글거리는 것이 매우 흉험해 보였다. 정륜은 허리를 숙여 예를 표하며 말했다.

"사부님께서 모셔 오라고 하셨습니다."

네 도사는 중군 막사로 가서 여악에게 절을 올리고 양쪽으로 늘어섰다. 그러자 여악이 물었다.

"왜 늦었느냐?"

개중에 파란 옷을 입은 이가 대답했다.

"공격에 쓸 물건을 만드느라 시간이 걸렸사옵니다."

여악은 네 제자들에게 말했다.

"이쪽은 새로 거둔 제자 정륜이다. 너희들과는 사형제가 되겠구나."

이에 정륜은 다시 그들 넷과 인사를 나누고 허리를 숙여 예를 표하며 물었다.

"네 분 사형께서는 성함이 어찌 되시는지요?"

그러자 여악이 한 명씩 가리키며 말했다.

"이 아이는 주신周信, 이 아이는 이기李奇, 이 아이는 주천린朱天麟 그리고 이 아이는 양문휘楊文輝라고 한다."

정륜은 통성명을 하고 술상을 차려 그들을 접대하며 이경까지 술을 마시고 자리를 파했다.

이튿날 중군 막사에 나온 소호는 또 네 명의 도사가 와 있는 것을 보고 기분이 몹시 불쾌했다. 그때 여악이 말했다.

"너희 넷 가운데 누가 오늘 서기성에 한번 다녀올 테냐?"

그러자 개중에 한 명이 나섰는데 여악의 허락을 받은 그 도사는 자신의 도술을 믿고 용기백배하여 영채를 걸어 나가 서기성으로 가서 싸움을 걸었다. 자, 이제 길흉이 어찌 되는지는 다음 회를 보시라.

제58회

강상, 서기성에서 여악을 만나다
子牙西岐逢呂嶽

온갖 전염병으로 몇 번의 재앙 닥쳤던가?

강상은 틀림없이 재능이 특출했지.

사직 보좌하며 기반을 열었고

백성 보호하여 재앙에서 벗어나게 해주었지.

재앙의 운수 오가니 귀신도 통곡하고

수시로 전쟁 일어나 병사와 백성 애달팠지.

언제나 태평성대 만나

상서로운 기운 제왕의 누대에 자욱할까?

疫痛瘟瘴幾遍災　子牙端是有奇才

匡扶社稷開基域　保護黔黎脫禍胎

劫運往來鬼神哭　兵戈時至士民哀

何年得遇清平日　祥靄氤氳萬歲臺

그러니까 주신이 칼을 들고 성 아래에 가서 싸움을 걸자 강상의 저택에 보고가 올라갔다. 며칠 동안 전투가 없다가 갑자기 찾아와 싸움을 건다는 소식을 들은 강상은 분명 또 무슨 도사가 왔으려니 생각했다.

"누가 다녀오겠는가?"

그러자 금타가 허리를 숙이며 말했다.

"제가 다녀오겠사옵니다."

강상의 허락을 받고 성을 나온 금타가 상대를 바라보니 그야말로 흉악하기 그지없는 몰골이었다.

주사처럼 붉은 머리카락과 푸르뎅뎅한 얼굴
위아래로 삐져나온 송곳니와 금빛으로 번쩍이는 눈
푸른 도포 걸치고 기세도 흉험한데
삼실로 엮은 신에서는 구름과 안개 피어난다.
들고 있는 보검에서는 번갯불이 번쩍이고
가슴에 품은 오묘한 비결은 귀신도 통곡할 지경
전염병 퍼뜨리는 사자 주나라에 강림하니
바로 동방 갑을 목木°이지.

髮似硃砂臉帶綠　獠牙上下金精目
道袍靑色勢猙獰　足下麻鞋雲霧簇
手提寶劍電光生　胸藏妙訣神鬼哭
行瘟使者降西岐　正是東方甲乙木

그를 보고 금타가 물었다.

"그대는 어디서 온 도사인가?"

"구룡도에서 수련한 주신이다. 너희가 곤륜산의 도술을 믿고 우리 절교를 멸망시키려 한다고 하니 참으로 괘씸하구나! 오늘 내가 하산했으니 반드시 자웅을 결하고 말겠다!"

그러면서 그가 성큼 달려들어 칼을 휘두르자 금타도 얼른 칼을 들어 맞섰다. 그런데 몇 판 맞붙지 않았을 때 갑자기 주신이 몸을 돌려 달아나니 금타가 급히 뒤쫓았다. 그때 주신이 도포를 열어 경쇠[磬]를 하나 꺼내 들고 돌아서 금타를 향해 연신 서너 번 두드렸는데 그러자 금타는 머리를 두어 번 흔들더니 즉시 얼굴이 누렇게 변해서 성 안으로 도주해 강상의 저택으로 돌아가 비명을 질렀다.

"아이고, 머리가 너무 아프구나!"

강상이 어찌 된 영문인지 묻자 금타가 주신과 있었던 일을 자세히 설명했다. 그러자 강상은 아무 말이 없었다. 금타는 밤낮으로 비명을 질러댔다.

이튿날 또 한 명의 도사가 찾아와서 싸움을 건다는 보고가 올라왔다.

"이번에는 누가 다녀오겠는가?"

그러자 목타가 출전을 자원했다. 강상의 허락을 받은 목타가 성을 나가보니 두 개의 상투를 틀고 연노란색 옷을 입은 채 보름달처럼 둥근 얼굴에 세 가닥 기다란 수염을 기른 이가 보였다.

보름달 같은 얼굴에 진주 같은 눈동자

연노랑 도포에는 꽃과 새를 수놓았다.

허리띠 위아래로 상서로운 기운 날리고

배 속의 현묘한 능력 바다처럼 깊었지.

오행의 도술 무엇이든 잘하고

콩을 뿌려 병사 만들면 모두가 정예병이지.

태兌의 빙위에서 전염병 일으키는 사자로서

바로 서방 경신 금金에 해당하지.

面如滿月眼如珠　淡黃袍服繡花禽

絲縧上下飄瑞彩　腹內玄機海樣深

五行道術般般會　灑豆成兵件件精

兌地行瘟號使者　正屬西方庚辛金

목타가 그를 보고 고함을 질렀다.

"너는 누구냐? 감히 좌도방문의 사악한 술법으로 우리 사형을 두통에 시달리게 한 자가 바로 너였더냐?"

"아니다, 그건 내 사형인 주신이고 나는 여악 사부님의 제자 이기다."

"흥! 그래 봐야 모두 좌도방문의 못된 무리가 아니더냐!"

목타가 성큼 달려들어 칼을 내리치자 이기도 칼을 휘두르며 맞섰다. 둘은 이리저리 칼을 맞부딪치며 자웅을 결하려고 했으니 한쪽은 육신을 지닌 채 신선이 된 목타로서 엄청난 위세를 떨쳤고 다른 한쪽은 전염병을 주관하는 온부瘟部에서도 사납기로 유명한 악살惡煞로서 흉험한 기세를 드러냈다. 그렇게 대여섯 판 치고받고 나서 이기가 갑자기 도주하자 목타도 바짝 뒤쫓아 화살 하나가 날아갈 거리만큼 따라갔다. 그때 이기가 깃발을 하나 꺼내서 손에 들고 목타를 향해 연달아 몇 번 휘두르자 목타는 갑자기 오한이 들어 더 이상 쫓아가지 못했다. 이기는 목타를 아랑곳하지 않고 그대로 소호의 영채로 돌아가버렸고 목타는 얼굴이 백짓장으로 변해서 온몸에 열이 펄펄 끓고 가슴속을 기름으로 지지는 듯하여 도포를 풀어 헤치고 알몸으로 강상을 찾아가 소리쳤다.

"큰일 났사옵니다!"

"아니, 왜 그런 몰골로 돌아왔는가?"

목타는 아무런 대답도 못하고 그대로 땅바닥에 쓰러져버렸다. 그의 입에서는 하얀 거품이 흘러나오고 온몸은 시뻘겋게 달아오른 숯덩이 같았다. 강상은 목타를 뒤쪽 영채로 데려가게 한 다음 지원하러 나간 장수에게 물었다.

"목타가 왜 저런 꼴로 돌아왔는가?"

장수가 자신이 본 대로 설명했으나 강상은 도무지 영문을 알 수 없었다.

'또 좌도방문의 술법이로구나!'

그는 가슴이 더욱 답답해졌다.

한편 이기가 돌아오자 여악이 물었다.

"오늘은 누가 나왔더냐?"

"목타가 나왔기에 제가 깃발을 휘둘렀더니 영락없이 먹혀들어 승리하고 돌아왔사옵니다."

그 말에 여악은 기분이 좋아져서 노래를 불렀다.

과연 도교의 비결이라
공부를 수련하면
화로 안에서 선악을 가르고
불길 안에서 삼재를 나누지.
음양으로 좌우를 정하니
부적은 정말 훌륭하구나!
신선이라도 이 술법에 당하면
죽음의 재앙 면하기 어렵지!

不負玄門訣　工夫修煉來

爐中分好歹　火內辨三才

陰陽定左右　符印最奇哉

仙人逢此術　難免殺身災

여악이 노래를 마치자 정륜이 옆에서 말했다.

"사부님, 이틀 동안 공을 세웠지만 적장을 사로잡지는 못했사옵니다. 조금 전에 사부님께서 부르는 노래를 들어보니 아주 훌륭하고 즐거우니 그 안에 분명 오묘한 뜻이 담겨 있는 듯하옵니다. 좀 자세히 설명해주시옵소서."

"너는 내 제자들이 사용하는 도구에 얼마나 현묘한 공부가 담겨 있는지 모르겠지. 그것들을 조금이라도 움직이면 상대는 필히 목숨을 잃게 되는데 굳이 칼을 들고 죽일 필요가 있겠느냐?"

그 말에 정륜은 감탄해 마지않았다.

이튿날 여악이 주천린에게 분부했다.

"오늘은 네가 한번 다녀오도록 해라. 그래야 하산한 보람이 있을 게 아니냐?"

이에 주천린은 보검을 들고 서기성 아래로 가서 고함을 질렀다.

"주나라에 실력 있는 자가 있거든 나와라, 나와 한번 붙어보자!"

정찰병의 보고를 받은 강상이 눈살을 찌푸리며 좌우를 돌아보고 물었다.

"누가 다녀오겠는가?"

이에 뇌진자가 나서자 강상이 허락했다. 뇌진자가 성 밖으로 나가보니 흉악하게 생긴 도사가 보였다.

두건 위에 비스듬히 백합 띠 날리는데
대추 같은 얼굴에 퉁방울 같은 눈
붉은 옷은 불길을 뿜는 듯하고
삼실로 엮은 신은 수정 같구나.
허리띠는 음양에 맞춰 매듭 묶었고
보검 휘두르면 귀신도 놀라겠구나.
전염병 퍼뜨리는 온부에서 이궁에 자리하니
바로 남방 병정 화火에 따른 것이지!

巾上斜飄百合纓　面如紫棗眼如鈴
身穿紅服如噴火　足下麻鞋似水晶
絲縧結就陰陽扣　寶劍揮開神鬼驚
行瘟部內居離位　正按南方丙丁火

뇌진자가 그를 보고 고함을 질렀다.

"이 요사한 것! 대체 무슨 사악한 술법으로 내 도우 두 명을 곤경에 빠뜨렸느냐?"

"하하! 제 나름대로 성깔 좀 있다고 그런 큰소리를 치느냐? 누가 너를 무서워하겠느냐? 너도 나를 잘 모르는 모양인데 내가 바로 구룡도의 주천린이다. 너도 이름을 밝혀라, 이름도 모르는 놈이랑 싸울 수는 없는 노릇이 아니냐?"

"하하! 하찮은 필부 놈이 무슨 술법을 쓸 줄 안다는 게냐?"

뇌진자가 풍뢰시를 펼치고 공중으로 날아올라 주천린의 머리를 향해 황금 몽둥이를 내리치자 주천린도 황급히 칼을 들고 막았다. 둘이 몇 판 맞붙지 않았을 때 주천린은 공중에서 내리치는 황금 몽둥이를 도저히 감당할 수 없어서 도망쳤고 뇌진자가 막 뒤쫓으려 하자 다시 칼을 들어 뇌진자를 가리켰다. 그 순간 뇌진자는 풍뢰시를 펄럭일 힘을 잃고 털썩 떨어져서 그대로 성 안으로 도망쳐버렸다. 그가 강상의 저택에 도착하자 강상이 사태가 심상치 않다고 여기고 황급히 자리에서 일어나 물었다.

"어쩌다 그리 됐는가?"

뇌진자는 아무 말도 못하고 그저 고개만 내젓더니 그대로 땅바닥에 쓰러져버렸다. 강상은 자세히 살펴보았지만 도무지 이유를 알 수 없어서 마음이 울적해져 그를 뒤채로 옮겨 요양하게 했다.

한편 주천린이 돌아와서 뇌진자를 물리친 이야기를 들려주자 여악은 무척 기뻐했다.

이튿날 양문휘가 가서 싸움을 걸었다. 보고를 들은 강상은 마음

속으로 주저하며 결정을 내리지 못했다.

'매일 다른 도사가 나타나다니 설마 이번에도 열 개의 진을 설치한 때와 비슷한 상황이 벌어지고 있는 것인가?'

강상이 생각에 잠겨 있을 때 용수호가 출전을 자원했다. 강상의 허락을 받은 용수호가 성 밖으로 나가보니 얼굴은 자초紫草 같고 머리카락은 강철 같은데 어미금관을 쓰고 붉은 도복을 입은 도사가 나는 듯이 달려왔다.

머리에 쓴 황금 모자에는 물고기 꼬리 문양 장식했고
얼굴은 자초 같은데 눈동자는 붉게 빛난다.
오색 허리띠 연환의 매듭으로 묶었고
보검 내리치면 천지의 골수도 쪼갤 듯하다.
짚신 신고 비스듬히 구름과 안개 밟으니
가슴속에 품은 비결 아름답기도 하지.
봉신대에 그 이름 있나니
바로 감궁 임계 수水에 따른 것이지!

頭上金冠排魚尾　面如紫草眼光煒
絲繰彩結扣連環　寶劍砍開天地髓
草履斜登雲霧生　胸藏秘訣多文斐
封神臺上有他名　正按坎宮壬癸水

용수호가 그를 보고 고함을 질렀다.

"너는 누구냐?"

양문휘는 용수호의 괴상망측한 모습을 보고 깜짝 놀라서 되물었다.

"그러는 너는 누구냐? 이름을 밝혀라!"

"나는 강상 사부님의 제자 용수호다."

이에 양문휘가 버럭 화를 내며 칼을 휘두르자 용수호가 다짜고짜 손을 뻗어 돌멩이를 내쏘았다. 오래 싸우면 불리하겠다고 생각한 양문휘는 얼른 몸을 돌려 달아났고 용수호도 즉시 뒤쫓았다. 그것을 본 양문휘가 채찍을 하나 꺼내서 휘젓자 용수호는 갑자기 성으로 뛰어가면서 돌을 내쏘았는데 그가 곧장 강상의 저택까지 달려와 은안전으로 치고 들어오는 것을 보고 강상이 다급히 장수들에게 명령했다.

"당장 붙잡아라!"

장수들은 즉시 갈고리로 용수호를 걸어 쓰러뜨리고 오랏줄로 묶었다. 용수호는 입에 게거품을 물고 멍하니 하늘만 쳐다보며 아무 소리도 내지 못했다. 그러자 강상은 어찌할 바를 몰랐다. 사실 그들 네 명은 전염병을 관장하는 온부의 사자들이었다. 첫 번째로 나온 주신은 동방사자로 그가 쓴 도구는 두통경頭痛磬이고, 두 번째로 나온 이기는 서방사자로 발조번發躁幡을 썼으며, 세 번째로 나온 주천린은 남방사자로 혼미검昏迷劍을 썼다. 그리고 네 번째로 나온 양문휘는 북방사자로 산황편散　鞭을 썼다. 이들 네 사자가 강상의 제자들을 만났으니 강상에게는 또다시 재난이 닥친 것이었다. 하지만 그가 어찌 알았겠는가? 강상은 양전에게 말했다.

"사부님께서 말씀하시기를 서른여섯 방향에서 주나라를 공격할 것이라고 하셨는데 따져보니 지금까지 서른 번의 공격이 있었구먼. 이제 또 이런 도사들이 나타나서 나의 네 제자가 곤경에 처해 비명을 질러대니 너무나도 안쓰럽네. 이를 어쩌면 좋겠는가?"

그렇게 상의하고 있는데 갑자기 전령이 들어와서 보고했다.

"눈이 세 개 달린 도사가 찾아와서 승상님께 나오라고 소리치고 있사옵니다."

그러자 나타와 양전이 말했다.

"닷새 동안 연이어 전투가 벌어졌는데 매일 새로운 도사가 찾아오다니 대체 저쪽 진영에는 절교의 제자가 몇 명이나 있는 거지? 어쨌든 사숙께서 그자를 만나보면 자세한 내막을 알 수 있을 거야."

그때 강상이 군령을 내렸다.

"성을 나가도록 대오를 정비하라!"

잠시 후 포성과 함께 성문이 활짝 열리면서 주나라를 일으켜 주왕을 멸망시킬 영웅들이 좌우로 늘어서고 옥허궁의 제자들이 앞뒤로 자리를 맞추어 도열했다. 여악이 지켜보고 있노라니 과연 강상의 군대는 다른 부대와 달리 질서가 엄정했으니 그야말로 이런 모습이었다.

과연 규율이 엄정하게 나뉘어 있으니
왕년의 강력했던 풍후에 못지않구나!

果然紀律分嚴整　不亞當年風后強

한편 강상은 노란 깃발 아래에 있는 도사를 살펴보았는데 그는 붉은 도포를 입고 푸르뎅뎅한 얼굴에 머리카락은 주사처럼 붉으며 세 개의 눈을 부릅뜬 채 금빛 눈동자를 가진 낙타를 타고 손에는 보검을 들고 있었다. 그 도사가 소리쳤다.

"그대가 강상인가?"

"그렇소, 그대는 어디서 오신 분이오? 무슨 생각으로 이곳에 와서 내 제자들에게 곤욕을 안기는 것이오? 지금은 주왕이 무도하고 주나라는 어진 덕으로 흥성하고 있음을 천하가 다 알고 있소. 예로부터 민심은 진정한 군주에게 귀의하는 법인데 그대는 어찌하여 이렇게 억지로 되돌리려 하는 것이오? '하늘을 따르면 살아남고 거스르면 망한다'라는 속담도 있지 않소? 이제 우리 주나라의 기산에서는 봉황이 울었고 곳곳에서 영웅이 나오고 있음은 점을 쳐보지 않아도 알 수 있는 일이거늘 그대가 어찌 하늘을 거슬러 마음대로 행동할 수 있겠소이까! 게다가 그대 또한 도교에서 오랫동안 수련한 몸인데 봉신방은 바로 세 교파의 성인들께서 주관한 일이지 내 개인적으로 행하는 일이 아님을 어찌 모르시오? 지금 내가 옥허궁의 명령에 따라 진정한 군주를 보좌하고 있는 것은 오로지 천지의 재난을 완결지어 기운의 흐름을 바꾸는 사명을 다하기 위한 것이오. 지금까지 그대가 몇 차례 승리를 거두었다고는 하지만 그것은 잠시의 요행일 뿐. 막상 재난의 운수가 닥치면 자연히 그대의 술법을 깰 존재가 나타날 것이오. 도형, 그러니 너무 능력만 믿고 우환을 자초하지 마시기 바라오!"

"나는 구룡도에서 수련한 여악이라고 하오. 그대들이 천교의 제자들임을 믿고 우리 절교를 무시했기 때문에 나의 네 제자로 하여

강상, 서기성에서 여악을 만나다.

금 우리 절교의 능력에 대해 조금이나마 알게 해준 것이오. 오늘은
그대와 자웅을 겨루기 위해 찾아왔소. 그대가 죽을 날이 가까워졌
으니 나중에 후회나 하지 마시오. 일단 내 도에 대해 들어보시오."

그러면서 그가 이렇게 읊었다.

절교 문중에서 내가 제일 신배이니
현묘함 속의 오묘한 비결 허다하게 이야기했지.
오행의 도술은 일상적인 일이요
안개 몰고 구름 위로 오르는 일도 그저 하찮은 일일 뿐.
배 속에서 음양의 용과 호랑이를
한곳에 붙잡아두니 저절로 조화를 이루었지.
단련을 통해 순양건건체 이룩하고
구전환단으로 수명 늘렸지.
세상 끝을 두루 정신으로 노닐며 그야말로 자유자재
대라천도 마음대로 느긋하게 거닐었지.
이제 서기 땅에 강림했으니
일찌감치 무기를 버리고 징벌을 면하도록 하라!

截教門中我最先　玄中妙訣許多言

五行道術尋常事　駕霧騰雲只等閑

腹內離龍幷坎虎　捉來一處自熬煎

煉就純陽乾健體　九轉還丹把壽延

八極神遊眞自在　逍遙任意大羅天

今日降臨西岐地　早早投戈免罪愆

그러자 강상이 웃으며 말했다.

"허허! 말씀하신 것을 들어보니 기껏해야 아미산의 조공명이나 삼선도의 운소와 경소, 벽소와 같은 도를 터득한 것 같은데 그들도 모두 하루아침에 허사가 되어버렸소이다. 아무래도 그대가 여기에 오신 것은 죽음의 재앙을 자초하는 것에 지나지 않는 듯하오."

"뭐라고? 강상, 네가 무슨 재간이 있기에 그런 악담을 하느냐?"

그때 여악이 금빛 눈동자를 가진 낙타를 몰고 달려들며 칼을 휘두르자 강상도 얼른 칼을 들어 맞섰다. 그때 곁에 있던 양전이 말을 몰고 달려 나가 칼을 휘두르며 소리쳤다.

"사숙, 제가 맡겠사옵니다!"

양전이 다짜고짜 칼을 내리치자 여악도 칼을 들어 맞섰다. 이에 나타가 풍화륜을 타고 화첨창을 휘두르며 거들었고 진세의 깃발을 지키고 있던 황천화는 그 모습을 보고 속에서 치미는 화를 참지 못했다.

'소후가 우리 부자를 놓아주어 돌아왔다고 하지만 설마 우리가 저놈들보다 못하랴! 그저 공을 세우면 그뿐 다른 건 생각할 필요도 없지!'

그러면서 그도 옥기린을 몰고 달려가 여악을 단단히 포위해버렸다.

한편 저쪽에서 지켜보고 있던 정륜은 황천화가 달려 나오는 것을 보고 "아니!" 하면서 놀라서 하마터면 안장에서 떨어질 뻔했다.

"허! 주왕을 위해 적장을 사로잡는 공을 세웠건만 알고 보니 주군께서 주나라에 귀순할 마음이 있어서 황비호 부자를 놓아줘버렸구나!"

정륜은 이번에 다시 사로잡으면 다른 생각을 못하도록 즉시 죽여버려야겠다고 작심했다. 그는 즉시 화안금정수를 몰고 달려가며 소리쳤다.

"황천화, 내가 왔다!"

황천화 역시 원수를 발견하고는 옥기린의 고삐를 돌려 두 개의 추를 휘두르며 정륜과 격전을 벌였다. 그 모습을 본 나타는 황천화를 염려하여 황급히 풍화륜을 돌려서 화첨창으로 정륜의 가슴을 찌르며 소리쳤다.

"황 공자, 이놈은 내가 상대할 테니 어서 여악을 사로잡으시오!"

나타의 건곤권에 호되게 당한 경험이 있는 정륜은 속으로 그를 무척 두려워하고 있었기 때문에 마음대로 싸우지 못하고 그가 또 건곤권을 날릴까 봐 조심했다.

한편 양전이 칼을 휘둘러 여악을 붙들어두고 황천화가 협공하여 토행손까지 빈철로 된 몽둥이를 휘두르자 강상은 더욱 힘이 났다. 등선옥도 원문에서 전장을 내려다보고 있었으니 주나라 장수들이 가세한 것을 본 여악은 몸을 흔들어 삼백육십 개의 골절을 비틀더니 순식간에 머리가 셋에 팔이 여섯 개 달린 모습을 드러냈다. 여섯 개의 손에는 각기 형천인形天印과 온역종瘟疫鐘, 형온번形瘟幡, 지온 검止瘟劍을 들고 이리저리 휘두르며 시퍼런 얼굴과 날카로운 송곳니를 드러냈다. 그 모습을 본 강상은 속으로 겁이 났는데 강상의 표정을 읽은 양전은 얼른 사정권 밖으로 벗어나 금모동자에게 금환金 丸을 가져오라고 했다. 그리고 시위를 한껏 당겨 쏘니 그것은 그대로 여악의 어깨에 명중했다. 황천화는 옥기린의 고삐를 돌려 멀찍이 물러나더니 화룡표를 날려 여악의 정강이에 꽂아버렸다. 여악이 부상당하자 강상은 타신편을 공중에 던졌고 그것은 '짝!' 하는 소리와 함께 정확히 여악의 몸을 강타해버렸다. 그 바람에 금빛 눈동자의 낙타에서 떨어진 여악은 재빨리 흙의 장막을 이용해 도주했다. 여악이 패주하는 것을 보고 당황한 정륜은 나타의 창에 어깨 뒤쪽이 찔려 하마터면 화안금정수에서 떨어질 뻔했으나 간신히 도망쳐 자기 편 원문으로 들어갔다. 강상은 그를 뒤쫓지 않고 징을 울려 병력을 거둬들였다.

한편 소호 부자는 여악이 패전하여 중상을 입고 정륜 또한 중상을 입은 모습을 원문에서 지켜보며 속으로 무척 기뻐했다.

'이 못난 작자는 이런 꼴을 당해야 마땅하지!'

영채로 돌아와서 중군 막사에 있는 자리에 앉은 여악은 타신편에 맞은 효과로 칠공에서 삼매진화가 뿜어져 나왔다. 그러자 그의 네 제자가 다가와서 위로했다.

"사부님, 오늘은 뜻밖에 저들에게 당하셨군요."

"괜찮다, 내 나름대로 방법이 있다."

그는 호리병 안에서 단약을 꺼내 먹더니 다시 코웃음을 치며 말했다.

"흥! 강상, 잠시 승리를 거두었다고 너무 좋아하지 마라. 성 안의 모든 목숨이 멸절되는 재앙을 네놈이 피할 수 있을 줄 아느냐!"

그는 정륜의 상처에도 약을 발라 치료해주었다. 그리고 일경이 되자 네 제자를 불러 각자에게 전염병이 담긴 호리병을 하나씩 건네주면서 오형둔五形遁°의 술법으로 서기성에 잠입하게 했다. 그리고 자신도 금빛 눈동자의 낙타를 타고 함께 가서 전염병을 퍼뜨리는 약을 손에 들고 성의 동서남북에 고루 뿌리고 나서 삼경이 되어서야 돌아왔다.

물론 서기성 안의 사람들은 그런 약이 우물이며 샘, 하천에 모두 뿌려진 사실을 꿈에도 몰랐다. 사람들이 살아가는 데에는 물과 불이 가장 시급하게 필요한 것인지라 이 물을 마신 귀족이며 평민, 천자°와 문무백관, 선비들까지 온 성의 사람들이 재앙을 당해야 했다. 이틀도 지나지 않아서 성 안에서는 밥 짓는 연기가 모조리 사라졌고 거리에 다니는 이들이 없었으며 왕궁 안에도 인기척이 없이 그저 고통을 호소하는 비명 소리만 들릴 뿐이었다. 강상의 저택에서도 사정은 마찬가지였다. 개중에 이 재앙을 당하지 않은 이는 둘뿐이었으니 연꽃의 화신인 나타와 현묘한 변신술을 가진 양전이었다. 하지만 그들도 성 안의 모습을 보고 당황하기는 매한가지였으니 나타는 왕궁에서 무왕을 간호하고 양전은 강상의 저택에서 강상을 간호했다. 그들은 또 수시로 성의 수비도 점검해야 했기에 둘이 상의했다.

"성 안에 우리 둘만 무사한데 여악이 공격해 오면 어쩐단 말인가?"

양전이 말했다.

"그래도 걱정할 필요 없네. 무왕은 성스럽고 현명한 군주라서 크나큰 복을 타고나셨고 사숙은 이런 고초를 겪어야 할 운명이니 틀림없이 어느 고명한 분이 와서 도와주실 걸세."

한편 약을 뿌리고 돌아온 여악은 이튿날 중군 막사에서 소호 등에게 말했다.

"오늘 나는 여러분과 함께 공을 세울 것이외다. 활이나 화살을 쓰지 않고도 엿새나 이레 정도면 서기성 안의 모든 살아 있는 것이 멸절될 것이니 여러분은 금방 개선가를 부르며 돌아갈 수 있고 나도 하산한 보람이 있을 것이외다."

그러자 정륜이 말했다.

"며칠 동안 계속해서 성 위에 사람이 보이지 않습니다."

"그 안에 사는 사람들이 엄청난 재앙을 만났으니 얼마 후면 모두 죽을 게야."

"서기성 안의 백성들이 모두 재난을 당했다면 일단의 병력을 동원해 성 안으로 치고 들어가서 아예 뿌리를 제거해야 하지 않겠사옵니까?"

"그것도 괜찮지."

정륜은 기꺼운 마음으로 소호의 승인을 받은 다음 일단의 병력을 이끌고 영채를 나섰다.

한편 양전과 함께 성 위에서 그 모습을 지켜보고 있던 나타는 당황하여 양전에게 물었다.

"적이 쳐들어오는데 우리 둘이 어떻게 저 많은 병력을 막아내지?"

"걱정 마시게, 내 나름대로 물리칠 방법이 있네."

양전은 황급히 흙과 풀을 한 줌씩 집어서 공중에 뿌리며 소리쳤다.

"어서!"

그러자 성 위에 엄청난 체구의 사내들이 나타나 이리저리 오가며 무예를 선보이기 시작했다. 정륜이 고개를 들어 살펴보니 성 위의 병력이 이전과는 달라서 감히 공격하지 못했다.

양전의 신기묘술 너무나 빼어나

여악은 부질없이 심기만 허비했구나.

무왕의 크나큰 복이 천지를 포괄하니

강상이 재난당할 때 맞춰 나타나리라.

楊戩神機妙術奇　　呂嶽空自費心機

武王洪福包天地　　應合姜公遇難時

정륜은 어쩔 수 없이 돌아가서 여악에게 성 위에 수비하는 병력이 많다는 사실을 보고했다.

한편 양전은 이 술법의 효과가 당장의 시급한 상황을 모면할 임시방편에 지나지 않는다는 것을 잘 알고 있었다. 이 때문에 나타도 걱정하고 있는데 갑자기 공중에 학의 울음소리가 들려왔다. 알고 보니 황룡진인이 찾아온 것이었다. 그가 성 위에 내려오자 나타와 양전이 절을 올렸다.

"어서 오십시오."

"자네들 사부는 오셨는가?"

양전이 대답했다.

"안 오셨습니다."

황룡진인은 강상의 저택으로 가서 그의 상태를 살펴보고 다시 왕궁으로 가서 무왕의 상태를 살펴보았다. 그런 다음 궁에서 나와 성 위로 올라갔다. 그러자 잠시 후 옥정진인이 종지금광법을 써서 도착했다. 이에 황룡진인이 물었다.

"도형, 왜 이리 늦으셨소이까?"

"종지금광법을 써서 오는 바람에 그리 됐소이다. 지금 여악이 이곳에 이단의 술법을 써서 중생이 큰 재난을 겪고 있으니 당장 양전을 화운동火雲洞 삼성대사三聖大師께 보내 단약을 얻어 오게 해야 이 재앙에서 구제할 수 있을 것이외다."

이에 양전은 곧 화운동으로 떠났으니 그야말로 이런 격이었다.

오색구름 밟으니 눈부신 안개 피어나
천하를 두루 돌아다니는 것도 잠깐이면 되지.

足踏五雲生霧彩　　週遊天下只須臾

양전이 흙의 장막을 이용해 화운동에 도착해보니 그곳은 사방팔방으로 온통 구름과 안개가 자욱한데 높고 반듯하게 자란 잣나무와 구불구불한 늙은 소나무가 어울려 정말 아름다운 곳이었다.°

동남쪽을 크게 차지하고
하늘 높이 멋진 산이 솟았다.
가파르고 높은 부용봉
까마득한 자개령
온갖 풀이 향기 품고 있고
향로의 연기 속에 학 울음 흔적 담겨 있구나.

위로는 옥허궁의 보록과

웅장한 주륙대가 있어

순 임금이 행차하고 우 임금이 기도하여

옥간°과 금서°를 받았지.

누각에서는 푸른 난새 날고

정자와 누대는 은은한 자줏빛 안개에 감싸어 있지.

땅은 명산을 만들어 우주 안에 웅장하고

하늘은 선경을 열어 삼청의 하늘까지 올라가지.

복숭아나무와 매실나무에서는 꽃이 한창이고

온 산 가득한 요초가 모두 자태 뽐낸다.

계곡 바닥에는 용이 숨어 있고

벼랑 앞에는 호랑이가 엎드려 있지.

그윽한 숲에서는 새가 하소연하듯 울어대고

순록은 사람 가까이 지나다니지.

백학은 구름 걸친 높다란 홰나무에 둥지 틀고

청란과 단봉은 해를 보며 울어대지.

화운동 복된 땅은 그야말로 선경이요

금궐의 인자한 신선 세상을 공평히 다스리지.

巨鎮東南　中天勝嶽

芙蓉峰龍聳　紫蓋嶺巍峨

百草含香味　爐煙鶴唳蹤

上有玉虛之寶錄　朱陸之重臺

舜巡禹禱　玉簡金書

樓閣飛青鸞　亭臺隱紫霧

地設名山雄宇宙　天開仙境透三淸

幾個桃梅花正放　滿山瑤草色皆舒

龍潛澗底　虎伏崖前

幽鳥如訴語　馴鹿近人行

白鶴伴雲棲老檜　靑鸞丹鳳向陽鳴

火雲福地眞仙境　金闕仁慈治世公

어쨌든 양전은 함부로 들어가지 못하고 한참을 기다렸는데 이윽고 동부에서 도동이 하나 나왔다. 양전이 얼른 다가가 머리를 조아리며 말했다.

"사형, 저는 옥천산 금하동에 계신 옥정진인의 제자 양전이라고 합니다. 사부님의 분부를 받고 삼성 어르신을 뵈러 왔으니 안에다 알려주십시오."

"삼성대사를 아시는 모양이구려. 그렇지 않으면 왜 어르신이라고 부르는 게요?"

양전이 허리를 숙여 예를 표하며 말했다.

"사실 잘 모릅니다."

"그렇다면 나무랄 수도 없는 노릇이구먼. 삼성은 바로 천황과 인황, 지황을 아울러 부르는 칭호라오."

"가르쳐주셔서 감사합니다. 저는 정말 모르고 있었습니다."

도동은 동부로 들어가더니 잠시 후에 나와서 이렇게 말했다.

"세 분 황야皇爺께서 데리고 오라고 하셨소이다."

양전이 동부 안으로 들어가보니 중앙에 앉은 이는 머리 위에 두 개의 뿔이 있고, 왼쪽에 앉은 이는 나뭇잎으로 어깨를 덮은 채 허리에는 호랑이와 표범 가죽을 두르고 있었으며, 오른쪽에 앉은 이는 황제의 곤룡포를 입고 있었다. 양전은 감히 계단을 넘어가지 못하고 그 자리에 엎드려 절을 올렸다.

"제자 양전이 옥정진인의 분부를 받들어 인사 올리나이다. 지금 여악이 소호를 도와 주나라를 정벌하고 있사옵니다. 그런데 무슨 도술을 썼는지 모르지만 온 성의 백성이 자리에서 일어나지 못하고 밤낮으로 신음 소리가 끊이지 않으며 무왕과 강상의 목숨도 경각에 달려 있사옵니다. 이에 제가 사부님의 분부에 따라 세 분의 용안을 뵙고 자비를 베풀어주십사 간청하옵니다. 부디 무고한 백성을 구제하여 하해와 같은 은덕을 베풀어주시옵소서!"

그러자 중앙의 성인 즉 복희 황제가 왼편의 신농씨에게 말했다.

"우리가 군주로 천하를 다스릴 때 팔괘를 만들고 예악禮樂을 제정하여 무슨 재앙이 전혀 일어나지 않았는데 지금 상나라의 운세가 기울 때라서 사방에서 전쟁이 일어나고 있소이다. 아마 무왕의 덕업德業이 나날이 흥성하고 주왕의 악행이 하늘에 이르러 하늘의 운수가 주나라로 하여금 주왕을 정벌하도록 했나 보구려. 그런데 신공표가 하늘의 마음을 돌리려고 악한 무리를 도와 포학한 짓을 자행하며 좌도방문의 무리를 불러들이고 있으니 참으로 괘씸하기 짝이 없소이다. 수고스럽겠지만 아우님께서 주나라를 구제하여 덕이 있는 군주가 천하를 다스리는 일이 이루어지도록 도와주셔야겠소이다."

그러자 신농씨가 대답했다.

"지당하신 말씀이십니다."

그리고 신농씨는 황급히 일어나 뒤쪽으로 가서 단약을 가져와 양전에게 건네주었다.

"이 단약 세 알을 가지고 가게. 한 알로는 무왕의 궁중에 있는 이들을 구제하고 다른 한 알로는 강상과 제자들을 구제하게. 그리고 나머지 한 알은 물에 타서 버들가지에 적셔 성 곳곳에 뿌리도록 하게. 그 병을 앓는 이들은 전염병에 걸린 것일세."

이에 양전이 머리가 땅에 닿도록 절을 올리고 나서 동부를 나오자 신농씨가 다시 그를 불러 세웠다.

"잠시 기다리게!"

신농씨는 동부를 나와 자지애紫芝崖로 가서 잠깐 둘러보더니 갑자기 풀 하나를 뽑아 양전에게 건네주었다.

"이 보물을 인간 세계로 가져가면 전염병을 치료할 수 있을 걸세. 이후로 백성이 이런 재앙을 당하면 이 풀을 캐서 복용하도록 하게. 그러면 병이 저절로 나을 걸세."

양전은 그 풀을 받아 들고 무릎을 꿇은 채 물었다.

"이 풀은 이름이 무엇이옵니까? 인간 세상에 길이 전하여 전염병의 구급약으로 쓸 수 있도록 자세히 설명해주시옵소서."

"그렇다면 간단한 노래로 설명해주겠네."

이 풀은 원래 세상 어디에도 없었으나
자지애 아래에서 수련했지.

상상常桑은 현묘한 것 가운데 더욱 오묘한 것이라고 했는데
나는 이것을 시호초라고 부른다네.

此草生來蓋無世　紫芝崖下用功夫

常桑曾說玄中妙　寒門發表是柴胡

이렇게 해서 시호초와 단약을 얻은 양전은 화운동을 떠나 서기성
으로 돌아와서 옥정진인에게 보고했다.
"그래, 단약을 가져왔느냐?"
양전이 신농씨가 일러준 내용을 자세히 설명하자 옥정진인은 그
방법대로 세 알의 단약을 써서 병을 다스렸으니 그것은 과연 훌륭
한 약이었다.

성스러운 군주의 크나큰 복 한이 없거늘
여악은 왜 부질없이 마음고생만 했던가!

聖主洪福無邊遠　呂嶽何須枉用心

한편 영채에 있던 여악은 이레 남짓 날짜가 지나자 제자들에게
말했다.
"성 안의 백성들은 아마 지금쯤 벌써 다 죽었을 게야."
중군 막사에 있다가 여악의 그 말을 들은 소호는 기분이 몹시 언
짢았다. 다시 며칠이 지나자 소호는 몰래 영채에서 나와 서기성을
살펴보았다. 그런데 성 위에는 여전히 깃발이 펄럭이고 많은 사람
들이 끊임없이 오가고 있었다. 또한 나타의 생기발랄한 모습과 양

전의 기개 헌앙한 모습을 보니 무척 기뻤다.

'여악의 말은 우리를 미혹하려는 거짓말에 지나지 않는구나. 그렇다면 나도 말로 그자의 기를 죽여놓아야겠어!'

그는 곧 중군 막사로 들어가 여악에게 말했다.

"도사님 말씀이 서기성 안의 백성들이 다 죽었을 것이라고 하셨는데 지금도 여전히 병력이 오가고 장수의 위세가 대단하니 그 말씀은 사실이 아니로군요. 이제 어찌하실 셈이시오? 전에 하신 말씀을 농담으로 치부하시면 곤란하오."

그러자 여악이 자리에서 벌떡 일어나며 말했다.

"그럴 리가 있소이까?"

"조금 전에 내가 직접 보고 왔소이다. 어찌 감히 말을 함부로 하겠소이까?"

여악이 즉시 영채 밖으로 나가 살펴보니 과연 사실이었다. 이에 그가 손가락을 짚어 점을 쳐보더니 자기도 모르게 버럭 고함을 질렀다.

"알고 보니 옥정진인이 화운동에서 단약을 가져와 성 안의 사람들을 구해주었구나!"

그는 황급히 네 제자와 정륜에게 말했다.

"각기 삼천 명의 병력을 이끌고 사대문을 공격해라. 저들의 몸이 허약한 틈을 놓치지 말고 성 안으로 치고 들어가 모조리 도륙해버려라!"

"예!"

정륜이 소호에게 가서 병력을 요청하자 소호는 여악이 강상을 이

길 수 없다는 것을 알고 일만 이천 명의 병력을 내주었다. 그들은 각기 삼천 명씩 이끌고 주신은 동쪽 성문을, 이기는 서쪽 성문을, 주천린은 남쪽 성문을, 양문휘와 여악은 북쪽 성문을 공격했다. 그리고 정륜은 밖에서 성 안으로 진격할 준비를 했다.

한편 성 위에 있던 나타는 상나라 병력이 영채를 나와 성을 향해 돌진하자 황급히 황룡진인에게 일렸다.

"성 안에 사람이 넷밖에 없는데 저들을 어떻게 막을 수 있겠사옵니까?"

"걱정 마라. 양전, 너는 동쪽 성문을 열어 적을 안으로 들여보내라. 내가 알아서 처리하마. 그리고 나타는 서쪽 성문으로 가서 마찬가지로 처리해라. 옥정진인, 그대는 남문을 맡으시구려. 나는 북문으로 가보겠소이다. 그들을 속여 성 안으로 들어오게 하면 내가 알아서 처리하겠소이다."

자, 이렇게 여악과 네 제자가 서기성을 공격했는데 승부가 어찌 되는지는 다음 회를 보시라.

은홍, 하산하여 네 장수를 거둬들이다

殷洪下山收四將

주왕은 극악하여 이미 은혜를 베풀지 않으니

사직이 어찌 자손에게 이어질까?

신공표가 나라를 등질 수 있어서가 아니라

다만 하늘의 뜻이 상나라 왕실을 끝내려 했기 때문이지.

거둬들인 네 장수 모두 재난을 당했으니

스스로 혼이 돌아가듯 삼재를 만났구나.

한바탕 백성을 도탄에 빠뜨리는 일 저질렀지만

봉신대에 눈물 흔적만 남겼구나!

> 紂王極惡已無恩　安得延綿及子孫
> 非是申公能反國　只因天意絶商門
> 收來四將皆逢劫　自遇三災若返魂
> 塗炭一場成個事　封神臺上泣啼痕

그러니까 주신은 삼천 명의 병력을 이끌고 성 아래에 도착해서 '쾅!' 하는 소리와 함께 성문을 열고 안으로 돌진하여 징과 북을 요란하게 두드리며 천지를 울리는 함성을 내질렀다. 양전은 적의 병력이 성 안으로 들어오자 삼첨도三尖刀를 척 뿌리며 소리쳤다.

"주신, 네 발로 죽을 곳을 찾아왔구나. 도망치지 말고 내 칼을 받아라!"

주신은 분기탱천하여 칼을 들고 나는 듯이 달려들어 양전과 격전을 벌였다.

여기서 이야기는 넷으로 갈라진다. 이기가 삼천 명의 병력을 이끌고 서쪽 성문으로 돌진하자 나타가 화첨창을 휘두르며 가로막았고 주천린이 병력을 이끌고 남문으로 쳐들어가자 옥정진인이 가로막았다. 또 양문휘와 여악이 북문으로 쳐들어가자 황룡진인이 가로막고 호통쳤다.

"여악, 멈춰라! 네가 적을 우습게 여기고 함부로 서기 땅에 들어왔으니 그야말로 솥 안의 물고기요 그물로 뛰어든 새처럼 죽음을 자초한 짓이 아니고 무엇이냐?"

"하하! 네가 무슨 재간이 있다고 감히 그런 큰소리를 치느냐?"

여악이 칼을 휘두르며 달려들자 황룡진인도 칼을 들어 맞섰다.

신선이 살계 범하여 만나는 날은
불 속으로 몸을 던지는 수밖에!

神仙殺戒相逢日　只得將身向火中

황룡진인이 쌍검을 휘두르며 맞서자 금빛 눈동자의 낙타를 탄 여악이 세 개의 머리와 여섯 개의 팔이 달린 모습으로 마음껏 신통력을 발휘했다. 한쪽은 도를 깨달은 진정한 신선이요, 다른 한쪽은 전염병을 담당하는 온부의 비조鼻祖였으니 그 싸움의 격렬함은 말할 필요도 없겠다.

한편 동쪽 성문에서 주신과 싸우던 양전은 몇 판 지나지 않아서 적병이 성 안의 백성들을 해칠까 염려스러워 효천견을 공중에 풀어놓았다. 그러자 그 개는 그대로 달려들어 주신의 목덜미를 덥석 물고 놓지 않았으니 주신은 효천견을 떼어내려고 몸부림쳤지만 어느새 양전의 칼에 몸뚱이가 두 동강 나고 말았다. 그의 영혼이 봉신대로 떠나자 양전은 상나라 병사들을 마음껏 도륙했고 그들은 걸음아 나 살려라 성 밖으로 도주했다. 곧이어 양전은 다른 곳의 싸움을 지원하기 위해 성 중앙으로 갔다.

그 무렵 나타는 이기와 격전을 벌이고 있었는데 애초에 나타의 상대가 되지 않는 이기는 몇 판 맞붙고 나서 건곤권에 맞아 땅바닥에 쓰러져버렸다. 그리고 다시 옆구리를 화첨창에 찔려 그의 영혼도 봉신대로 떠나버렸다. 남쪽 성문에서는 옥정진인이 주천린과 싸우고 있었는데 양전이 말을 몰고 달려와 거들고 나타가 풍화륜을 타고 와서 성난 호랑이처럼 휩쓰니 남은 상나라 병사들은 쥐구멍을 찾듯 도망쳐버렸다. 한편 여악과 싸우던 황룡진인은 그를 당해내지 못하고 성 중앙으로 쫓겨 왔다. 그러자 양문휘가 고함을 질렀다.

"황룡진인을 잡아라!"

산천을 뒤흔드는 병사들의 함성 소리에 나타가 황급히 돌아보니 여악이 세 개의 머리와 여섯 개의 팔이 달린 모습으로 황룡진인을 뒤쫓고 있었다. 나타는 고함을 질렀다.

"여악, 힘자랑 그만해라! 내가 간다!"

나타가 화첨창을 비스듬히 내지르며 달려들자 여악도 칼을 휘두르며 격전을 벌였다. 그때 말을 몰아 달려온 양전의 삼첨도가 번갯불처럼 눈부시게 빛났고 그 틈에 옥정진인의 참선검斬仙劍이 공중에서 주천린의 목을 베고 다시 나타와 양전을 도와 여악을 공격했다. 이렇게 되자 서기성 안에는 여악과 양문휘만 남게 되었다.

한편 은안전에서 몸조리를 하고 있던 강상은 아직 몸이 완전히 낫지 않은 상태였다. 그의 좌우에는 뇌진자와 금타, 목타, 용수호, 황천화, 토행손 등의 제자들이 서 있었다. 그때 천지를 뒤흔드는 함성과 함께 징 소리와 북소리가 울리자 강상이 다급히 무슨 일이냐고 물었으나 아무도 영문을 몰랐다. 그러자 여악에 대해 원한이 깊던 뇌진자가 나섰다.

"제가 알아보고 오겠사옵니다."

뇌진자는 풍뢰시를 펼치고 공중으로 날아올라 여악이 성 안으로 쳐들어왔다는 것을 알고는 황급히 돌아와 강상에게 보고했다.

"여악이 우리를 우습게 여기고 성 안으로 쳐들어왔사옵니다!"

금타와 목타, 황천화 등도 여악에 대한 원한이 골수에 사무쳐 있는지라 다섯 명이 동시에 소리쳤다.

"오늘은 기필코 여악을 쳐 죽이고 말리라!"

그들은 강상의 만류에도 아랑곳하지 않고 일제히 밖으로 달려 나갔다. 여악이 한창 싸움에 몰두해 있을 때 금타가 고함을 질렀다.

"형제들, 여악을 절대 놓치지 말게!"

그러면서 그가 둔룡장을 공중에 던지자 여악이 그것을 보고 다급히 금빛 눈동자의 낙타를 박차니 짐승의 네 발에서 바람과 구름이 일더니 공중으로 날아오르려고 했다. 그 순간 목타가 오구검을 던지자 여악은 미처 피하지 못하고 한쪽 팔이 잘리고 말았고 그가 고통을 참으며 도주하는 것을 본 양문휘도 상황이 여의치 않다고 판단하고 사부를 따라 도주했다.

제자들이 모두 돌아오자 황룡진인과 옥정진인이 강상에게 말했다.

"안심하시구려, 오늘 이렇게 쓴맛을 보았으니 다시는 서기성을 똑바로 쳐다보지 못할 거외다. 우리는 잠시 산으로 돌아갔다가 경사로운 날이 오면 축하 인사를 하러 다시 오겠소이다."

그리고 두 도사는 각자의 거처로 돌아갔다.

한편 성 밖에서 기다리고 있던 정륜에게 패잔병들이 달려와서 보고했다.

"장군님, 여 도사님이 패주하셨사옵니다."

정륜이 말없이 고개를 숙인 채 영채로 돌아오자 소호는 속으로 기뻐했다.

'오늘에야 천명을 받은 진정한 군주가 누구인지 확실히 드러났구나!'

이 무렵 제자와 함께 패주하던 여악은 너무 놀라고 두려운 마음으로 어느 산에 도착했다. 그는 금빛 눈동자의 낙타에서 내려 바위 옆 소나무 그늘에서 잠시 쉬다가 양문휘에게 말했다.

"오늘 패배로 인해 구룡도의 명성에 먹칠을 하고 말았구나. 이제 어느 도우를 찾아가서 도움을 청해 원한을 갚는단 말이냐!"

그 말이 끝나기도 전에 뒤쪽에서 누군가 민요 가락을 흥얼거리며 다가왔다.

안개와 노을 자욱한 곳에 이 몸을 숨기고
천황 시대부터 수련하여 도를 찾아 공부했지.
한 점의 진원도 흘리지 않아
백호 끌고
다리 건너 서쪽으로 갔지.
천지가 없어지는 것도 내게는 순간이라
모두들 나를 전진의 나그네라고 불렀지.
용과 호랑이 거느리고 초가집 지키며
몇 세대를 지나며 대장부의 기개 고수했던가!

煙霞深處隱吾軀　修煉天皇訪道機

一點眞元無破漏　拖白虎　過橋西

易消磨天地須臾　人稱我全眞客

伴龍虎守茅廬　過幾世固守男兒

여악이 돌아보니 속인도 도사도 아닌 듯한 사람이 투구를 쓰고 도복을 입은 채 항마저를 들고 느릿느릿 걸어오고 있었다. 여악이 일어나서 물었다.

"거기 오시는 도사께서는 누구신지요?"

"저는 바로 금정산 옥옥동에 계신 도행천존의 제자 위호韋護라고 하지요. 지금 사부님의 분부에 따라 하산하여 강상 사숙이 다섯 관문으로 진격하여 주왕을 토벌하는 것을 도우러 가는 중입니다. 주나라로 가는 도중에 우선 여악을 사로잡아 상견례의 예물로 삼을까 생각하고 있소이다."

그 말을 들은 양문휘가 버럭 고함을 질렀다.

"간덩이가 부은 놈이로구나! 어디서 그런 허풍을 떠느냐!"

그러면서 그가 칼을 휘두르며 달려들자 위호가 가볍게 맞받아치며 말했다.

"하하! 거 참 공교롭게 되었구려. 하필 여기서 여악과 딱 맞닥뜨리다니 말이오!"

그렇게 서너 판쯤 맞붙었을 때 위호가 항마저를 공중에 던졌으니 그것은 정말 대단한 보물이었다.

화로 속의 불로 단련하여
항마저 하나 만들었지.
불가를 지키는 데 쓸모가 많아
양문휘가 여기에 당해 목숨 잃었지.

曾經鍛煉爐中火　製就降魔杵一根

護法沙門多有道　文輝遇此絶眞魂

그러니까 이 보물은 손에 들고 있을 때는 마른 풀처럼 가볍지만 적을 때릴 때는 태산처럼 무거워지는 것이었다. 양문휘가 그것을 보고 피하려고 했지만 어림없는 짓이었다. 항마저는 그대로 그의 정수리를 때려 뇌수를 터뜨려 양문휘의 영혼은 봉신대로 떠나버렸다. 이렇게 또 한 명의 제자가 죽는 것을 본 여악은 분기탱천하여 고함을 질렀다.

"이 못된 놈! 내 앞에서 이런 짓을 하다니 간덩이가 부었구나!"

여악이 칼을 휘두르며 나는 듯이 달려들자 위호의 항마저는 무궁한 변화를 일으켰다. 한쪽은 삼교를 호위하는 진정한 도사요 다른 한쪽은 제삼온부第三瘟部의 신이었으니 둘 사이의 싸움은 말할 필요도 없이 엄청났다. 그렇게 대여섯 판쯤 맞붙었을 때 위호가 다시 항마저를 공중에 던졌고 그것을 본 여악은 도저히 당해낼 수 없을 것 같아서 재빨리 흙을 장막을 이용해 노란 빛으로 변해서 도망쳐 버렸다.

이렇게 되자 위호도 어쩔 수 없이 항마저를 거둬들이고 곧장 서기성으로 가서 강상의 저택을 찾아갔다. 문지기의 보고를 받은 강상이 말했다.

"얼른 안으로 모셔라!"

잠시 후 위호가 처마 아래로 와서 엎드려 절을 올렸다.

"사숙, 저는 금정산 옥옥동에 계신 도행천존의 제자 위호이옵니다. 사부님께서 사숙을 보좌하여 주나라를 도우라고 분부하셨는데 오는 길에 여악을 만나 그의 제자 가운데 하나를 항마저로 때려 죽였사오나 이름은 모르겠사옵니다. 여악은 혼자 도망쳐버렸사옵니다."

그 말을 들은 강상은 무척 기뻐했다.

그 무렵 여악은 구룡도로 돌아가 온황산瘟 傘이라는 무기를 단련했으니 이 이야기는 잠시 접어두겠다.

한편 정륜 때문에 주나라에 귀순하지 못하고 있던 소호는 기분이 몹시 불편했다.

'계속해서 강상에게 죄를 짓게 되니 이를 어쩐다?'

그가 이렇게 고민하는 사이에 이야기는 둘로 갈라진다.

먼저 태화산 운소동의 적정자는 정수리에 모았던 삼화를 잃고 가슴속에 품었던 오행의 기운까지 소멸된 채 동부 안에서 선천의 원기를 보양하고 있었다. 그때 옥허궁의 백학동자가 서신을 들고 찾아오자 적정자가 그를 맞이했다. 백학동자는 원시천존의 서신을 펼쳐 내용을 읽어주었고 적정자는 감사의 절을 올렸다. 그리고 그는 비로소 강상이 황금 누대에서 장수에 임명된다는 사실을 알게 되었다. 이에 백학동자가 말했다.

"사숙, 서기성으로 가서 교주를 영접하시옵소서."

적정자는 백학동자를 돌려보내고 나서 문득 자신의 제자 은홍이 곁에 있다는 사실을 깨달았다.

"얘야, 너는 여기에 있어본들 도를 깨달아 신선이 될 인연이 없다. 지금 무왕은 군주의 도리를 아는 분인데 천하에 분란이 일어나 백성을 애도하며 죄 많은 주왕을 정벌하려 하고 있구나. 네 사숙인 강상은 마땅히 작위에 봉해져 동쪽으로 다섯 관문을 들어가 맹진에서 제후를 회합하고 독불장군의 저 주왕을 목야牧野에서 멸절시킬 분이시다. 그러니 너도 당장 하산해서 숙부에게 한 팔이 되어야겠지만 한 가지 걸림돌이 있구나."

"사부님, 그것이 무엇이옵니까?"

"너는 주왕의 친아들이니 절대 주나라를 도우려 하지 않을 것이 아니냐?"

그 말을 들은 은홍은 이를 악물고 두 눈을 부릅떴다.

"사부님, 제가 비록 주왕의 친아들이지만 달기와는 천 년의 원수 지간이옵니다. 그리고 아비가 자애롭지 못하면 자식도 효도를 다하지 않는 법이 아니옵니까? 주왕은 달기의 말을 듣고 제 어머니의 눈을 도려내고 그분의 두 손을 불로 지져 비명에 돌아가시게 만들었사옵니다. 그 때문에 저는 늘 가슴이 저려 원한을 곱씹고 있었사옵니다. 어떻게든 이번 기회에 달기를 잡아서 어머니의 사무친 원한을 갚을 수만 있다면 저는 죽어도 여한이 없사옵니다!"

적정자는 그 말에 무척 기뻐했다.

"그 마음이 절대 변해서는 안 될 것이야."

"제가 어찌 사부님의 분부를 저버리겠사옵니까?"

적정자는 황급히 자수선의紫綬仙衣와 음양경, 수화봉水火鋒을 꺼내 들고 이렇게 말했다.

"애야, 네가 동쪽으로 들어갈 때 가몽관을 지나게 되면 그곳에 화령성모火靈聖母가 있을 것이다. 그는 머리에 금하관金霞冠을 쓰고 있어서 황금빛 노을이 삼사십 길이나 피어나 온몸을 감싸고 있단다. 그러니 그는 너를 볼 수 있지만 너는 그를 볼 수 없다. 이 자수선의를 입으면 네가 그의 칼에 목숨을 잃는 재앙을 피할 수 있을 것이다."

그리고 은홍에게 음양경을 건네주며 말했다.

"이 거울의 반쪽은 붉은 색이고 반쪽은 하얀 색이다. 붉은 쪽을 흔들면 살 길이 나타나고 하얀 쪽을 흔들면 죽을 길이 나타나지. 그리고 호신용으로 수화봉을 지니고 다니도록 해라. 자, 머뭇거리지 말고 짐을 챙겨 떠나라! 나도 머지않아 서기성으로 갈 것이니라."

은홍은 곧 짐을 꾸려 사부에게 작별 인사를 하고 하산했다. 그러자 적정자가 속으로 생각했다.

'강상을 위해 동부의 보물을 건네주어 보내기는 했지만 그 아이는 결국 주왕의 자식인지라 도중에 마음이 변할 수도 있지. 그렇게 되면 오히려 불미스러운 일이 벌어질 텐데 이를 어쩌지?'

이렇게 생각한 그는 황급히 은홍을 다시 불렀다.

"얘야, 잠시 돌아와봐라."

"사부님, 무슨 일로 다시 부르셨사옵니까?"

"내가 네게 그 보물을 준 뜻을 저버리고 주왕을 도와 주나라를 공격하는 일이 절대 없어야 할 것이다. 알겠느냐?"

"사부님께서 구해주시지 않았더라면 저는 진즉에 죽었을 몸인데 어찌 오늘과 같은 날이 오기를 바랄 수 있었겠사옵니까! 그러니 제가 사부님의 말씀을 감히 저버릴 수 있겠사옵니까!"

"예로부터 사람의 마음은 겉모습과는 다르다고 했으니 그것을 어찌 장담하겠느냐! 그러니 내 앞에서 맹서를 하도록 해라."

"알겠사옵니다, 제가 만약 다른 마음을 품으면 사지가 모두 재로 변할 것이옵니다!"

"말을 뱉었으니 그대로 바람이 이루어질 것이다. 이제 가봐라."

이리하여 은홍은 동부를 나와 흙의 장막을 이용해 서기를 향해 떠났으니 그야말로 이런 격이었다.

신선의 도술은 범상한 기술이 아니라
바람과 구름 타고 오행의 원리 따르지.

神仙道術非凡術　只踏風雲按五行

그런데 흙의 장막을 이용해 길을 가던 은홍이 자신도 모르게 어느 곳에 내렸는데 그곳은 괴상망측한 높은 산이 있는 아주 흉험한 곳이었다.°

산봉우리의 소나무 잣나무는 구름에 닿아 있고
돌벼랑의 가시덤불에는 등나무 덩굴 걸려 있다.
만 길 까마득한 봉우리와 고개
천 층의 가파르고 깊은 골짜기와 벼랑
그늘의 바위에는 푸른 이끼 덮였고
오래되고 높다란 노송나무와 홰나무 큰 숲을 이루었다.
숲 속 깊은 곳에서는 도처에 새소리 들리고
겹겹 돌무더기 사이로 호랑이 지나다닌다.
계곡의 물은 옥을 뿌린 듯 흐르고
길가에는 금을 쌓은 듯 꽃잎이 떨어져 있다.
산세가 험악하여 걸음조차 옮기기 어려워

열 걸음 걷는 동안 반걸음도 평탄한 곳이 없다.
여우와 살쾡이, 노루, 사슴 쌍쌍이 내달리고
들짐승과 검은 원숭이 짝지어 울어댄다.
노란 매실과 익은 살구 정말 먹음직스럽고
들풀과 꽃은 이름도 모르겠구나.

頂巔松柏接雲青	石壁荊榛掛野藤
萬丈崔嵬峰嶺峻	千層峭險壑崖深
蒼苔碧蘚鋪陰石	古檜高槐結大林
林深處處聽幽鳥	石磊層層見虎行
澗內水流如瀉玉	路旁花落似堆金
山勢險惡難移步	十步全無半步平
狐狸麋鹿成雙走	野獸玄猿作對吟
黃梅熟杏眞堪食	野草閑花不識名

　　은홍이 산의 풍경을 감상하고 있는데 갑자기 숲 속에서 징 소리
가 울리더니 한 사람이 나타났다. 그는 얼굴이 옻칠을 한 듯 검게 반
짝이고 붉은 턱수염을 길렀으며 눈썹은 노랗고 눈동자는 금물을 바
른 것 같았다. 또 검은 도포를 입고 검은 말에 황금 사슬을 엮은 갑옷
[金鎖甲]을 입고 두 개의 은으로 장식한 쇠몽둥이[銀裝鐧]를 들고 있
었는데 그가 구르듯이 산 위로 올라와 우레 같은 목소리로 꾸짖듯
이 물었다.
　　"어디서 온 도동이기에 감히 내 소굴을 염탐하느냐?"
　　그러면서 다짜고짜 쇠몽둥이를 내리치자 은홍이 다급히 수화봉

을 들어 막았다. 그때 또 산 아래에서 누군가 고함을 질렀다.

"형님, 제가 왔습니다!"

호랑이 문양이 장식된 두건[虎磕腦]을 머리에 두른 그는 대추처럼 붉은 얼굴에 긴 수염을 기르고 있었는데 황표마黃驃馬˚를 타고 타룡 창駝龍槍을 휘두르며 은홍을 협공했다. 이렇게 되자 감당하기 어려워진 은홍이 속으로 생각했다.

'사부님께서 말씀하시기를 음양경이 사람의 생사를 나눈다고 했으니 지금 시험해보자.'

그가 음양경을 꺼내 들고 하얀 쪽을 그 두 사람을 향해 흔들자 그들은 그대로 안장에서 떨어져 땅바닥에 쓰러져버렸다. 은홍이 기뻐하고 있을 때 또 산 아래에서 두 사람이 올라왔는데 그들은 이전의 두 사람보다 훨씬 흉악했다. 한 사람은 황금색 얼굴에 짧은 머리, 장비처럼 뻣뻣한 수염을 기르고 붉은 옷 위에 은빛 갑옷을 입고 백마에 탄 채 커다란 칼을 휘둘렀는데 정말 용맹했다. 은홍은 무척 겁이 나서 다시 그에게 음양경을 비추었고 그 사람 역시 낙마해버렸다. 그러자 뒤따라온 이가 은홍의 도술을 보고는 황급히 안장에서 내려와 무릎을 꿇고 말했다.

"신선님, 자비심을 베풀어 저 세 사람을 용서해주시옵소서!"

"나는 신선이 아니라 주왕의 아들 은홍이다."

그러자 그 사람이 땅바닥에 머리를 조아리고 말했다.

"소인은 전하께서 오신 줄 몰랐사옵니다. 제 형들도 마찬가지오니 부디 용서해주시옵소서."

"우리는 적대 관계가 아니니 내가 저들을 해치는 일은 절대 없을

殷洪下山收四將

은홍, 하산하여 네 장수를 거둬들이다.

것이다."

그리고 은홍이 음양경의 붉은 면을 세 사람을 향해 흔들자 그들이 일제히 깨어나서 펄쩍 뛰며 소리쳤다.

"못된 요괴! 감히 우리를 무시하다니!"

그러자 옆에 있던 이가 소리쳤다.

"큰형님, 경거망동하지 마십시오! 이분은 왕자 전하이십니다."

그러자 그들 셋이 일제히 땅바닥에 넙죽 엎드려 절을 올렸다.

"전하!"

"네 분은 성함이 어찌 되시오?"

그러자 개중에 한 사람이 대답했다.

"저희는 이곳 이룡산二龍山 황봉령黃峰嶺에서 산적을 이끌고 있사옵니다. 저는 방홍龐弘이라 하옵고 이 사람은 유보劉甫, 이 사람은 순장荀章, 이 사람은 필환畢環이라고 하옵나이다."

"그대들은 하나같이 생김새가 범상하지 않으니 정말 당대의 영웅이오. 이제 나를 따라 주나라로 가서 무왕이 주왕을 정벌하는 것을 돕지 않겠소?"

그러자 유보가 말했다.

"전하께서는 상나라의 왕자이신데 어째서 오히려 주나라를 도우시겠다는 것이옵니까?"

"주왕이 내 아비이기는 하나 인륜을 멸절시키고 군주로서 도리를 잃어 천하 모두에게 버림받고 있소. 그래서 나도 하늘의 뜻을 따라 행해야지 감히 거스를 수 없소이다. 그런데 지금 이 산에 모여 있는 호걸의 수는 얼마나 되오?"

"삼천 명 정도가 있사옵니다."

"그러면 나와 함께 서기로 가서 신하로서 도리를 다하도록 하십시다."

"전하께서 저희를 이끌어주신다면 그야말로 신이 보살펴주신 셈이니 어찌 감히 분부에 따르지 않을 수 있겠사옵니까?"

이에 네 장수는 삼천 명의 산적을 관병官兵으로 바꾸어 서기의 깃발을 내건 다음 산채를 태우고 떠났으니 그들이 행군하는 모습은 이러했다.

살기가 허공을 찌르며 인마가 행진하니
이번에 또 이변이 찾아오는구나!

殺氣沖空人馬進　這場異事又來侵

그들 병력이 행군을 시작하고 며칠 후 서기성으로 가는 길의 중간쯤에 이르렀을 때 갑자기 길가에서 도사 하나가 호랑이를 타고 다가왔다. 그 모습을 본 병사들이 고함을 질렀다.

"호랑이가 나타났다!"

그러자 그 도사가 말했다.

"괜찮네, 이건 집에서 기르는 호랑이라 사람을 해치지 않네. 그나저나 전하께 내가 좀 뵙고 싶다고 전해주시게."

보고를 받은 은홍이 수하에게 분부했다.

"행군을 멈추고 그 도사를 이리 모셔 오너라!"

잠시 후 하얀 얼굴에 긴 수염을 기른 도사가 표연히 찾아와서 은홍에게 고개를 숙여 절했다. 은홍도 사부를 대하듯이 정중히 답례하며 물었다.

"도사님, 성함이 어찌 되시는지요?"

"우리는 모두 옥허궁의 제자입니다."

이에 은홍이 "사숙!" 하면서 허리를 숙여 절했다. 그리고 두 사람이 자리에 앉사 은홍이 물었다.

"사숙, 존함이 어찌 되십니까? 그리고 무슨 가르침을 주시려고 여기에 오셨습니까?"

"저는 신공표입니다. 그런데 전하, 지금 어디로 가고 계십니까?"

"사부님의 분부를 받들어 서기로 가서 무왕을 도와 주왕을 정벌하려고 합니다."

그러자 신공표가 정색하고 말했다.

"이럴 수가! 주왕이 전하께는 어떤 분이십니까?"

"제 아비입니다."

그러자 신공표가 버럭 호통쳤다.

"세상천지에 어찌 자식이 남을 도와 아비를 정벌할 수 있다는 말씀이십니까!"

"주왕이 무도하여 천하가 그에게서 등을 돌렸으니 이제 하늘의 뜻에 따라 천벌을 내리고자 하기 때문입니다. 비록 효성스럽고 어진 자손이 있다 한들 그의 잘못을 고치기 어렵지 않겠습니까?"

"허허! 참으로 우매한 분이시로군요, 외고집만 피우고 대의를 모르니 말입니다. 전하는 바로 상나라의 후예인데 아무리 주왕이 무도하다 해도 어찌 자식이 아비를 정벌할 수 있겠습니까? 게다가 백

년 뒤에는 누가 왕실의 대를 잇겠습니까? 도무지 사직의 중요성을 모르시는군요. 대체 누구의 말을 듣고 인륜을 거스르려고 하십니까? 세상천지의 못난 사람들 가운데 전하보다 더한 사람은 여태 없었습니다! 무왕을 도와 주왕을 정벌하시다가 불상사라도 생기면 종묘가 남의 손에 무너지고 사직은 남에게 넘어가지 않겠습니까? 그렇게 되면 나중에 저승에 가셨을 때 무슨 면목으로 조상을 뵙겠습니까?"

신공표의 말에 마음이 흔들린 은홍은 묵묵히 고개를 숙이고 있다가 한참 뒤에 이렇게 말했다.

"일리 있는 말씀이기는 하나 저는 이미 사부님 앞에서 무왕을 돕겠다고 맹서했습니다."

"뭐라고 맹서하셨습니까?"

"무왕을 도와 주왕을 정벌하지 않으면 사지가 재로 변할 것이라고 했습니다."

"하하! 그건 말도 안 되는 맹서입니다. 세상천지에 어찌 피와 살이 재로 변하는 일이 일어나겠습니까? 제 말씀대로 생각을 바꾸셔서 주나라를 정벌하도록 하시옵소서. 훗날 반드시 대업을 이루시어 종묘사직의 영령과 제 일편단심을 저버리지 않게 될 것입니다."

그 말에 은홍은 적정자의 말을 잊어버렸다. 그 틈에 신공표가 다시 부추겼다.

"지금 서기에는 기주후 소호가 정벌하러 나가 있으니 이번에 가시거든 그쪽 병력과 합세하시옵소서. 저는 훌륭한 분을 초빙하여 전하께서 공을 세우시도록 도와드리겠습니다."

"소호의 딸 달기가 제 어머님을 해쳤는데 제가 어찌 원수의 아비와 함께 지낼 수 있겠습니까!"

"하하! 미움은 마음속에 담아두면 되는 것이니 만나는 것쯤이야 무슨 상관이 있겠습니까? 전하께서 천하를 얻으시면 마음대로 모후의 복수를 하실 수 있을 텐데 굳이 이런 기회를 스스로 내치실 필요가 있겠사옵니까?"

은홍이 허리를 숙여 감사했다.

"아주 지당하신 말씀입니다!"

신공표는 곧 작별 인사를 하고 나서 호랑이를 타고 떠났으니 그야말로 이런 격이었다.

가증스럽도다, 신공표의 매끈한 혀여!
은홍은 이 재난 피할 수 없게 되었구나.

堪恨申公多饒舌　殷洪難免這災遭

어쨌든 은홍은 서기의 깃발을 상나라 깃발로 바꾸고 길을 떠났다. 그리고 마침내 서기성 아래에 도착해보니 과연 소호가 그곳에 영채를 차리고 있었다. 은홍은 방홍을 보내서 소호를 데려오라고 했고 내막을 모르는 방홍은 곧 말을 타고 소호의 영채 앞으로 가서 소리쳤다.

"왕자 전하께서 납시었으니 기주후는 즉시 와서 알현하시오!"

정찰병의 보고를 받은 소호는 잠시 생각에 잠겼다.

'천자의 왕자들은 오래전에 죽었거늘 갑자기 웬 왕자 전하가 나

타났다는 말인가? 게다가 나는 칙명을 받아 토벌을 나온 사령관인데 누가 감히 오라 가라 하는 것이지?'

이에 그가 전령에게 말했다.

"가서 그자를 데려오너라."

전령의 말을 전해 들은 방홍이 중군 막사로 들어가자 소호는 그 흉측하고 괴상한 모습이 마음에 들지 않아 대뜸 이렇게 물었다.

"너는 어디서 온 병사더냐? 대체 어느 전하의 명령을 받고 이곳에 온 것이냐?"

"둘째 전하께서 저더러 장군님을 모셔 오라고 하셨사옵니다."

그 말을 듣고 소호는 다시 생각에 잠겼다.

'당시 은교와 은홍은 교수대에 묶여 있다가 바람에 휩쓸려 사라져버렸는데 둘째 전하라는 것이 또 있을 수가 있나?'

그때 정륜이 옆에서 말했다.

"주군, 당시 두 분 전하께서 바람에 쓸려가시는 괴사가 있었는데 지금 한 분이 오셨다고 하니 이해할 수 없사옵니다. 아마 당시에 어느 신선이 거둬들이셨다가 지금 천하가 어지러워져서 사방에 전쟁이 일어나는 것을 보고 나라를 위해 힘을 보태라고 보내셨는지도 모르옵니다. 일단 그쪽 영채로 가보시면 진위를 알 수 있지 않겠사옵니까?"

소호는 그 말을 따라 영채에서 나와 은홍의 영채로 갔다. 방홍이 들어가서 보고하자 은홍이 수하에게 데리고 들어오라고 분부했다. 잠시 후 소호와 정륜이 중군 막사로 들어가 허리를 숙여 절하며 말했다.

"무장한 상태라서 온전히 예를 갖추지 못함을 양해해주시옵소서. 그런데 전하께서는 왕실의 어느 종파에 속한 분이시옵니까?"

"나는 바로 지금 천자의 둘째 아들인 은홍이오. 부왕께서 정치를 그르치셔서 형님과 함께 교수대에 묶여 처형을 기다리는데 하늘이 나를 버리지 않으셔서 어느 신선께서 구해주셨소. 그래서 이제 하산하여 그대가 공을 세우도록 도와주려는 것이오. 그런데 그것은 왜 물으시오?"

그러자 정륜이 손으로 이마를 짚으며 말했다.

"오늘의 만남을 보니 참으로 이 나라 사직이 복 받았음을 알 수 있겠나이다!"

이렇게 해서 소호의 병력과 합치게 된 은홍은 중군 막사로 들어가자마자 대뜸 물었다.

"무왕의 군대와 전투를 벌여본 적이 있소이까?"

이에 소호가 전후 사정을 개략적으로 설명해주었다.

은홍은 막사 안에서 왕족의 복장으로 바꿔 입고 이튿날 장수들을 이끌고 서기성 아래로 가서 싸움을 걸었다. 이에 주나라 정찰병이 강상에게 보고했다.

"상나라 왕자가 싸움을 걸어왔사옵니다."

"상나라는 후사가 끊겼거늘 어찌 또 왕자가 있을 수 있다는 말인가?"

그러자 곁에 있던 황비호가 말했다.

"당시 은교와 은홍이 교수대에 묶여 있다가 바람에 휩쓸려 갔는데 아마 지금에야 돌아온 모양이옵니다. 제가 그분들의 얼굴을 아니 나가서 진위를 알아보고 오겠사옵니다."

황비호는 곧 병력을 이끌고 성 밖으로 나갔다. 그러자 그의 아들 황천화가 뒤를 지원했고 황천록과 황천작, 황천상도 부친을 따라 성 밖으로 나갔다. 황비호가 오색신우에 앉아 살펴보니 은홍이 왕족의 복장을 하고 좌우에 방홍 등 네 명의 장수를 거느린 채 있었다. 뒤쪽에는 정륜이 호위하고 있어서 아주 그럴싸한 진용을 갖추고 있었으니 이를 묘사한 시가 있다.

속발금관에서는 불꽃 피어나고
고리 엮은 갑옷에서는 전장의 구름 피어난다.
붉은 도포에는 용을 수놓았고
허리띠 아래 바지에는 달리는 짐승 문양 수놓았다.
자수선의 안에 받쳐 입고
진귀한 수화봉 보이지 않게 차고 있다.
적장 잡는 음양경도 지니고
배 속에는 오행의 비법 품고 있다.
적진 유린하는 소요마 타고
방천극 한 자루 손에 들었다.
용봉 수놓은 깃발에 금물로 썼으니
주왕의 왕자 은홍이로다!

束髮金冠火燄生　連環鎧甲長征雲

紅袍上面圍龍現　腰束擋兵走獸裙

紫綬仙衣爲內襯　暗掛稀奇水火鋒

拿人捉將陰陽鏡　腹內安藏秘五行

坐下走陣逍遙馬　手執方天戟一根

龍鳳幡上書金字　紂王殿下是殷洪

잠시 후 황비호가 앞으로 나서서 물었다.

"그대는 누구인가?"

은홍은 황비호와 십여 년 동안 헤어져 있었기 때문에 그가 주나라에 귀순했다는 사실을 생각지도 못했다.

"나는 지금 천자의 둘째 왕자인 은홍이다. 그대는 누구인데 감히 반역을 저지른 것인가? 이제 칙명을 받고 정벌하러 왔으니 당장 포박을 받고 내 수고를 덜어주기 바란다. 주나라의 승상 강상이 곤륜산의 제자라 할지라도 내 심기를 거스르면 이 땅에 풀 한 포기조차 남기지 않고 모조리 멸절시키고 말겠다!"

"전하, 저는 바로 개국무성왕 황비호이옵니다."

그 말을 들은 은홍은 이상한 생각이 들었다.

'설마 여기도 황비호라는 자가 있나?'

하지만 그는 곧 말을 몰아 달려들어 방천극을 내질렀고 황비호도 오색신우를 몰아 창으로 맞서니 격전이 벌어졌다. 이 승부가 어찌 되는지는 다음 회를 보시라.

제46회

1) 본문의 '곤우坤牛'를 상해고적본에서는 '신우神牛'라고 표기했으나 오류이기 때문에 바로잡아 번역했다. 『주역』 「설괘說卦」에 "하늘은 말이 되고 땅은 소가 된다[乾爲馬 坤爲牛]"라고 했는데 이로 인해 도교에서는 건마乾馬로 순양純陽의 기운을, 곤우坤牛로 지음至陰의 기운을 상징하는 뜻으로 썼다.

3) 원문에는 '세 길[三丈]'로 되어 있으나 오류임이 분명하여 수정했다.

4) 동전董全은 원문에는 자항도인의 첫 인사에서 '동전 도우'라고 부름으로써 동천군의 본명이 밝혀지는데, 번역에서는 그 부분을 생략하는 대신 이후에는 그의 본명으로 표기했다.

5) 옥예玉蕊는 옥의 정화를 가리킨다. 『한무내전漢武內傳』에 서술된 서왕모西王母의 설명에 따르면 창성昌城의 옥예와 야산夜山의 화옥火玉을 구해 먹게 되면 하늘보다 더 오래 살 수 있다고 한다.

6) 구환단九還丹은 구전단九轉丹이라고도 하며 납과 수은에 섞어서 황금을 만들어낼 수 있는 약이라고 한다.

제47회

1) 불교에서 사대四大는 대지[地]와 물[水], 불[火], 바람[風]을 가리키
    는데 인체를 포함한 일체의 사물을 구성하는 가장 중요한 요소로
    간주된다.

2) 불교에서 삼계(三界, 범어 trayo dhātavaḥ)는 일반적으로 중생이
    사는 욕계(欲界, kāma-dhātu)와 색계(色界, rūpa-dhātu), 무색계
    (無色界, ārūpya-dhātu)를 가리킨다. 이것은 미망迷妄의 정이 있어
    서 생멸生滅의 변화가 유전流轉하기 때문에 삼유생사三有生死 또
    는 삼유三有라고도 부르며 그 안의 중생이 한없이 넓은 바다와 같
    은 미망의 고통에 시달린다 해서 고계苦界 또는 고해苦海라고도
    부른다.

제49회

1) 인용된 부는『서유기』제17회에 수록된 것을 일부 변형한 것이다.

2) 도교 연단술에서 손과 발에 있는 '삼양삼음三陽三陰'의 여섯 가지
    경락에 상응하는 여섯 가지 기운 즉 궐음풍목厥陰風木과 소양군화
    少陽君火, 태음습토太陰濕土, 소양상화少陽相火, 음명조금陰明燥金,
    태양한수太陽寒水를 가리킨다. 한편 한의학에서 여섯 기운은 신체
    의 건강에 영향을 주는 음陰, 양陽, 풍風, 우雨, 회晦, 명明 여섯 가지
    이다.

제50회

1) 원문의 곤룡장捆龍椿을 앞에서는 줄곧 둔룡장遁龍椿이라고 했기

때문에 번역에서도 둔룡장으로 통일했다.

제51회

1) 무명無明은 범어 avidyā를 번역한 것으로 번뇌煩惱의 다른 이름이다. 이것은 진리와 사물의 현상을 올바로 이해하지 못하는 세속의 어리석은 정신 상태를 가리키는 것으로 불교에서 말하는 열두 가지 인연 가운데 하나이다.

제52회

1) 인용된 시는『서유기』제28회에 수록된 시의 일부를 변형한 것이다. 원문은 다음과 같다:"回顧仙山兩淚垂 對山凄慘更傷悲 當時只道山無損 今日方知地有虧 可恨二郎將我滅 堪嗔小聖把人欺 行凶掘你先靈墓 無幹破爾祖墳基".

2) 인용된 부는『서유기』제18회에 수록된 것을 일부 변형한 것이다.

3) 인용된 부는 기본적으로『서유기』제32회에 수록된 것을 토대로 변형한 것이다.

제53회

1) 적루敵樓는 방어를 위해 성 위에 세우는 누대로 초루譙樓라고도 한다.

2) 앞에서는 태란이 오추마烏騅馬를 타고 있다고 했으니 이는 저자의 오류인 듯하지만 일단 그대로 번역했다.

3) 무기戊己는 토土에 속하는데 무는 양토陽土, 기는 음토陰土에 해당

한다.

4) 아문牙門은 고대에 군대가 주둔할 때 사령관 또는 대장군의 막사 앞에 아기牙旗를 세워 군문軍門으로 삼은 것을 가리킨다.

5) 오체五體는 대개 인체의 사지四肢와 머리를 합쳐서 부르는 명칭으로 생리학에서는 신체의 힘줄[筋]과 혈맥[脈], 살[肉], 피부[皮], 뼈[骨]를 가리킨다. 여기서는 머리 대신 남성의 성기를 포함하여 은유적으로 조롱하는 뜻으로 쓰였다.

제55회

1) 이 부는 『서유기』 제36회의 묘사를 일부 수정하여 인용한 것이다.

2) 인용된 부는 『서유기』 제28회에 수록된 것을 일부 변형한 것이다.

3) 삼첨양인도三尖兩刃刀는 이랑도二郎刀라고도 하며 『서유기』에서 이랑신二郎神이 사용했다고 하는 무기로 칼끝이 세 갈래로 갈라져 칼의 양면에 모두 날이 세워져 있다.

제56회

1) 이 말은 원래 어떤 훌륭한 일에 대해 모든 이가 함께 칭송한다는 뜻이지만 여기서는 일단 뱉은 말은 비석에 새긴 글처럼 영원히 남게 된다는 뜻으로 쓰였다.

2) 비렴飛廉은 비렴蜚廉이라고도 쓴다. 그는 춘추전국시대 진秦나라의 선조로 진시황의 35세 조상으로 알려져 있다.

제57회

1) 수호水虎는 허베이성의 면수沔水 강 속에 산다는 요괴로 외형은 서너 살쯤 된 남자아이의 모습을 하고 몸뚱이는 화살도 뚫지 못할 만큼 단단한 비늘로 덮여 있다고 한다. 한여름이면 수면에 나와 햇볕을 쬐고 무릎이 호랑이 발톱처럼 생겨서 멋모르는 아이들이 건드리면 해친다.

제58회

1) 1권 3회 5) 주석 참조.

2) 오형둔은 정확히 알 수 없으나 오행둔五行遁을 잘못 쓴 것인 듯하다. 오행둔은 금, 목, 수, 화, 토의 오행을 이용하여 몸을 숨기는 술법으로서 주로 적의 눈을 피해 급히 달아날 때에나 일반적인 방법으로 가기 힘든 먼 곳을 빨리 가고자 할 때 사용하는 것으로 알려져 있다.

3) 당시 무왕은 아직 천자가 되기 전이기 때문에 이 호칭은 적절하지 않지만 원작에 따라 그대로 번역했다.

4) 인용된 부는 『서유기』 제66회에 수록된 것을 변형한 것이다.

5) 옥간玉簡은 복희씨가 우 임금에게 주었다는 옥으로 만든 자[玉尺]를 가리키기도 하고 도교에서 부록符籙으로 사용하는 옥으로 만든 간찰簡札과 제왕이 봉선封禪 의식을 행하거나 법령을 반포할 때 쓰는 문서를 가리키기도 한다. 여기서는 전자를 가리키는 듯하다.

6) 금서金書는 불교나 도교의 경전이라는 뜻도 있고 하늘의 신이 내린 조서詔書라는 뜻도 있는데 여기서는 후자를 가리키는 듯하다.

7)   상상常桑은 신화 속의 인물로 염제 신농씨의 스승으로 설정되어
      있는 듯하나 다른 문헌에서는 그에 대한 기록을 찾을 수 없다. 아마
      도 작자가 전국시대의 명의로 알려진 장상군長桑君의 이름에 착안
      해서 만들어낸 가공의 인물인 듯하다.

제59회
1)   인용된 시는『서유기』제56회에 수록된 부를 변형한 것이다.
2)   황표마黃驃馬는 노란 바탕에 하얀 점이 있으며 머리 부근에 하얀
      털이 있는 말이다.

『봉신연의』4권 등장인물

금오도 일성구군

절교의 금오도 신선인 금광성모와 아홉 명의 천군을 가리키며 이들은 각기 진완의 천절진과 조강의 지열진, 동전의 풍후진, 원각의 한빙진, 금광성모의 금광진, 손량의 화혈진, 백례의 열염진, 요빈의 낙혼진, 왕변의 홍수진, 장소의 홍사진까지 열 개의 진을 펼쳐서 강상의 군대를 막는다. 그러나 진완은 문수광법천존에게, 조강은 구류손에게, 동전은 자항도인에게, 원각은 보현진인에게, 금광성모는 광성자에게, 손량은 태을진인에게, 백례는 육압에게, 요빈은 적정자에게, 왕변은 도덕진군에게, 장소는 남극선옹과 백학동자에게 각기 패하여 목숨을 잃는다.

등구공

삼산관의 사령관으로 주왕의 명을 받들어 서기를 정벌하다가 주나라에 합류하여 외동딸 등선옥을 토행손과 결혼시킨다. 훗날 청룡관의 전투에서 좌도방문의 술법을 쓰는 진기에게 사로잡혔다가 처형당한다.

삼선도 세 선녀

운소낭랑, 벽소낭랑, 경소낭랑. 절교의 삼선도 선녀들로 황하진을 펼쳐서 강상의 군대를 막는다. 그러나 운소낭랑은 노자의 건곤도에 붙들려 기린애에 갇히고, 경소낭랑과 벽소낭랑은 각기 백학동자와 원시천존에게 목숨을 잃는다.

원시천존

도교에는 태초의 지고한 존재인 홍균도조 문하에 세 제자가 있는데 첫째는 태상노군, 둘째는 원시천존, 셋째는 통천교주이다. 이 가운데 태상노군은 인도교人道教를 창시했고 원시천존은 천교闡教, 통천교주는 절교截教를 창시했다. 원시천존은 천교를 총괄하는 장교掌教로 상나라의 천수가 다하는 시기를 이용해서 신계 창설 계획을 세워 강상에게 봉신 계획을 수행하도록 한다.

양전

옥정진인의 제자로 72가지 변신술에 능하며 강상을 도와 봉신 계획을 실행한다.

연등도인

원시천존의 직제자로 곤륜산 12대선보다 한 단계 높은 수련을 했으며 절교와의 싸움에서 12대선을 지휘한다.

육압도인

서곤륜의 한선閑仙으로 불을 만들었다는 수인씨의 제자이기도 한 그는 위기 상황에 나타나 곤륜산 12대선을 구한다. 훗날 만선진을 격파한 뒤에는 강상에게 요괴의 목을 벨 수 있는 비도飛刀를 건네주고 떠난다.

조공명

절교의 아미산 나부동에서 수련하는 신선으로 검은 호랑이를 타고 다니며 문중의 요청으로 서기를 정벌한다. 운소낭랑, 벽소낭랑, 경소낭랑을 동생으로 두고 있으며 정해주라는 보물로 여러 신선들을 괴롭히지만 결국 육압의 정두칠전서에 목숨을 잃는다.

태상노군

천교의 대장로로 인간계에서 노자로 알려진 그는 신계 창설 계획에 적극적으로 가담하지는 않지만 절교가 천교에 정면으로 대항하자 하계로 내려온다.

토행손

곤륜산 12대선 중 하나인 구류손의 제자로 선골이 없어서 도인이 되지 못하고 하계로 내려와서 주나라를 공격하다가 후에 강상의 봉신 계획을 돕는다. 지행술을 익혀서 땅속을 자유자재로 다닐 수 있는 그는 훗날 민지현의 전투에서 역시 지행술을 쓰는 장규의 함정에 빠져 죽는다.

봉신연의 ❹

1판 1쇄 인쇄	2016년 8월 19일
1판 2쇄 발행	2024년 10월 4일

지은이	허중림
옮긴이	홍상훈
펴낸이	임양묵
펴낸곳	솔출판사

기획편집	임정림
편집	윤정빈 임윤영
경영관리	박현주

주소	서울시 마포구 와우산로29가길 80(서교동)
전화	02-332-1526
팩스	02-332-1529
블로그	blog.naver.com/sol_book
이메일	solbook@solbook.co.kr
출판등록	1990년 9월 15일 제10-420호

ISBN	979-11-86634-98-1	(04820)
	979-11-86634-94-3	(세트)